Sabine Maria Gruber

Der Schmetterlingsfänger

Roman

OERINDUR VERLAG

Oerindur Verlag
A-4183 Traberg, Oberwaldschlag 32

Printed in Hungary
Druck: Interpress, Budapest

Umschlagentwurf und Gestaltung:
Tomek Luczynski

ISBN 3-9500580-3-6

Einen lieben Dank den Männern, welche (und mit welchen mich)
eine besondere Beziehung zu Wolfgang Amadeus Mozart verbindet.
Sie haben, jeder auf seine Weise, dieses Buch erst möglich gemacht.
Ich widme es ihnen.

Glauben Sie an Zufälle? Ich glaube ebensowenig an Zufälle wie ich an die Vorsehung glaube oder gar an die Vorherbestimmtheit der Dinge. Nichts geschieht zufällig, und genausowenig scheint etwas vorherbestimmt zu sein. Ein unsichtbares, feinmaschiges Netz aus hauchdünnen Fäden ist es, in welchem sich alles miteinander verwoben findet, in Zeit und Raum – alles mit allem, jeder mit jedem und alles mit jedem. Irgendwo zieht jemand an einem der hauchdünnen Fäden, während jemand anderer an einem anderen zieht. Schon passiert etwas Unvorhergesehenes, ja Unvorhersehbares, jedoch ganz und gar nicht zufällig. Sehen Sie, an einem Ende der Welt erkrankt ein berühmter Sänger an Mumps, nur weil ein Kinderarzt viele Jahre zuvor in einem Impfpaß in der falschen Spalte eine Eintragung gemacht hat; wenig später rutscht – an einem ganz anderen Ende der Welt – ein Pianist in seiner Villa auf einer hölzernen Wendeltreppe aus, weil man es verabsäumt hat, der neuen Zugehfrau das Bohnern der Treppe zu untersagen. Wäre jemand (zum Beispiel der Pianist, doch es hätte auch seine Frau sein können) auf den Gedanken gekommen, die Zugehfrau auf die Gefährlichkeit ihres Tuns aufmerksam zu machen, und hätte jemand (die Sprechstundenhilfe jenes Kinderarztes, zum Beispiel, denn das wäre letztlich ihre Pflicht gewesen) den Irrtum im Impfpaß bemerkt – ich hätte Aurelia vielleicht niemals wiedergesehen.

So jedoch ging ich am späteren Vormittag eines launischen Apriltages eiligen Schrittes durch den New Yorker Central Park. Ich war auf dem Weg zu meiner ersten Probe von Schuberts „Schöner Müllerin" in der Carnegie Hall. (Nein, ich bin nicht der berühmte Liedsänger, der für seinen nicht weniger berühmten, an Mumps erkrankten Kollegen eingesprungen ist, ich bin der namenlose Pianist, der sein erstes Auftreten in der Carnegie Hall der übereifrigen Zugehfrau eines berühmten Kollegen zu verdanken hat, und jemandem, weiß der Himmel wem, der ihn empfohlen hat, weiß der Himmel, warum.) Mein Name ist übrigens Herbert. (Mein Nachname tut nichts zur Sache, Sie kennen ihn gewiß nicht, und ich weiß noch nicht, ob er es wert ist, sich ihn zu merken. Es handelt sich um einen sehr einfachen Namen, soviel kann ich Ihnen sagen.) Ich blickte auf die Uhr und verlangsamte mein Tempo; ich war viel zu früh dran, wie immer, weil ich nichts mehr haßte, als zu spät zu kommen; ich ließ mich auf die nächste Parkbank fallen, breitete beide Arme über die Rückenlehne aus, schlug die Beine übereinander, schloß die Augen, hielt meine Nase der grellen Aprilsonne entgegen und sog tief und ausgiebig die noch kühle Vormittagsluft ein. Da tauchte sie auf, ganz plötzlich und ohne jede Vorwarnung. Ich hatte sie seit Jahren nicht gesehen, und doch bestand kein Zweifel, daß sie es war. Große, dunkelbraune Augen in einem blassen runden Gesicht voller Sommersprossen; halblange, dunkelbraune Haare, schnurgerade, mit einer rot-weiß getupften Schleife aus dem Gesicht gehalten, die wie immer schief saß und jeden

Augenblick herunterzurutschen drohte. Ich öffnete die Augen und sah mich um; ein riesiger Buchsbaumbusch stand in der Nähe der Bank, auf welcher ich mich niedergelassen hatte; er schien der einzige weit und breit zu sein, vielleicht war er sogar der einzige seiner Art im ganzen Central Park; kein Wunder, daß Aurelia aufgetaucht war; tauchte sie doch immer und überall auf, wo der Geruch von Buchsbaum in der Luft lag. Gerüche sind ebenso heimtückisch wie unerbittlich. Gerüche wird man niemals los, nicht einmal wirksam schützen kann man sich gegen ihre hinterhältigen Angriffe; Augen kann man verschließen, vor irgend etwas, das man nicht sehen will (vorausgesetzt, man schafft es rechtzeitig), doch die Nase? Dieser Buchsbaum jedenfalls, ohne daß ich ihn dazu aufgefordert hätte, und auch ohne daß ich ihn daran hätte hindern können, streckte seine Äste direkt in meine Nase, drang in mich ein und kitzelte ebenso sanft wie unerbittlich das Mädchen wach, das dort in seinem Dornröschenschlaf schlummerte. Dornröschen, ja; allerdings nahm das berühmte Märchen in meinem Fall einen etwas anderen Verlauf. Wohl gab es eine schallende Ohrfeige, doch es war nicht der Küchenjunge, der sie bekam, sondern der Prinz, wenn Sie so wollen, und es war nicht der Koch, der sie ihm verpaßte – es war Dornröschen höchstpersönlich. Die Prinzessin wurde auch nicht durch plötzliches Einschlafen an der Verabreichung der Ohrfeige gehindert, nein, das wurde sie keineswegs (wenn ich Buchsbaum rieche, spüre ich diese Ohrfeige immer noch sehr schmerzhaft auf meiner linken Wange, und all das ist immerhin beinahe fünfzehn Jahre her).

Es war keine undurchdringliche Dornenhecke um die Prinzessin gewachsen, sondern eine duftende Buchsbaumhecke; und, soviel ich wußte, war nicht vorgesehen, daß der Prinz das Dornröschen jemals küssen würde, genauer gesagt: wieder küssen würde; denn es gab keine böse Fee, deren ungerechter Zauber das Drama ausgelöst hätte (glauben Sie mir, ich habe die Ohrfeige damals wirklich verdient), und erst recht keine gute Fee, die das Drama zu einem glücklichen Ende hätte bringen können. Und dann war da noch ein kleines Problem. Zugegeben, die Märchenbuch-Illustratoren waren sich noch nie recht einig gewesen, über die Haar- und die Augenfarbe des Prinzen. Doch eines läßt sich mit Gewißheit sagen: die Haare des Prinzen waren nicht kraus und rotblond, seine Augen nicht rund und braun, er war nicht klein von Wuchs; er hatte keine Hängeschultern und wohl kaum die Figur eines Mannes, den die Mutter von Kindesbeinen an vom Turnunterricht hatte befreien lassen, damit seine wertvollen Pianistenhände (es war von Anfang an klar, daß es Pianistenhände sein mußten, obwohl, von Anfang an, für Pianistenhände viel zu klein) keinen Schaden nahmen.
Seit beinahe fünfzehn Jahren schon machte ich nun einen weiten Bogen um Orte, die im Verdacht standen, nach Buchsbaum zu riechen (nach Aurelia also), zum Beispiel Hecken aller Art, selbst wenn ich aus der Entfernung nie mit Sicherheit erkennen konnte, ob es sich nicht doch um eine sehr dichte, sehr gepflegte und sehr kleinblättrige Ligusterhecke handelte. Ich mied historische Parkanlagen wie der Teufel das Weihwasser,

und vor allem mied ich selbstverständlich Friedhöfe; um Friedhöfe machte ich einen besonders großen Bogen. Friedhöfe rochen immer nach Aurelia.
Ich sah auf die Uhr und sprang auf. Nun würde ich womöglich noch zu spät kommen, zu meiner „Schönen Müllerin". Ich hielt eine Sekunde inne: jetzt, wo Aurelia schon einmal hier war, konnte ich sie ruhig auch mitnehmen. Hastig riß ich einen Zweig von jenem Buchsbaumbusch (dem einzigen vielleicht, im ganzen Central Park) und lief los.
Ich schaffte es gerade noch. Kurz vor elf Uhr schlüpfte ich durch den Künstlereingang an der Rückseite der Carnegie Hall, Ecke 7th Avenue, fünfundfünfzigste Straße, schwitzend, keuchend, außer Atem; fast wäre ich über einen Stapel Programmhefte gestolpert. Ganz automatisch nahm ich eines davon an mich und begann darin zu blättern. Mein erster unverzeihlicher Fehler. Ein dunkelblau Uniformierter riß mir das Heft aus der Hand, fauchte mich an. Diebstahl sei das, jawohl Diebstahl. Name! Ausweis! Und da beging ich schon meinen zweiten Fehler, nicht weniger unverzeihlich als der erste. Einen Namen hatte ich zwar, auch einen Ausweis; der Fehler, der mir unverzeihlicherweise unterlief, war der, nicht auf der Liste zu stehen. Eine schwarzbebrillt Blauuniformierte, welche hinter einer gläsernen Wand saß und jeden Hereinkommenden gnadenlos kontrollierte, sah mich scharf und durchdringend an und schüttelte den Kopf; ich wischte mit einem Taschentuch über die unschönen Schweißtröpfchen, die sich ganz gewiß über meiner Oberlippe gebildet hatten (das

taten sie immer), ersetzte sie durch mein schönstes Lächeln und versuchte, der Uniformierten zu erklären, daß ich der Pianist war, der am nächsten Abend einen Sänger bei einem Liederabend begleiten sollte; mein Englisch begann unter meiner Nervosität zu leiden; ich litt mit ihm; o Gott, wie hieß doch gleich „im letzten Moment für jemanden einspringen"? Ich spürte, wie klamme Verzweiflung in mir hochkroch, sah mich, (aussichtslos) hilfesuchend um; die Eingangstür ging auf; erleichtert erkannte ich den Sänger. Wir waren einander nur einmal flüchtig begegnet, hatten kaum mehr als ein paar unverbindliche Worte gewechselt, doch er schien sich meiner durchaus zu erinnern.

„Hallo, schön Sie zu sehen, wie geht's?"

Es strahlte eine ruhige Bestimmtheit aus, die mir schon bei unserer ersten Begegnung aufgefallen war. Nicht einmal die schwarzbebrillt Blauuniformierte hinter ihrer gläsernen Wand konnte sich seiner Ausstrahlung entziehen. Sein Name fand sich ebensowenig auf der ominösen Liste wie meiner, und sein Englisch war vielleicht noch schlechter als meines. Doch das, was weder meine mühsamen Erklärungen noch mein strahlendstes Lächeln bewirkt hatten, erreichte er mit dem kaum merklichen Anflug eines Lächelns, einer leicht gehobenen linken Augenbraue und mit Hilfe weniger Worte, welche er mit seiner berühmten schmeichelrauhen Baritonstimme von sich gab, so sanft, daß jeder Widerstand zwecklos schien. Ich behaupte nicht, daß die Uniformierte am Ende lächelte, nein lächeln wäre zu viel gesagt, doch immerhin machte sie ein

Gesicht, das erahnen ließ, wie ihr Lächeln unter Umständen aussehen könnte, als sie dem Sänger zwei Programmhefte überreichte und mit einer beinahe einladenden Geste in Richtung des Aufzugs wies, der uns wohl zum Konzertsaal bringen würde.

„Kommen Sie", sagte der Sänger und reichte mir ein Programmheft und grinste, was keinen Zweifel daran ließ, daß er sich seiner Wirkung wohl bewußt war; seiner Wirkung auf Menschen im allgemeinen und auf Frauen im besonderen.

Er mochte ein paar Jahre älter sein als ich und sah dafür ein paar Jahre jünger aus; er war nicht besonders groß, ziemlich schlank, hatte einen schmalen Nacken, dunkelblonde, kurz geschnittene Haare; seine Augen lagen tief; seine Züge waren markant, beinahe hart, und er gehörte offensichtlich zu jenen Männern, die grundsätzlich aussehen, als hätten sie einen Zweitagesbart, obwohl sie sich eben erst frisch rasiert haben, was ihre maskuline Ausstrahlung beneidenswert unterstreicht.

Kennen Sie den alten Schlager „Man müßte Klavier spielen können"? Den kann nur jemand geschrieben haben, der keine Ahnung vom wirklichen Leben hatte; oder ein Klavierspieler, der seinem Wunschdenken Ausdruck verlieh; Klavierspielen nützt dem Klavierspieler wenig, was seinen Erfolg bei Frauen betrifft. (Wenn ich an Aurelia denke, so war das Klavierspielen sogar ausgesprochen schädlich, meines nicht weniger als ihres.) Und dann noch Begleiter. Ein Solopianist, ja, vielleicht; vielleicht wirkt das. Doch Begleiter? Eine Nebenrolle per definitionem. Welche Frau träumt schon von einem Mann, der per definitionem eine Nebenrolle spielt? Nein, Klavierspielen nützt gar nichts, glauben Sie mir. Singen müßte man können. Singen scheint auf Frauen eine geradezu unwiderstehliche Wirkung zu haben; sie werden augenblicklich elektrisiert. Erotisiert. Ja, erotisiert.

„Ich bin froh, daß Sie einspringen konnten."

Das klang erfreulich erfreut.

„Zum Glück fand sich in meiner kleinen Dachwohnung kein Platz für eine Wendeltreppe, die ich hätte hinunterfallen können."

Der Sänger lachte. „Nein, ehrlich, ich hatte schon längst auf eine Gelegenheit gewartet, mit Ihnen zu musizieren."

„Habe ich mein erstes Auftreten in dieser heiligen Halle etwa Ihnen zu verdanken?"

„Ja, natürlich."

„Sie kennen mich doch gar nicht, oder?"

„Doch, ich beobachte Sie schon eine ganze Weile. Und ich kenne die CD, die Sie mit diesem jungen Tenor aufgenommen haben. Ihre Art zu begleiten ist von einer erfrischend unaufdringlichen Selbständigkeit, finde ich. Unterwürfige Begleiter kann ich nämlich nicht ausstehen, Sie wissen schon, was ich meine – die Sorte, die dem Sänger in allem und jedem nachgibt und recht gibt. Mühsam. Man verliert den Boden unter den Füßen. Waten im Moor." Er machte eine kleine Pause. „Und? Wie ist das mit Ihnen? Welche Art von Unarten schätzen Sie an Sängern?" Sicherheitshalber gab ich keine Antwort, und er bestand sicherheitshalber nicht auf einer.

Wir betraten die Bühne; ich hatte sie bis dahin nur aus der Zuhörerperspektive gekannt; rund war die Carnegie Hall, von hier aus betrachtet, erstaunlich rund und erstaunlich sparsam dekoriert, im Vergleich zu den Konzertsälen in dem Land, aus dem ich kam, geradezu nüchtern; sekundenlang stand ich so da und wartete auf das Gefühl; ich wartete darauf, daß sich dieses Gefühl in mir einstellen würde; das Gefühl, das zu fühlen ich mir vorgestellt (vielleicht auch vorgenommen) hatte, ohne es je gefühlt zu haben; trotzdem wußte ich in diesem Augenblick, daß ich es nicht fühlte, das Gefühl: ich fühlte mich wie immer. Hier zu stehen war weder so erhebend noch so einschüchternd, wie mir das auf der anderen Seite vorgeschwebt war, auf der anderen Seite der Bühne und auf der anderen Seite des Atlantik. Es war eine Bühne wie jede andere, was mich ebenso mit Enttäuschung erfüllte wie es mich erleichterte. Ich klappte den Flügel auf, legte meine Noten zurecht und den Buchsbaumzweig daneben, welchen ich, wie ich erst jetzt bemerkte, noch immer krampfhaft in meiner linken Hand festgehalten hatte.

„Fangen wir mit den letzten beiden Liedern an", schlug ich vor. Der Sänger zog die linke Augenbraue hoch und sah mich prüfend an.

„Ich nehme an, Sie wollen wissen, wo ich hin will", sagte er endlich.

„Ja", sagte ich „ich will wissen, wo wir hin wollen."

„Und?" fragte er, nachdem der letzte Ton des letzten Liedes verklungen war, „wissen wir's jetzt?"

Ich nickte, und wir versenkten uns in das erste der zwanzig Lieder des Schubertschen Zyklus, das Liebesdrama eines jungen Müllersburschen, welches ein so furchtbar tragisches Ende nimmt.

* * *

Als ich Aurelia zum ersten Mal wahrnahm, hatte ich so ein Gefühl, als ob sie schon immer dort gestanden hätte, von Anbeginn der Zeiten, hinter der Glastür einer Greißlerei, an der jeder Begräbniszug vorbeizog, vorbeiziehen mußte, auf dem Weg von der Kirche zum Friedhof, in einem Städtchen, das gerade groß genug war, daß nicht jeder jeden kannte und doch nicht groß genug, als daß man hätte sicher sein können, nicht erkannt zu werden. Der Herr Pfarrer schritt hinter dem schwarzen, mit Kränzen beladenen Leichenwagen und duldete niemals und unter keinen Umständen, daß seine Ministranten links oder rechts schauten, während sie, unnatürlich langsam und unverständlich murmelnd, in lateinische Gebete versunken (vorgeblich versunken, denn in Wirklichkeit versenkten sie sich in weiß Gott was, worin halbwüchsige Knaben sich eben so versenken), neben und hinter ihm her wallten, wie das Jüngste Gericht, in weißen Gewändern, mit dunkelvioletten Krägen; der Herr Pfarrer hatte einen untrüglichen Instinkt dafür, ob jemand nicht hinter ihm herbetete, wie es sich gehörte, ob jemand gar links oder rechts schaute, wiewohl er doch unmöglich sehen oder hören konnte, was hinter ihm vorging;

ich beobachtete, wie sein ewig geröteter, cholerischer Kopf noch röter anlief, vor gewaltsam unterdrücktem Zorn, wie sein Hals, aus dem bläuliche Adern hervorquollen, nervös vorwärts-seitwärts zuckte, sobald er einen von uns bei einer Unaufmerksamkeit ertappte. Ich riskierte jedesmal eine Schimpftirade mit abschließender Ohrfeige, nachher in der Sakristei, jedesmal, wenn mein Kopf sich nach rechts wandte, sobald wir an der Greißlerei vorbeikamen. Ich weiß nicht mehr, was ich dachte, ich glaube, ich dachte gar nichts; ich trottete vor mich hin, unnatürlich langsam und vorgeblich ins Gebet versunken, den Blick auf das Granitkopfsteinpflaster gesenkt, das unter meinen Füßen vor mir her zum Friedhof tanzte, als plötzlich etwas in mir (oder jemand, Luzifer, möglicherweise, der sich meiner Seele bemächtigte, weil die Seele dessen, der in dem Sarg vor mir ruhte, ihm für immer verloren schien) meine Augen lenkte, meinen Kopf packte, nach rechts drehte, meinen Hals nach hinten verrenkte, bis der Begräbniszug sich um die nächste Biegung geschleppt hatte und die Glastür aus meinem Gesichtsfeld verschwunden war. Ich riskierte jedesmal eine Ohrfeige und bekam sie auch oft genug; ich riskierte sie und bekam sie für einen Blick verabreicht, für einen Blick auf ein kleines Mädchen, das nicht älter als fünf oder sechs sein konnte, ein kleines Mädchen, welches mit sorgfältig gefalteten, nach oben weisenden Händen hinter einer Glastür stand, in einem dunkelblauen Faltenrock, den sie fast bis zum Kinn gezogen hatte, weil er ihr viel zu lang war, auf dem Kopf eine rot-weiß getupfte Schleife, die jeden Augenblick von ihren dunklen,

halblangen Haaren zu rutschen drohte, für einen Blick auf zwei dunkle Augen in einem runden, blassen Gesicht voller Sommersprossen; Luzifer hockte in mir und zwang meinen Blick auf einen Engel, der durch einen himmlischen Irrtum mit schnurgeraden dunklen Haaren und dunklen Augen auf die Welt gekommen war, anstatt, wie es sich für einen Engel geziemt hätte, blauäugig, mit blonden Locken. Ich war dreizehn Jahre alt und wollte dieses Mädchen haben, von dem Augenblick, als es zum ersten Mal die Schwelle meiner Wahrnehmung passierte, ich wollte es für mich haben, ganz für mich allein. Es schien ja auch niemandem zu gehören, wie es so dastand, hinter Glas, mit Holz umrahmt. Sie war nicht wirklich ein Engel, wie sich später herausstellte, bei Gott, nein, das war Aurelia nicht; doch sie hatte etwas von einem; sie war ein leuchtendes Wesen, ein Strahlen ging von ihr aus, ein waches und aufmerksames Strahlen, und sie besaß – dessen bin ich sicher – ein Paar unsichtbarer Flügel, die sie, wo immer sie sich befand, anlegen konnte, um augenblicklich und spurlos zu verschwinden. Allein deshalb schon mußten all meine Versuche, das Mädchen zu besitzen, jämmerlich fehlschlagen; sie konnten nur dazu führen, daß Aurelia von mir Besitz ergriff, bis ich am Ende von ihr besessen war, bis sie mich besaß; und das war wohl das Schlimmste, was ich ihr antun konnte: mich besitzen müssen. Mich zu besitzen war zweifellos das letzte, was sie wollte. Sie wollte ebensowenig jemanden besitzen, wie sie es verabscheute, von jemandem besessen zu werden.
Ich fing an, mich in der allwöchentlichen Ministrantenstunde

nur noch für Begräbnisse einteilen zu lassen, obwohl Hochzeiten (das war allgemein bekannt) bei weitem einträglicher waren; denn während uns die glücklichen Brautleute stets mit Münzen und Scheinen belohnten, auf einem goldenen Teller, den wir ihnen beim Auszug aus der Kirche unter die Nase hielten (unauffällig), speisten uns die trauernden Hinterbliebenen nach Begräbnissen in Naturalien ab, was soviel hieß wie: wir durften am Leichenschmaus teilnehmen – hierorts, so verlangte es die Tradition, ein Teller fettäugiger Suppe mit schlüpfrigen, zu Tode gekochten Nudeln und ein großes Stück ebenso zu Tode gekochtes, fettes Rindfleisch; und wäre es nicht bereits zu Tode gekocht, so wäre es garantiert erstickt, unter einer dicken Schicht pappiger Semmelkrensoße, deren Farbe mich nicht weniger daran erinnerte, um welchen Schmaus es sich hierbei handelte.

Nicht nur riskierte ich Ohrfeigen und würgte mit Todesverachtung an Rindfleisch mit leichenblassem Semmelkren, ich setzte mich bei Begräbnissen naturgemäß überdies den Unbillen der Witterung aus, mit all ihren unangenehmen begleitenden Erscheinungen. Was eine halbe Stunde sengender Sonne an einem Hochsommertag in einem rotblonden, sommersprossigen Gesicht anrichtet, kann man sich leicht ausmalen; und das allwinterliche Entsetzen meiner Mutter über meine blaugefrorenen, halbvereisten, vom Turnunterricht befreiten Pianistenhände läßt sich ohnehin kaum beschreiben.

All das klingt, wenn ich heute daran denke, ein bißchen lächerlich. Ein paar von meinen Ministranten-Kollegen fanden es schon damals lächerlich, der eine oder andere merkte etwas, ohne genau zu wissen, was er eigentlich merkte, und man hänselte mich, einfach so auf Verdacht. Doch ob es nun dieses war, womit man mich aufzog, oder etwas anderes ... meine unmögliche Figur oder mein chronisches, langweiliges Klavierüben oder meine Mutter, die für alle unübersehbar eine Perücke trug, die mich, da ihr Beruf ihr größtmögliche Bewegungsfreiheit und flexible Zeiteinteilung einräumte (sie war Witwe) immer und überall besorgt begluckte – was machte das schon für einen Unterschied? Vielleicht verstehen Sie mich besser, wenn ich Ihnen sage, daß Aurelia eines Tages lächelte. Wieder einmal trottete ich (vorgeblich gottergeben) vorüber, an der Glastür, hinter welcher sie stand, und starrte sie an; das heißt, meinen Gesichtsausdruck konnte ich natürlich nicht sehen, doch innen fühlte sich das, was ich tat, wie Starren an, und obwohl ich also ganz gewiß nicht lächelte, sondern starrte, sah mich das Mädchen mit lächelnden Augen an. Von diesem Tag an lächelte sie jedesmal; ja, ihr Lächeln schien fast so etwas wie auf mich zu warten; zumindest stellte ich mir vor, daß ich es war, den sie anlächelte, und daß ich es war, auf den ihr Lächeln wartete.

Ich erzähle jetzt von ihr, als hätte ich damals schon ihren Vornamen gekannt; nein ich wußte nicht einmal, wie sie hieß; ich hatte noch nicht einmal das Bedürfnis, einen Namen zu denken, wenn ich an sie dachte, denn ich befand mich in diesem seligen Vor-Wort-Zustand, in welchem all das noch nicht in Worte gezwängt war, was ich später (allem zum Trotz, was noch passieren sollte) Liebe nennen würde, denn wie hätte ich

es sonst nennen sollen? Frei, unbestimmt und vieldeutig durchdrang es mich, erfüllte mich mit unzähligen winzigen Teilchen von nichts und irgend etwas, schwebend, schwerelos, mühelos, ruhelos; es hatte noch nicht einmal zu fließen begonnen, in mir, und ich war noch weit entfernt von dem Zustand, wo die Teilchen, die alles bedeuten, sich sammelten, sich suchend zu Worten formten, die längst nicht mehr alles bedeuten konnten; wo ein Wort sich tastend an das nächste fügte, während es sich immer noch fließend bewegte, obwohl ich schon spürte, wie es anfing zäher zu fließen, immer zäher, und immer weniger flüssig, bis es erstarrte, in jenem bekannten Nach-Wort-Zustand, in welchem alles, was zuvor wunderbar wortlos in mir dahingeschwebt war, feinsäuberlich in einem engen Korsett von überaus passenden Worten steckte.
Ich nahm Aurelia, deren Namen ich nicht kannte, auf dem Weg zum Friedhof wortlos aus ihrem Holzrahmen hinter der Glastür, setzte sie mir in den Kopf und schloß sie ein; zwang sie, fortan dort zu sitzen und mir geduldig lächelnd zuzuhören, während ich stundenlang Tonleitern und Akkordzerlegungen hinauf und hinunter übte, während ich, langsam erst, dann immer schneller, Czernys Schule der Geläufigkeit in meine Fingern bekam, während ich mich an Johann Sebastian Bachs Inventionen versuchte, an seinem Wohltemperierten Klavier (Band I), an klassischen Sonaten von Joseph Haydn, Wolfgang Amadeus Mozart und Ludwig van Beethoven, an Franz Schuberts Impromptus, an Felix Mendelssohn-Bartholdys Liedern ohne Worte.

* * *

Wir probierten konzentriert und sprachen nur das Allernötigste.
„Kennen Sie die CD, die ich vor Jahren aufgenommen habe?"
Ich wollte einfach nur nicken, doch ich spürte, wie mein Kopf, während er nickte, sich hin und her wiegte, meine Stirn sich in Falten legte und meine Unterlippe sich nach vor schob.
„Keine Sorge, sie ist nicht mehr ganz das, was ich mir heute unter einer Interpretation der Schönen Müllerin vorstelle. "
„Interpretation?" fragte ich und versuchte meine linke Augenbraue hochzuziehen, was mir nicht gelang und dem Sänger ein breites Lächeln entlockte, aus welchem ich (wortlos) den kühnen Schluß zog, daß unsere Vorstellungen, wie denn die Schöne Müllerin zu interpretieren sei, sich (wortlos) deckten; daß wir die Schöne Müllerin nämlich gar nicht interpretieren wollten, sondern übersetzen.
Was denn dabei der Unterschied sei, werden Sie mich vielleicht fragen; was heißt schon interpretieren; und was übersetzen; tja, so genau kann ich Ihnen das auch nicht sagen, ich bin schließlich kein Sprachgelehrter; interpretieren jedenfalls läßt mich immer daran denken, daß jemand irgend etwas dazwischen tut; es hat etwas Hinderliches an sich, etwas Enges und Klebriges und gleichzeitig Schulmeisterliches. Fragen Sie mich jetzt nicht, warum. Übersetzen hingegen ... ja, übersetzen setzt sich wohl am Ende über etwas hinweg; es befreit sich, um sich in etwas zu verwandeln, in etwas Neues,

und nicht in so ein Mittelding zwischen irgend etwas.
Möglicherweise interessieren Sie sich gar nicht für klassische Musik, schon gar nicht für klassischen Liedgesang, und daß Sie ausgerechnet Schuberts Schöne Müllerin kennen, erschiene mir höchst unwahrscheinlich (es ist das alte Lied, Sie wissen schon: junger Bursche geht auf Wanderschaft, folgt neugierig einem Bach, begegnet schönem Mädchen, freut sich, verliebt sich, sehnt sich, schöpft Hoffnung, zweifelt, hofft verzweifelt, verzweifelt, wird erhört und triumphiert; zweifelt, ahnt Böses, wird betrogen, hofft, kämpft verzweifelt, verzweifelt hoffnungslos, gibt auf, ertränkt sich im Bach und findet endlich seine Ruhe). Doch anscheinend interessieren Sie sich für Bücher. Also wissen Sie wahrscheinlich auch – vielleicht wissen Sie es gar nicht, doch Sie spüren es – wann eine Übersetzung wirklich gelungen ist: wenn Sie nämlich, während Sie lesen, vollkommen vergessen, daß Sie eine sogenannte Übersetzung lesen und nicht ein sogenanntes Original; wenn der Übersetzer Sie so gefangen nimmt, so berührt wie der Autor selbst, nur in einer ganz anderen Weise. Weil eben eine wirkliche Übersetzung keine Übersetzung ist, sondern ein wirkliches Original.
Daß wir uns tatsächlich einig waren, der Sänger und ich, wurde mir klar, als er das letzte der zwanzig Lieder des Zyklus sang, das Wiegenlied, das den Müllersburschen in den Schlaf wiegt; nicht in irgendeinen Schlaf, nein, in den ewigen Schlaf, den er nun in seinem selbstgewählten Grab schlafen würde, in dem blauen kristallenen Kämmerlein, in dem kleinen Bach

nämlich, der ihn durch Glück und Leid begleitet hat, bis in den Tod, in dem kleinen Bach seines kurzen Liebens und Lebens. Er sang es nicht auf eine harmlose Weise, dieser Sänger; so, als wäre gar nichts passiert, so als würde er fröhlich vor sich hin trällern, mit ein bißchen Text, so als wäre es irgendein Wiegenlied, so, wie ich es oft gehört hatte, doch auch nicht mit diesem tragischen Pathos, das ich fast noch weniger leiden kann (so tragen es im allgemeinen Opernsänger vor, die, weil sie so schön Opern singen, so gerne zu Liederabenden eingeladen werden). Ich dachte bei des Baches Wiegenlied von Schubert (beinahe komischerweise) an ein ganz anderes Lied; an einen Pop-Song einer Popsängergröße von lokaler Bedeutung, der, als ich noch jung war, die Hitparaden stürmte; „Heite drah i mi ham" (hochdeutsch etwa: heute drehe ich mich heim, was so viel heißt wie: heute bringe ich mich um) – lautete der Titel, und er verursachte einen regelrechten Skandal, damals, als er im öffentlich rechtlichen Rundfunk gespielt wurde; am Ende verbot man den Song, weil er angeblich Jugendliche zum Selbstmord anregte. Ich weiß nicht, warum mich Schuberts Wiegenlied aus dem Munde dieses Sängers an jenen Pop-Song erinnerte – es gibt wenige Gemeinsamkeiten, wie man sich denken kann, sieht man einmal davon ab, daß beide Lieder in Wien geschrieben wurden, daß es in beiden Fällen um Selbstmord geht und beide Helden im Wasser enden: der eine im kühlen, blauen, kristallklaren Wasser eines Baches, das Taschentuch seiner treulosen Geliebten (auf Initiative seines Freundes, des Baches) gnädig über beide Augen gebreitet; der

andere im wohlig-lauwarmen Wasser seiner Badewanne, mit durchschnittenen Pulsadern und ganz ohne seine Kleider, die er zuvor feinsäuberlich über einen Stuhl gebreitet hat.
Ich schätze, beide Lieder verführen auf ihre Art zum Nicht-Werden und machen geradezu unbändige Lust auf Nicht-Sein, todtraurig und unausweichlich, ruhig, heiter und gelassen, tröstlich, schmerzlos und still. Das vor allem: still.
„Gehen wir noch etwas essen? Ich glaube, es gibt nichts, was irgend jemanden auf dieser Welt so hungrig machen könnte wie mich das Klavierspielen."
„Doch. Singen. Mich macht Singen genauso hungrig."
Ich sah an mir hinunter.
„Sie singen wohl etwas weniger, als ich Klavier spiele."
„Disziplin, mein Freund, eiserner Wille und Disziplin", seufzte der Sänger.
„Disziplin, ha! Mein ganzer Vorrat an Disziplin ist bei mir immer fürs Spielen draufgegangen, fürs Nicht-Essen ist da selten etwas übrig geblieben. Und mein Wille – den habe ich wohl zu lange auf etwas anderes konzentriert. Auf jemand anderen", fügte ich versonnen hinzu.
Ich packte den Buchsbaumzweig samt meiner Schönen Müllerin in mein abgewetztes Plastiksackerl; es war weiß mit blauen Dekorstreifen und roter Aufschrift, aus einem Delikatessengeschäft in der Linken Wienzeile – eine Straße in der gleichnamigen Stadt, in welcher ich meinen ordentlichen Wohnsitz hatte; es war mein Markenzeichen und mein Talisman: ich führte darin alles mit mir, was man so brauchen

konnte, auch wenn ich das meiste davon niemals gebraucht hatte und niemals brauchen würde, eine Stimmgabel, zum Beispiel, und eine Familienpackung Kondome.
Wir nahmen den Lift hinunter zum Ausgang und kamen neuerlich an der schwarzbebrillt Blauuniformierten vorbei; der Sänger nickte ihr zu, und wir traten vor die Tür. Die Sonne hatte sich hinter eine dichte Wolkendecke verzogen. Der Sänger schlang sich einen weinroten Schal um den Hals und knöpfte seinen dunkelgrauen Wollmantel zu.
„Und was war das für eine Frau?"
Ich sah ihn verständnislos an.
„Die, auf die Sie Ihren Willen konzentriert haben."
„Ach. Aurelia."
„Aha." Er schien über etwas nachzudenken. „Schöner Name. Selten. Sind Sie oft in New York?"
„Ehrlich gesagt war ich erst ein einziges Mal hier, und das nur für drei Tage."
„Und? Mögen Sie's?"
„Ich bin ganz gerne anderswo."
„Egal wo?"
„Egal wo."
„Gleich um die Ecke ist das Hard Rock Café. Ich war da noch nie, wir könnten versuchen, einen Tisch zu bekommen."
„Dieses Prominenten-Beisl etwa?"
Einen Augenblick später standen wir bereits vor der Tür. Eine Menschentraube stellte sich bei diesem Typen an, welcher die Leute – mehr Sensationshungrige als Hungrige, nehme ich an

– (gnädig) empfing, um ihnen (herablassend) mitzuteilen, wie lange sie nunmehr auf einen Tisch warten durften.
„Sehen Sie?“ sagte der Sänger und wies auf ein Schild, das genau über meinem Kopf hing. „Sehen Sie, warum ich noch nie hier war? Und warum wir jetzt auch gleich wieder gehen werden?“
„DAS IST NICHT HIER“, las ich laut. „Und wo, bitte, ist jetzt hier, Ihrer Meinung nach, wenn es nicht hier ist?“ Ich folgte dem Sänger, der zu wissen schien, wo es dorthin langging.
Wir liefen die nächste Subway-Station hinunter und warteten auf den Expreßzug Richtung Downtown. Unwillkürlich verglich ich die Station mit den U-Bahn-Stationen in der Stadt, in welcher ich meinen ordentlichen Wohnsitz hatte. Heruntergekommen war diese Station hier; ein bißchen desolat; ein bißchen schmuddelig; ein bißchen enttäuschend, alles in allem. Wie der Flughafen, auf dem ich gelandet war, wie die Straßenbeläge, wie die Art, elektrische Leitungen russisch durch die Gegend hängen zu lassen, wie die Art, Rechtecke in Fensterscheiben zu schneiden und geheimnisvolle Kästen zu montieren, die man für Vogelnistkästen halten konnte, ehe sie sich als Klimaanlagen entlarvten; Fortschritt, der irgendwann aufgehört hatte, fortzuschreiten; eine Neue Welt, die in die Jahre gekommen war.
„Kennen Sie das Gefühl, im falschen Moment am falschen Ort zu sein und dort das falsche zu tun?“ fragte der Sänger; er stellte die Frage in sich hinein, nachdem wir eine ganze Weile schweigend im Expreßzug der Linie 6 gesessen hatten. „Es ist

ein Gefühl, das in mir zu wohnen scheint. Ich fahre im Auto in der falschen Spur, ich stehe in der falschen Schlange beim Einchecken am Flughafen, ich setze mich in Gesellschaft auf den falschen Platz und spreche ganze Abende lang mit den falschen Leuten, ich sage die falschen Konzerte zu und die richtigen ab; ich verabrede mich immer im falschen Augenblick mit der falschen Frau, während ich die richtige sitzenlasse. Meistens gehe ich auch in die falschen Lokale und bestelle mir das falsche Essen." Der Sänger grinste mich an. „An Ihrer Stelle würde ich mir also nicht blind vertrauen, was das betrifft."

Ein Farbiger stieg ein, tänzelte durch den Wagen; er sang, während er auf einer Art Buschtrommel trommelte, unterbrach sein Trommeln, um mit etwas in der Luft zu wedeln; Socken; es waren Socken, weiße Socken im 6er Pack, die er mit einschmeichelnder Singsangstimme zu einem angeblich unglaublich günstigen Preis anpries.

„Könnte es sein, daß Ihr eiserner Wille etwas mit diesem Gefühl zu tun hat?"

„Mit dem Gefühl, zur falschen Zeit am falschen Ort das Falsche zu tun, meinen Sie? Wie kommen Sie denn darauf?"

Wir stiegen aus, und als wir oben ankamen, wurden wir von einem Schneeschauer empfangen. Ich fror. Ich schlug meinen Mantelkragen hoch und ging blinzelnd, mit gesenktem Kopf hinter dem Sänger her das Gäßchen entlang, in welchem sich der Subway-Aufgang befand. Als ich den Kopf hob, schien wieder die Sonne. Wir standen vor einem Friedhof. Ein

Friedhof mitten im New Yorker Finanzviertel, an der Südspitze von Manhattan. Ich war nicht überrascht. Ich dachte an den Buchsbaumzweig in meinem Plastiksackerl. Friedhöfe hatten auch da, wo ich herkam, stets eine bevorzugte Lage, eine ideale Wohnlage; zentrale Grünlage, nannte man das wohl in der Immobilienhändlersprache; der Friedhof, der sich beim Anblick des New Yorker Trinity-Friedhofs augenblicklich in meinem Kopf ausbreitete, lag auf einer leichten Anhöhe; atemberaubender, unverbaubarer Fernblick.

Zwei kleine Mädchen schlenderten zwischen Gräbern umher – bisweilen hüpften sie – der blonde Roßschwanz der einen wippte, die getupfte Masche der anderen rutschte ebenso wie ihr kurzer dunkelblauer Faltenrock und die weißen Söckchen. Die Mädchen unterhielten sich angeregt, blieben stehen, deuteten auf einen bestimmten Grabstein oder ein Blumengesteck, lachten, schüttelten die Köpfe. Ich lauschte angestrengt, während ich sie beobachtete; ich konnte nicht verstehen, worüber sie lachten; ich war am anderen Ende des Friedhofs, ganz in der Nähe des Friedhofstores, damit beschäftigt, eine verbeulte, blecherne Gießkanne, die wohl einmal grün gewesen sein mußte, mit Wasser zu füllen, um sie zu unserem Familiengrab zu schleppen und die Stiefmütterchen zu gießen. Es muß ein Samstag gewesen sein, ja, ein Samstag nachmittag, denn ich war nur mehr an den Wochenenden zu Hause, jedes zweite Wochenende, um genau zu sein. Seit diesem Schuljahr besuchte ich nicht mehr das Gymnasium in der nächstgelegenen größeren Stadt. Meine Mutter hatte mich in ein Internat gesteckt, in ein musisch-pädagogisches Oberstufenrealgymnasium, um meine „außerordentliche musikalische Begabung" zu fördern. Doch ich war beinahe sicher, daß auch mein „außerordentliches Interesse für kleine Mädchen" etwas damit zu tun hatte (wenn wir auch nie darüber sprachen, meine Mutter und ich, es war eines dieser Themen, über das zu sprechen vollkommen undenkbar gewesen wäre), ich hegte jedenfalls den Verdacht, daß unser Pfarrer meine Mutter ins Gebet genommen hatte. Später, als alles vorbei war, beobachtete ich mich lange Zeit ängstlich, ob sich in mir eine abartige, krankhafte sexuelle Neigung entwickelte, ob ich einer von den Männern sein würde, die sich nie für etwas anderes interessierten als für kleine Mädchen. Ich konnte keine Anzeichen feststellen. Es war nur genau dieses eine kleine Mädchen gewesen, das mein Interesse erweckt hatte und meine ersten Begierden.

Während ich die Stiefmütterchen, gelb und dunkelviolett, auf dem Grab meines Vaters goß, dem dicken, plumpen Wasserstrahl lauschte, der dumpf zischend auf die rissig ausgetrocknete Erde prallte, während ich konzentriert beobachtete, wie ihre armen kleinen Köpfe – eben noch dem Verdursten nahe – sich mühsam über Wasser hielten, dem Ertrinken nahe, in den tiefen, schmutzigbraunen Seen, welche sich um sie bildeten, näherten sich die Stimmen der beiden Mädchen. Mein Herz klopfte, ich spürte, wie meine Handflächen feucht wurden, wie kurz vor dem Auftritt bei einem Klavier-Vortragsabend; ich wagte nicht, den Kopf zu heben.

„Sind die nicht grauenhaft?“ konnte ich nun deutlich verstehen. „Ausgewaschene Plastikblumen sind wirklich furchtbar, findest du nicht?“ Es war die mit der getupften Masche, die sprach, und es war das erste Mal, daß ich ihre kleine Stimme hörte; sie hatte nichts kindlich Piepsiges an sich, nichts Quiekendes, sie war nicht hoch und auch nicht tief; einen Moment lang schloß ich die Augen und fühlte, wie sie weich, melodisch und sanft in mich eindrang. Die kleine Stimme, die sich nun über die komisch geschwungenen schwarzgrauen Marmorgrabsteine lustig machte, welche damals gerade in Mode kamen und die schlichten schmiedeeisernen Kreuze mit ihren ovalen weißen Emailschildern ersetzten, hatte noch etwas an sich, das ich lange Zeit nicht in Worte fassen konnte: sie war schmiegsam, dicht und glatt, und sie war hell, doch sie war von einer warmen, beinahe dunklen Helligkeit, wie sie die untergehende Sonne ausstrahlt. Die kleine Stimme äußerte sich sorgenvoll kritisch über die kitschigen, weiß geätzten Heiligenbilder, die moderne marmorne Grabsteine zierten, (oder vielmehr verunzierten) und entrüstete sich über ungepflegte, verwahrloste Gräber; ich lauschte gespannt, verzückt, mit angehaltenem Atem und klopfendem Herzen. Die beiden Mädchen schlenderten weiter, zündeten da und dort Grablichter an, die der Wind ausgeblasen hatte; die kleine Stimme entfernte sich, während ich, obwohl die Stiefmütterchen auf dem Grab meines Vaters bereits dem Ertrinkungstod nahe waren, die Gießkanne nochmals zur Bassena trug und Wasser hineinlaufen ließ, so langsam, wie es nur ging, die beiden Mädchen beobachtend, ganz unauffällig, mit klopfendem Herzen pfeifend, heftig in die Sonne blinzelnd, so, als würde ich nirgendwohin sehen. Die Mädchen bewegten sich in Richtung Friedhofstor; einen Augenblick lang war ich so angestrengt damit beschäftigt, nirgendwohin zu sehen, daß ich vollkommen vergaß hinzusehen; und plötzlich sah ich sie gar nicht mehr. Ich hastete um die Ecke zum Friedhofstor. Ich trat ein paar Schritte hinaus. Da waren die Mädchen verschwunden. Vom Erdboden verschluckt. Doch ich vernahm ein Flüstern.

„Kennst du ihn?"

„Ja, das ist der Josef, glaube ich."

„Das war er, meinst du wohl."

Das Flüstern drang durch die Holztür rechts von mir; sie war nur angelehnt, und ich öffnete sie einen Spalt; die Mädchen standen am Kopfende einer Leiche, die offen in einem schwarzen Sarg aufgebahrt lag, einen schwarzen Rosenkranz in den starr gefalteten Händen. Das Mädchen mit der Masche beugte sich über den Kopf des Toten, sah ihn an, neugierig und aufmerksam und ohne jegliche Scheu, während sich mir, der draußen stand und sie gebannt anstarrte, der Magen umdrehte.

„Ich weiß nicht, er ist so, so – echt. Fast echter als in Wirklichkeit."

„Glaubst du, er kann uns sehen?"

„Weiß nicht. Blaß ist er. Wie aus Wachs. Wie eine Kerze. Vielleicht wächst ihm aus dem Kopf gleich ein Docht, den man anzünden kann."
„Du spinnst."
„Er hat sich umgebracht."
„Komm, es stinkt."
„Du solltest einmal im Sommer hier sein, wenn es so richtig heiß ist, da stinkt es noch viel mehr."
Das Mädchen mit dem blonden Roßschwanz hielt sich die Nase zu.
„Gleich wird mir schlecht."
„Seine Schwester hat ihn gefunden, auf dem Dachboden. Neben der nassen Bettwäsche. Aufgehängt."
„Scheußlich. Komm schon, Aurelia, gehen wir endlich."
Ich verdrückte mich schleunigst und ging hastig die paar Schritte zurück zum Friedhofstor, wo ich mich vor den Mitteilungskasten stellte, der an dem schwarzen, schmiedeeisernen Gitter hing; ich vertiefte mich in die neuesten Meldungen aus der Welt der Toten, während ich den beiden Mädchen nachsah, die auf dem Feldweg, der den Friedhof entlang führte, davonspazierten. Aurelia. Ich murmelte den Namen mehrmals vor mich hin: Aurelia. Aurelia. Aurelia. Lautlos erst, dann leise und schließlich immer lauter ließ ich sie durch meinen Mund rollen, hielt sie zwischen Gaumen und Zunge fest, ehe sie sich, weich und doch bestimmt, durch meine leicht geöffneten Lippen verflüchtigte. Aurelia … aurumaurineutrumdasgold – Aurelia, die Goldene? Warum hatte man wohl einem

dunklen Mädchen einen Namen gegeben, der so hell war? Die Goldene mit den schwarzen Haaren und schwarzen Augen.
Ich muß eine geraume Weile so dagestanden haben, am Tor zum Friedhof, und zu mir selber gesprochen denn die alte Frau, (sie trug ein dunkles, wollenes Kopftuch, eine schwarzglänzende Schürze und hatte einen schlechten Fuß), welche nun dicht an mir vorbeiging, sah mich seltsam an, ebenso seltsam, wie ich ihr scheinen mochte. Ich grüßte sie, obwohl ich sie nicht kannte, denn hierorts war es üblich, Unbekannte zu grüßen (als ich ein Kind war und zum ersten Mal eine größere Stadt besuchte, grüßte ich alle Unbekannten auf der Straße, bis ich merkte, daß es zu viele waren, bis ich merkte, wie seltsam mich die unbekannt Gegrüßten ansahen, wohlwollend mitleidsvoll, wie man jemanden ansieht, der nicht ganz richtig im Kopf ist).
Die Gießkanne stand in der Bassena, so wie ich sie zurückgelassen hatte, überschwemmt allerdings, inmitten einer Überschwemmung, die der offene Hahn angerichtet hatte, aus dem beharrlich Wasser floß. Ich schleppte die überschwappende Kanne zu unserem Grab, um die Stiefmütterchen, die sich erholt zu haben schienen, neuerlich in einem bräunlich schäumenden See zu ertränken. Auf dem Weg zurück zum Friedhofstor schlug ich einen Haken, um wie zufällig an einem bestimmten Grab vorbeizukommen, das einzige, vor dem Aurelia (ich nannte sie nun Aurelia, ich dachte von diesem Moment an namentlich an sie) eine ganze Weile gestanden hatte, einfach nur so, mit gefalteten Händen, ohne zu lachen,

zu lästern oder zu plaudern. Ein mattweißer marmorner Obelisk, dem man die Spitze abgeschnitten hatte, gerade so viel, daß zwei schneeweiße Täubchen darauf Platz fanden, (Stellvertreterinnen der Hinterbliebenen, in gleichmäßige, ewig heitere Trauer versunken, Garantinnen für einen Schlaf in Frieden) ragte empor, eingebettet in dicken dunkelgrünen Buchsbaum, links und rechts, der um die Täubchen eine kleine Nische bildete; die Grabeinfassung schimmerte aus demselben mattweißen Marmor, beinahe zur Gänze verdeckt von einer Miniatur-Buchsbaumhecke, die man rundherum angelegt hatte, bis auf eine Ausnehmung vorne, in der Mitte, in die eine Weihwasserschale gehöhlt war; die verbleibende Fläche war ein Meer aus Stiefmütterchen, hellblau und weiß; in der Weihwasserhöhle lag ein Buchsbaumzweig, Ich bückte mich automatisch danach (es gehörte sich, sobald man vor einem Grab stand, die Toten mit Weihwasser zu besprengen, ehe man die Hände faltete, ein Gebet murmelte, oder zumindest so tat, als murmelte man ein Gebet und sich am Ende bekreuzigte). In der Laterne am Sockel des Obelisken brannte eine Kerze. Mein Blick glitt nach oben, auf ein ovales Emailschild mit einem gelblich-braunen Photo; unwillkürlich schrak ich zusammen; es war das Bild eines kleinen Mädchens, dessen Alter ich schwer einschätzen konnte; sie hatte ein rundes Gesicht, dunkle, halblange Haare, dunkle Augen und hielt die Hände sorgsam gefaltet, nach oben gerichtet. Sie leuchtete. Sie trug ein helles Kleid. Und ein Paar Flügel. Darüber stand in goldenen Buchstaben in Frakturschrift: Aurelia. Etwas tropfte mir in die

Augen und brannte. Natürlich konnte diese Aurelia nicht meine Aurelia sein. Ich las die Jahreszahlen. 1912-1915. Ich wischte mir den Schweiß von der Stirn und ließ mich auf die silbrig-grau verwitterte Bank fallen, die hinter mir stand, zwischen zwei Fichten, starrte auf das kleine Emailbild und sog den Duft des Buchsbaumes in mich ein, während meine von der überschwappenden Gießkanne nassen Hosenbeine in der milden Frühlingssonne langsam vor sich hin trockneten.

Wir ließen den Friedhof vor der Trinity-Church links liegen und gingen den Broadway hinauf.
„Ich glaube, es ist hier", sagte der Sänger und wies auf eine gläserne Doppeltür in einer gläsernen Fassade, vor welcher ein dunkelgrün livrierter Hotelpage darauf wartete, uns öffnen zu dürfen. Nachdem wir die gläserne Doppeltür feierlich durchschritten hatten, befanden wir uns allerdings keineswegs in einer Hotel-Lobby, sondern im Inneren einer McDonalds-Filiale. Ich war nicht überrascht. Wir standen in einer Warteschlange, die sich als die richtige (die schnellste) erwies; ich bestellte einen doppelten Cheeseburger, eine große Portion Pommes Frites und ein großes Cola; mein Begleiter (noch während ich dies dachte, fiel mir auf, wie absurd es war, „mein Begleiter" zu denken, denn ich war ja sein Begleiter) bestellte nach kurzem, heftigen Nachdenken mit einem trotzigen „ach,

was soll's" dasselbe (ich war ehrlich überrascht). Eine lächelnde Blondine (ihre Zähne waren bewundernswert reguliert) ersparte uns das irrende Suche nach freien Plätzen; sie geleitete uns in den ersten Stock, wo sie uns einen Tisch an der Balustrade zuwies. Mit Blick auf den Broadway sowie auf einen schwarzen Konzertflügel (Steinway & Sons). Der Flügel stand in einer Art Alkoven links über der Tür und war offensichtlich nur über eine Leiter erreichbar. Während ich gierig in meinen Cheeseburger biß, und spürte, wie zwei Tropfen herausquellender Mayonnaise, vermischt mit Senf und Ketchup, sich zähflüssig in beiden Mundwinkeln bis zum Kinn herunter ausbreiteten und der Sänger (geschickt und mit drei Fingern) die Eiswürfel aus seinem Cola fischte, beobachtete ich einen jungen Mann – seine halblangen Haare waren hinten zu einem Schwanz zusammengebunden, er trug einen schwarzen Smoking mit schwarzer Fliege – der lässig die Leiter erklomm, sich ans Klavier setzte und unverzüglich zu spielen begann. Er spielte nicht schlecht, er spielte sogar sehr gut (wenn ich ehrlich bin, ein bißchen zu gut für den Ort, an dem er spielte), solide Barmusik mit leichten klassischen Stücken gemischt. In seiner Körperhaltung, in seinem Gesicht (die wenigen Augenblicke, die er uns dieses zuwandte) und in der Art und Weise, wie er in regelmäßigen Abständen den Kopf vom Publikum weg (das kein Publikum war, sondern eine Ansammlung von Hamburgermitpommesfritesverzehrern) zum Fenster schleuderte, las ich wütende, verächtliche Langeweile, während ich zur gleichen Zeit ein gewisses Bemühen zu hören glaubte, gegen die Langeweile,

die Wut und die Verachtung, die er empfand, anzukämpfen.
„Gibt es etwas Demütigenderes, etwas Entwürdigenderes, als Musik zu machen, wenn die Leute dabei essen und trinken?" fragte ich mein Gegenüber. (Mich selbst fragte ich neidisch, wie um alles in der Welt sich dieser Mensch – ohne seinerseits die Form zu verlieren – die Fertigkeit hatte aneignen können, einen doppelten Cheeseburger dermaßen formvollendet zu essen. Es blieb mir ein Rätsel.) „So etwas zumindest bleibt uns erspart."
„Da wäre ich mir nicht so sicher. Im Konzertsaal ißt normalerweise niemand, ja, da haben Sie recht. Aber wissen Sie denn, was die Leute so alles machen, während sie uns aus der Konserve hören?"
„Von mir gibt es nicht so viele Konserven, wissen Sie, darüber habe ich noch nicht nachgedacht. Keine Ahnung."
„Da haben Sie wirklich Glück. Ich habe mehr als nur eine Ahnung. Leider. Ich weiß ziemlich genau, was sie so alles machen." Der letzte Bissen seines doppelten Cheeseburgers verschwand spurenlos in seinem Mund, das Abtupfen mit der Serviette war eine reine, sinnentleerte Formsache.
„Und woher wollen Sie das wissen?"
„Von Wollen kann keine Rede sein. Die Leute erzählen mir andauernd Dinge, die ich nicht wissen will." Er schüttelte den Kopf. „Furchtbar. Mein Gott, Sie haben ja keine Ahnung, was die mir alles erzählen. Bekommen Sie denn niemals Briefe?"
„Nein, warum auch. Warum sollte irgend jemand einem namenlosen Begleiter schreiben? Und ich wüßte auch nicht, was.

Also, erzählen Sie schon, was tun diese Leute denn so alles?"
„Frauen. Es sind Frauen, die mir schreiben, neunzig Prozent zumindest", sagte der Sänger mit gespielter Verzweiflung. „Frauen bügeln mit Vorliebe, wenn sie mich singen hören. Liedgesang sei überhaupt die ideale Untermalung beim Bügeln, habe ich mir sagen lassen, noch besser als Fernsehen. Auf diese Art und Weise ist es mir fast gelungen, einen Zimmerbrand zu entfachen. Angeblich. Indirekt, natürlich. Die Dame ließ das Bügeleisen stehen, gerührt, wie sie war, von Schubert und Goethe und natürlich vor allem von meiner wunderbaren Stimme – "
„... doch sie konnte die in Flammen stehende Seidenunterwäsche in letzter Sekunde löschen, mit ihren heißen Tränen", ergänzte ich.
„Spotten Sie nicht, Sie müssen solche Briefe ja nicht beantworten." Er schüttelte den Kopf. „Eine andere schrieb mir, sie hätte im Auto regelmäßig eine Liedkassette von mir gespielt, weil sie so beruhigend auf ihre Tochter gewirkt hätte."
„Das klingt doch sehr nett."
„Glauben Sie das nicht. Die Tochter ist mittlerweile süchtig nach mir. Sie kriegt Tobsuchtsanfälle, wenn sie die Kassette nicht hören darf, sie läuft blau an, wenn sie aussteigen muß, bevor ich ihr Lieblingslied gesungen habe. Die arme Frau befindet sich am Rande des Nervenzusammenbruchs, sage ich Ihnen."
„Und wie alt ist die Kleine?"
„Dreieinhalb."

„Mein Gott!“
„Sie sagen es. Aber es kommt noch schlimmer.“ Er zog beide Augenbrauen hoch und schnaubte. „Eine junge Dame gestand mir kürzlich in einem Brief, sie hätte den ersten Orgasmus ihres Lebens gehabt, an einer ganz bestimmten Stelle, genau in dem Augenblick, als ich – ach ist ja egal, was ich gesungen habe, an dieser Stelle.“
Allmählich gewann ich den Eindruck, daß das Gespielte in der Verzweiflung des Sängers nur gespielt war, irgendwie wirkte die Verzweiflung beinahe rührend echt. Trotzdem konnte ich mir das Lachen nicht mehr verbeißen.
„Passierte ihr das etwa im Konzert?“
„Nein, im Bett natürlich, oder auf dem Sofa, vielleicht auch auf dem Bärenfell vor dem offenen Kamin, was weiß ich. Sie war sechzehn. Sie fand das alles so beziehungsvoll. Noch dazu fing ihr Vorname mit demselben Buchstaben an wie mein Nachname. Man stelle sich vor! Diese einmalige synchronistische Koinzidenz! Sie m u ß t e mir einfach schreiben. Und dann wollte sie mich natürlich unbedingt kennenlernen.“
Der Pianist kletterte von seinem Alkoven, auf eine forsch beschwingte Art, die lächerlich wirkte, nur deshalb lächerlich wirkte, weil sie nicht echt war, weil sie davon ablenken sollte, daß er sich lächerlich fühlte.
„Ist es denn eine so unangenehme Vorstellung, bei einem sechzehnjährigen Mädchen einen Orgasmus auszulösen? Oder zumindest dabei zu sein. Als Voyeur, gewissermaßen, oder müßte es nicht Auditeur heißen?“

„Ich habe das Lied aus meinem Programm genommen, ein für alle Mal“, sagte der Sänger, anstatt auf meine Frage zu antworten. „Sicherheitshalber“, fügte er nach einer Weile des Nachsinnens hinzu.
„Sind Sie verheiratet?“ fragte ich.
„So gut wie. Und Sie?“
„So gut wie gar nicht.“
Die zahnreguliert lächelnde Blondine kam, um uns von den kahlgegessenen Tabletts zu befreien. Der Barpianist schwang sich, einen Becher Cola lässig in der einen Hand balancierend, zurück auf seinen Alkoven und sah mit angewidertem Blick auf das essende, raschelnde, plaudernde, lachende Publikum hinab.
„Wir sollten ihn ablösen, den Ärmsten“ schlug ich vor.
„Es handelte sich nicht um ein Lied aus der Schönen Müllerin, wenn Sie das meinen.“ Der Sänger grinste und sah sich um. „Ich sehe auch weit und breit keine Frau, die Meg Ryan auch nur im entferntesten ähnlich ist.“
(Nur für den Fall, daß Sie einer von denen sind, die nie ins Kino gehen, oder zufällig zu den Frauen gehören, die beim Bügeln Schubert-Lieder hören, anstatt fernzusehen – dann haben Sie vielleicht den berühmtesten Film der frühen 90er verpaßt. Der Film hieß „Harry und Sally“, und wurde nur deshalb so berühmt, weil er eine Szene beinhaltet, in welcher Meg Ryan – ja genau die blütenweiße amerikanische Jungfrau vom Dienst – ihrem Freund Billy Crystal mitten in einem Fastfood-Restaurant einen Orgasmus vorspielt. Ich sehe mir den Film

immer auf Video an, immer dann, wenn mich wieder einmal die Hoffnungslosigkeit zu übermannen droht, die niederschmetternde Erkenntnis, daß ich, was Frauen betrifft, ein absolut hoffnungsloser Fall bin und bleiben werde. Ich meine, können Sie sich vorstellen, was eine Frau wie Meg Ryan an Billy Crystal attraktiv findet? Seine komischen Lippen etwa, die gleichzeitig wulstig und platt sind? Seinen bescheuerten Haaransatz? Seine braunen Glupsch-Augen? Seine ausgesprochen mittlere Größe und mittelmäßige Figur? Soviel ich weiß, kann er nicht einmal Klavier spielen. Billy Crystal ist der Strohhalm, an den ich mich klammere.)

„Also, was ist – tun wir's?"

„Nein, wir tun's nicht."

„Ich wette mit Ihnen – na sagen wir um einen doppelten Cheeseburger – daß wir die Leute dazu bringen können, wenigstens fünf Minuten lang mit dem Essen aufzuhören."

„Möglich. Aber nicht sicher. Und ich kenne mich nur allzu gut. Ich könnte es nicht ertragen, wenn Sie Ihre Wette verlieren und die Leute weiteressen und weiterrascheln. Es würde mir den ganzen Tag verderben; ja, es wäre mir unendlich peinlich, und ich könnte ewig lang nicht aufhören, daran zu denken."

Ich fand es zwar schade, doch ich verstand ihn. Und wenigstens war er ehrlich, denn genauso gut hätte er sich auf irgendwas ausreden können.

Wir waren gerade im Begriff aufzustehen, als es neben uns blitzte und klickte. Eine ziemlich hübsche junge Dame hielt ihre Olympus in unsere Richtung (Sie wissen schon, eine von denen, die so klein und mir-nichts-dir-nichts aussehen, und dann plötzlich, wenn sie in Betrieb genommen werden, fährt ein vergleichsweise erschreckend riesiges, phallusähnliches Ding heraus). Ich war mir nicht sicher, ob die junge Dame auf den Barpianisten zielte oder auf den Sänger, den sie anlächelte, als er sich zu ihr umdrehte.

„Blondinen machen mich wahnsinnig“, sagte er, „schon überhaupt, wenn sie braune Augen haben.“ Er sah sich noch einmal um. „Dann verwirren sie mich nämlich“, fügte er hinzu, „denn ich kann braunen Augen ebensowenig widerstehen, wie ich blonde Haare nicht ausstehen kann.“

„Ich frage mich, was sie sich davon verspricht.“

Der Sänger zuckte mit den Schultern. „Eine Erinnerung.“

„Glauben Sie, daß das Photo sie an etwas erinnern wird?“

„Was meinen Sie?“

„Haben Sie ein Photo von Ihrer Freundin dabei?“

Er kramte in seiner Brieftasche, zog ein Bild heraus und reichte es mir über den Tisch. Ich wehrte ab.

„Nein, sehen Sie es sich an.“

Er starrte das Photo an.

„Fühlen Sie etwas?“

Er starrte weiter auf das Photo.

„Tut sich etwas in Ihnen? Fühlen Sie etwas?“ wiederholte ich, nachdem geraume Zeit verstrichen war.

„Nein“, sagte er langsam, „nein, ich fühle nichts.“

Ich bewunderte, wie er nicht einmal den leisesten Versuch unternahm, ein gefühlvolles Gesicht aufzusetzen.

„Das dachte ich mir. Wissen Sie, früher einmal, da habe ich versucht, mich zu zwingen, etwas zu fühlen. Zumindest versuchte ich, ein Gesicht zu machen, als würde ich etwas fühlen, wenn mir jemand dabei zusah, wie ich nichts fühlte. Schließlich wollte ich ja nicht als gefühllos gelten. Männer müssen besonders darauf achten, nichts zu tun, was sie gefühllos erscheinen lassen könnte. Und wer hätte mir garantieren können, daß das nicht wieder einer dieser Fälle war, wo Männer sehr wohl etwas fühlen könnten, wenn sie sich nur genug anstrengen würden? Wäre es nicht höchst gefühllos, nichts zu fühlen? Nein, wäre es nicht, in diesem Fall. Es ist ganz normal. Mit Hilfe von Photos Gefühle wiedererwecken zu wollen ist ungefähr genauso aussichtsreich, wie sich neben das Telephon zu stellen, um es durch bloßes Anstarren zum Läuten zu zwingen. Hat Ihres jemals geläutet, in so einem Fall? Meines nicht."

Ich zog den Buchsbaumzweig aus meinem Plastiksackerl.

„Da, riechen Sie, und schließen Sie die Augen."

Er schloß die Augen und atmete tief ein.

„Sehen Sie etwas?"

„Ja", sagte er, ohne die Augen zu öffnen.

„Und was?"

„Palmsonntag", sagte er langsam. „Es ist Palmsonntag; ich gehe mit meiner Mutter in einer Prozession; ich habe so ein Ding in der Hand, so einen Wedel aus Palmkätzchen und irgend etwas Grünem, mit bunten Bändern; neben mir streut ein kleines Mädchen Rosenblätter ... "

Im Vergleich zu Gerüchen sind Photos harmlos, wissen Sie.

Denn ganz im Gegensatz zu Gerüchen kann man Photos beseitigen, man kann sich von ihnen restlos befreien: sie zerreißen, verbrennen oder in eine Schublade sperren und den Schlüssel in einen tiefen, dunklen, kalten See werfen. Man kann sie auch gar nicht erst machen. Ja, genau das hätte ich tun sollen, ich hätte all diese Photos, die nun in einer Schublade lagen, während der Schlüssel dazu am Grunde eines tiefen, dunklen, kalten Sees verrottete, gar nicht erst machen sollen. Denn die Photos, die ich von Aurelia gemacht hatte, waren (so wie alles, was ich damals mit ihr tat und ihr antat) nur Ausdruck meines krankhaften Wunsches, sie festzuhalten, sie zu besitzen. Ist Photographieren nicht immer der Versuch, etwas festzuhalten, zu besitzen, dafür zu sorgen, daß uns das Photographierte niemand wegnehmen kann? Versuche, Menschen zur ewigen Treue zu zwingen, indem wir sie am Sich-Vergessen-Lassen hindern? Versuche, die kläglich scheitern. Sie müssen scheitern. Seien wir doch ehrlich – Photos halten gar nichts fest. Photos erinnern uns an gar nichts. Allerhöchstens frischen sie unser Gedächtnis auf, und Gedächtnis hat mit Denken zu tun, nicht mit Fühlen, sonst müßte es ja Gefühlnis heißen; unser Gefühlnis bleibt von Photos unberührt. Unser Gefühlnis erinnert sich an gar nichts, beim Anblick eines Photos, ich meine, innen drinnen passiert nichts, nicht das, was passiert, wenn uns ein bestimmter Geruch in die Nase steigt und schlagartig eine ganze längst vergessene Welt zum Leben erweckt. Das gibt natürlich niemand gerne zu. Doch sehen Sie, ich schlage ein Album auf, starre ein Photo an, konzentriere mich, schließe

die Augen und öffne sie wieder und versuche, mich noch mehr zu konzentrieren. Ich weiß, daß mein Herz rasend schlug, in dem Augenblick, als ich das Photo machte, ich weiß, ich hatte so ein wunderbares Gefühl, eines, das ich nicht beschreiben kann; ich weiß nur, ich würde es gerne wieder fühlen, jetzt beim Anblick dieses Photos. Obwohl ich das alles weiß, erinnere ich mich nicht. Tief in mir drinnen passiert nichts, dort passiert nie etwas, beim Anblick eines Photos.
Eine ganze Weile, nachdem Aurelia verschwunden war, tat ich so, als würde etwas passieren, wenn ich ihr Photo betrachtete, oder ich tat zumindest so, als könnte in mir drinnen jeden Augenblick etwas passieren – einfach, um mir den winzigen Rest einer Hoffnung zu bewahren, die ich, eine ganze Weile hindurch, weiter hegte und pflegte, wie eine verdorrte Topfpflanze, die man aufs Fensterbrett stellt und täglich gießt, obwohl die Triebe verholzt und die Wurzeln vermodert sind. Dann, als die Hoffnung sich verflüchtigte und schließlich restlos verschwunden war, sperrte ich das Photoalbum in eine Schublade. Sicherheitshalber. Um zu verhindern, daß die Hoffnung mich eines Tages hinterrücks überfiel. Doch ebensogut hätte ich einen toten, aufgespießten Schmetterling in eine Schublade sperren können, um ihn am Wegfliegen zu hindern.

An einem Nachmittag im Mai, nicht lange vor meinem siebzehnten Geburtstag, fing ich an, mich für Biologie zu interessieren. Oder sagen wir lieber so: ich legte ein plötzliches, plakatives und überaus heftiges Interesse für sehr spezielle Teilgebiete der Biologie an den Tag. Für Schmetterlinge und Vögel, um genau zu sein (ich bemühte mich allerdings, stets von Lepidopterologie und Ornithologie zu sprechen, das gab den Schmetterlingen und Vögeln einen wissenschaftlichen Anstrich und betonte die Ernsthaftigkeit meiner Beschäftigung). Meine Mutter war richtig glücklich, besonders über meine so spät und deshalb so unerwartet entflammte Leidenschaft für Schmetterlinge, die ihr denkbar ungefährlich erscheinen mußte – für die zarte Knabenseele, die sie in mir vermutete ebenso, wie für meine zarten Pianistenhände, die diese Vermutung zu bestätigen schienen, indem sie sich weigerten, es dem Rest meines Körpers gleichzutun und wenigstens ein klein wenig zu wachsen. Schmetterlinge waren überdies eine Leidenschaft, die sie beinahe mit mir hätte teilen können. Sie selbst nämlich liebte Schmetterlinge über alles – deshalb hatte sie in unserem Garten gleich drei Exemplare jenes Strauches gepflanzt, den Schmetterlinge über alles lieben: ein leuchtend lila blühender Strauch namens Buddleia, wie ich ihn fachkundig bezeichnete, während andere ihn schlicht und einfach Schmetterlingsstrauch nannten. Allerdings hätte meine Mutter

niemals zugegeben, daß sie Schmetterlinge liebte; offiziell hatte sie nur und ausschließlich das Wohl der Schmetterlinge und das Wohl des Schmetterlingsstrauches im Auge, nicht ihr eigenes Wohl. Der Strauch brauchte die Schmetterlinge, die Schmetterlinge brauchten den Strauch.
Einer davon stand genau unter meinem Fenster.
Daneben ragte der skulpturale Rest eines Marillenbaumes empor (eines Tages hatte ihn über Nacht der Schlag getroffen – damit muß man bei Marillenbäumen immer rechnen), den zu entfernen meine Mutter nicht übers Herz brachte, weil die bedauernswerten Spechte doch dort eine wichtige Nahrungsquelle in Form von Insekten fänden. In Wirklichkeit waren es keineswegs die Spechte, die – angesichts der fehlenden Marillenbaum-Skulptur – so sehr zu bedauern gewesen wären (sie hätten schnell eine Ersatznahrungsquelle im nahegelegenen Wald gefunden); vielmehr war es meine Mutter, die Gefahr gelaufen wäre, sich selbst zu bedauern, angesichts der fehlenden Spechte. Es hätte ihr nämlich etwas gefehlt, dessen bin ich ganz sicher, was sie wiederum niemals zugegeben hätte. Ihre geheime Sehnsucht, sich an etwas zu freuen, war so geheim, daß nicht einmal sie selbst etwas davon wissen durfte. Also standen Schmetterlingssträucher und Marillenbaumskulptur einfach nur so da, vorbeugend, damit sie meiner Mutter nicht fehlen konnten und sie niemals zugeben mußte, daß sie ihr gefehlt hätten, wenn sie nicht dagewesen wären.
Meine Leidenschaft für Schmetterlinge erwachte also an diesem Nachmittag im Mai, als ich von meinem Zimmer aus, das

sich im ersten Stock unseres Hauses befand und nur ein Fenster hatte, welches sich nach Osten öffnete, zum Friedhof hin also, zufällig ein interessantes Exemplar beobachtete, das zwischen den Gräbern umherflatterte, ehe es sich auf einer silbrig-grau verwitterten wackeligen Bank niederließ. Es war mir natürlich unmöglich, auf diese Entfernung Einzelheiten auszunehmen; hätte ich diese Spezies, von der es meines Wissens nur ein einziges Exemplar gab, nicht bereits gekannt, hätte ich auch niemals wissen können, daß es weiß und rot gepunktet war. Und hätte mich Aurelias gepunktete Haarmasche, die nun samt ihrer Trägerin auf der silbrig-grau verwitterten wackeligen Bank saß, nicht an einen Schmetterling erinnert, der mir wiederum den Strauch vor meinem Fenster ins Gedächtnis rief – niemals wäre ich auf die Idee gekommen, mir zum Geburtstag einen Feldstecher zu wünschen.

„Ein Feldstecher? Weißt du denn, was so etwas kostet? Wozu denn das? Brauchst du das für die Schule?"

„Nicht direkt, Mama; aber weißt du, mein Klavierlehrer sagt immer, ich muß Pausen machen, beim Klavierüben und mich entspannen, und vor meinem Fenster steht doch dieser Strauch, dieser – wie heißt er doch gleich … Bu … Budd …"

„Buddleia. Ach! Willst du etwa Schmetterlinge beobachten?"

„Ja, und überhaupt, auch Vögel und so. Interessiert mich eigentlich schon lange, aber …"

„Aber warum hast du mir denn das nicht früher gesagt, Herbi?" Die Stimme meiner Mutter, sonst kindlich hoch, leicht heiser schnarrend, klang mit einem Mal beinahe sanft, fast

weich; mein Gott, wenn sie mich doch nicht immer Herbi nennen würde.
„Ich habe mir sogar schon überlegt, in Biologie zu maturieren", erklärte ich so ernst ich es vermochte und mit der überzeugenden Nachdenklichkeit von jemandem, der schon seit Monaten über etwas nachdenkt; ich wurde nicht einmal rot dabei.
Ich bekam den Feldstecher. Den besten, den es gab, und zudem auch den kleinsten, denn sicherlich wollte ich ihn ja überall hin mitnehmen können, mutmaßte meine Mutter. (Wie recht sie hatte.) Dazu schenkte sie mir ein Schmetterlingsbestimmungsbuch und ein mit pastellfarbenen Schmetterlingen verziertes Büchlein (es war wohl als geheimes Tagebuch für junge Mädchen gedacht, mit einem winzigen Schloß und einem winzigen Schlüssel), in das ich meine Beobachtungen eintragen sollte. „Imago aureliae" nannte ich den zarten, seidig weißen Schmetterling mit den winzigen roten Tupfen in meinen Aufzeichnungen, ein wenig unfachmännisch, denn Imago ist in der Lepidopterologie eine Bezeichnung für einen erwachsenen Falter, Aurelia hingegen mochte zu jener Zeit, als ich anfing, sie systematisch zu beobachten, kaum zehn Jahre alt gewesen sein; eine kleine Raupe war sie, in Wirklichkeit, kaum noch dem Ei entschlüpft, noch nicht einmal verpuppt, geschweige denn entpuppt oder entfaltet. Ich jedoch sah die dünne Haut nicht, die sie verhüllen und beschützen hätte sollen (wollte sie gar nicht sehen), merkte nichts von einem fest gesponnenen Gespinst, von einem Kokon, in den sie sich zurückgezogen hätte, bewegungslos, damit ihre Entwicklung

sich im Inneren vollziehen konnte, still und ungestört; der Röntgenblick des Lepidopterologen, gierig darauf lauernd, im entscheidenden Augenblick zuzuschlagen, sein Netz über das Objekt seiner Begierde zu stülpen, durchbohrte Schutzhäutchen und Kokon, weidete sich am Anblick eines Schmetterlings, der noch gar keiner war, eines Schmetterlings, der mit Vorliebe an Samstagnachmittagen zwischen den Gräbern eines Friedhofs umhertanzte, sich irgendwo niederließ, schließlich durch das Tor flatterte und aus meinem Gesichtsfeld verschwand; manchmal jedoch taumelte er die holprige kleine Sandstraße entlang, die unweit von unserem Haus in die Felder führte und weiter in den nahegelegenen Wald; zum Greifen nahe flatterte er dann an mir vorüber, an solch seltenen, glücklichen Nachmittagen.
Ich übte in meinem Zimmer auf meinem weißen Klavier, das sich geduldig mit dem Rücken an die dem Fenster gegenüberliegende Wand lehnte; das Fenster stand weit offen, während ich Tonleitern hinauf und hinunter hämmerte; es war heiß; ich schwitzte. (Haben denn Tote kein Recht auf Wochenendruhe? Wann schlafen Tote eigentlich? Von zwölf bis vierzehn Uhr etwa? Eine Tonleiter noch, dann sehe ich nach, ob imago aureliae schon aufgetaucht ist; nein, vielleicht doch noch zwei Tonleitern und eine Invention von Bach, dann ist die Wahrscheinlichkeit, daß sie aufgetaucht ist, größer und die Gefahr der Enttäuschung darüber, daß sie nicht aufgetaucht ist, kleiner.) Der letzte Ton der dreistimmigen Invention (es handelte sich um die Nr.15 in D-Dur, die ich, ohne ihr auch nur einen

Gedanken oder die Spur eines Gefühls opfern zu müssen, auswendig spielen konnte) verklang. Blitzartig drehte ich mich um; ich ergriff den Feldstecher und starrte, die Ellbogen aufs Fensterbrett gestützt, hinaus auf den Friedhof. Es war vierzehn Uhr fünf. Den peniblen lepidopterologischen Aufzeichnungen in meinem Jungmädchenschmetterlingstagebuch nach mußte imago aureliae jeden Moment da irgendwo zwischen den Gräbern aufflattern (es war ein Schmetterling mit festen Gewohnheiten). Beklommene Erwartung war in mir, ein Gefühl, als hätten sich zwei Wäscheklammern meiner Kehle bemächtigt, um jeglichem Luftstrom gewaltsam den Zugang zu meinen Atemwegen zu versperren; gleichzeitig füllte mich – weiter unten, im Magen bis hinunter in die Lendengegend und weiter oben, im Kopf, im Hinterkopf, in der Stirnhöhle, bis knapp unter die Schädeldecke – eine aufs äußerste gespannte Leere, die nach draußen drängte und mich gleichzeitig in sich hineinsaugte. Ich hatte etwa zehn Minuten lang gewartet, als ich hörte, wie meine Mutter leise die Holztreppe heraufknarrte. Ich wußte, sie ging auf Zehenspitzen, sie würde eine Minute vor meiner Zimmertür stehen bleiben, angestrengt lauschend, ehe sie unter irgendeinem Vorwand (wahrscheinlich war es diesmal der Schokoladekuchen, den sie soeben gebacken hatte, wie ich riechen konnte) hereinkommen würde, ohne anzuklopfen. Ich hörte meine Mutter bereits angestrengt lauschen und legte widerstrebend den Feldstecher beiseite, nahm ihn jedoch, einer plötzlichen Eingebung folgend, noch einmal zur Hand, um den Friedhof ein allerletztes Mal nach meinem

Schmetterling abzusuchen. Da hatte ich ihn. Im Sucher.
„Ich hab' dir ein Stück Kuchen gebracht, Herbi."
Zu spät. Verdammt.
„Danke, Mama."
„Es ist dein Lieblingskuchen."
„Ja, Mama."
„Herbi?"
„Ja, Mama."
„Warum übst du eigentlich nicht die Beethoven-Sonate für den nächsten Vortragsabend?"
„Ich übe sie ja."
„Aber …"
„Mama!"
„Ich dachte ja nur …"
„Du hast meinen Schmetterling verscheucht!"
„Oh, das tut mir aber leid. Was war es denn für einer?"
„Ein … äh … Trauermantel."
„Auf der Birke, da drüben?"
„Äh … ja." Ich nahm den Kuchenteller, den mir meine Mutter entgegenhielt, und setzte mich in eines der beiden unbequemen Relikte aus den fünfziger Jahren, genannt Schalensessel.
Meine Mutter stand unschlüssig in der Tür.
„Herbi – warum gehst du jetzt nicht ein wenig spazieren und entspannst dich? Vielleicht ist der Trauermantel ja noch irgendwo."
Wortlos knallte ich den Teller mit dem halbaufgegessenen Kuchen aufs Fensterbrett und setzte mich ans Klavier.

„Aber, dein Kuchen, Herbi …"
Zornig und trotzig begann ich wieder, die dreistimmige Invention Nr.15 zu spielen. Meine Mutter schloß leise die Tür hinter sich und ließ mich mit meinem mulmigen Schuldgefühl zurück. Sie würde nach unten gehen und lautlos in sich hineinweinen, wie sie es immer tat, wenn ich sie enttäuscht hatte. Es war heiß und schwül, meine Hände fühlten sich feucht an und rutschten über die Tasten. Ich spielte die Invention zweimal sehr schnell und sehr laut, ehe ich erneut ans Fenster trat und den Friedhof durch meinen Feldstecher hindurch absuchte. Auf der Buddleia vor meinem Fenster saß ein wunderschöner Schwalbenschwanz und saugte hingebungsvoll an einer knall-lila Blüte. Keine Spur von Aurelia. Resignierend wandte ich mich wieder dem Klavier zu, als ich aus dem rechten Augenwinkel gerade noch eine Gestalt wahrnahm, die sich auf der kleinen Sandstraße vom Friedhof auf unser Haus zubewegte. Ohne weiter nachzudenken, packte ich meinen Feldstecher, raste die Treppe hinunter und zog, so schnell ich konnte, meine Schuhe an (grauenhafte, beigefarbene Gesundheitsschuhe mit Einlagen, die meine Plattfüße zu einer Wölbung erziehen sollten, was ihnen jedoch seit Jahren mißlang). Dann schlüpfte ich aufs Klo, das sich links neben der Haustür befand, genau unter meinem Zimmer; es hatte ein kleines Fenster. Ich spähte hinaus. Aurelia mußte schon an unserem Haus vorübergekommen sein. Umso besser. Ich zog heftig an dem weißen Emailgriff, der an einer Kette hing, die mit dem Spülkasten verbunden war, welcher sich nun mit einem

dumpfen Rauschen entleerte. Ohne mich von meiner Mutter zu verabschieden (die im Wohnzimmer auf und ab ging, wartend, daß ihr Sohn sich von ihr verabschiedete), trat ich vor die Tür und schlug den Weg ein, der in die Felder erst und dann in den Wald führte. Ich entdeckte imago aureliae ein gutes Stück vor mir; sie tanzte mir voraus; ich ging, so langsam wie ich nur konnte, so langsam, daß sich der Abstand zwischen uns auf ein beruhigendes Maß vergrößerte; ich folgte ihr, den Feldstecher auf meine Augen gepreßt; das weiße, zart geblümte Sommerkleid flatterte, und die Tupfen auf der Masche, die ihr Haar zusammenhielt, waren blau.

„Es geht mich zwar nichts an, aber – warum tragen Sie eigentlich einen Buchsbaumzweig mit sich herum, wenn ich fragen darf?"
„Weil heute morgen im Central Park zufällig ein Buchsbaum an mir vorbeigekommen ist."
Ich verspürte nicht die geringste Lust, darüber zu reden.
„Hat es etwas mit Aurelia zu tun?"
„Gehen wir?"
Als wir die Treppe hinuntergingen, drehte sich der Sänger noch einmal um, als hätte er irgendwas vergessen: er vergewisserte sich, daß die braunäugige Blonde, die ihn photographiert hatte, ihm nachsah und schenkte ihr ein Lächeln, das

sowohl ihn als auch sie zu befriedigen schien (soweit ein Lächeln befriedigen kann). Der grünlivrierte Page öffnete vor uns die Tür und wünschte uns einen schönen Tag.
„Was haben Sie jetzt vor?"
„Nichts Besonderes. Und Sie?"
„Ich muß ein Geschenk kaufen."
„Für Ihre Freundin?"
„Ja."
„Und was?"
„Keine Ahnung, irgendwas zum Anziehen. Kommen Sie mit?"
Ich zögerte.
„Etwas Kultur hätte mir wohl auch nicht geschadet."
„Ach was, Kultur, in New York ist alles Kultur, oder nichts, wie man's nimmt. Andy Warhol oder Saks Fifth Avenue, wo ist da der Unterschied? Im MoMa hängen genau sieben Bilder, die mich wirklich bewegen. Und was mich dort im übrigen am meisten fasziniert hat, sind die Beleuchtungskörper im Museumsrestaurant. Die sollten Sie wirklich sehen. Hunderte nackte, mattweiße Glühbirnen an schwarzen Kabeln, in der Mitte zusammengebunden – wie Blumensträuße, die jemand zum Trocknen verkehrt herum aufgehängt hat. Und das Guggenheim-Museum, ja, das vielleicht, aber sonst ... Also, was ist?"
Ich sah mich ziellos durch die Stadt wandern, sah mich vollkommen erschöpft in meinem Hotelzimmer ankommen (nicht viel größer als ein Schuhkarton), sah mich einen Kaffee trinken, den ich mit Hilfe des Kaffee-Zubereitungs-Sets zubereitet hatte, das dort meiner harrte; ich sah mich den Wasserkocher

mit Chlorwasser befüllen, das gekochte Wasser in ein Kaffeetassenimitat leeren, Kaffee-Ersatzpulver und Kaffeeweißer darüberstreuen und mit einem Holzstäbchen umrühren, das sich nicht einmal Mühe gab, wie ein Kaffeelöffel auszusehen und mich statt dessen unangenehm an Halsentzündungen erinnerte, sodaß ich versucht war, die Zunge herauszustrecken, um „Aaah" zu sagen; ich sah mich auf einem Hocker neben dem riesigen Fernsehapparat hocken, vor einem Spiegel, der über die ganze Wand reichte, um dem Zimmer den Anschein von Größe zu geben, die geweißte Flüssigkeit trinken, deren Geschmack ich nicht beschreiben konnte, weil sie mit nichts vergleichbar war, was ich bis dahin getrunken hatte.

„Nein", sagte ich laut und entschieden, „vielmehr: ja – ich komme gern mit."

„Wunderbar! Ich kann mich nämlich allein so schlecht entscheiden, wissen Sie."

„Sehe ich etwa aus wie ein Experte für Damenoberbekleidung?"

Ich sah ihn mit leichtem Befremden an, und er lachte schallend.

„Nein, ich erwarte keine fachmännische Beratung von Ihnen, ich brauche einfach jemanden, der neben mir steht, sonst kann ich mich nicht entscheiden."

„Danebenstehen – ja, das könnte ich möglicherweise zur Not gerade noch schaffen."

Wir stiegen eine Subwaystation hinunter, in einen Expreßzug der Linie 3, diesmal in entgegengesetzter Richtung, Uptown.

„Wo wohnen Sie eigentlich, hier in New York?"
„Ach, in so einem kleinen, verdächtigen Hotel gleich beim Times Square, sechsundvierzigste Straße, zwischen 6th und 7th Avenue. Und Sie?"
„Ganz in dieser Gegend. Marriot Marquis."
„Das mit dem tollen rotierenden Restaurant im obersten Stockwerk?"
„Rotierend, ja. Aber toll? Sie waren sicher noch nicht dort. Grauenhafte Erfindung, kann ich Ihnen sagen."
„So?"
„Das Essen ist teuer und mittelmäßig, die Bedienung dafür barsch und unaufmerksam. Doch das schlimmste ist: man verliert die Orientierung. Es dreht sich nämlich nur der Teil, auf dem die Tische stehen, der Rest bleibt, wo er ist. Man weiß nie, in welche Richtung man gehen muß, um auf die Toilette zu gelangen oder zum Buffet oder zum Ausgang. Und wenn man zurückkommt, irrt man umher und begegnet anderen umherirrenden Gästen, die sich krampfhaft bemühen, so zu tun, als irrten sie nicht umher, was ziemlich bescheuert aussieht und einem lebhaft vor Augen hält, welch bescheuerten Eindruck man selber in diesem Augenblick bietet; jedenfalls hat man größte Probleme, seinen Tisch wiederzufinden – und seine Tischnachbarin, vor allem; ich würde Ihnen dringend davon abraten, mit einer Dame dorthin zu gehen, die Sie noch nicht wirklich gut kennen. Schon gar nicht, wenn Sie sie kennenlernen wollen. Denn entweder kommt sie Ihnen sowieso abhanden – und wenn nicht, dann wird es Ihnen vermutlich kaum

gelingen, sich mit dieser Frau vernünftig zu unterhalten.
„Vernünftig?"
„Nehmen Sie doch nicht alles so wörtlich!" Er bemühte sich, eine leichte Gereiztheit zu verbergen. „Ich meine natürlich, es wird Ihnen nicht gelingen, sich auf das Wesentliche zu konzentrieren." Ich sagte nichts, und er fügte hinzu: „Was immer Ihnen an diesem Abend wesentlich erscheint."
„Und warum bitte?"
„Weil Sie so sehr in Nebensächlichkeiten gefangen sind, um die sich alles dreht; sie hindern jeden Gedanken, den Sie denken wollen, daran, sich denken zu lassen. Das Gespräch verläuft dann entsprechend: sind wir schon einmal rundherum? Nein, sind wir nicht. Doch, sind wird. Nein, sind wir nicht, das Chrysler Building haben wir bestimmt nicht gesehen. Doch, haben wir, vor ungefähr sieben Minuten. Das Buffet ist in diese Richtung. Oder ist es in die andere? Nein, warten wir, bis es an uns vorüberkommt. Es kommt nicht an uns vorüber, wir kommen an ihm vorüber. Wo ist da der Unterschied? War es die blonde Kellnerin? Ja, es war eine blonde, aber nicht die, glaube ich, unsere hatte längere Haare. Welche war es dann? Toller Ausblick, naja, jetzt gerade nicht, nein, Sie müssen sich umdrehen – so geht das die ganze Zeit, so sehr man sich auch bemüht, das Gespräch auf etwas anderes zu bringen."
„Klingt irgendwie nach der falschen Frau am falschen Ort."
„Kann sein. Vielleicht war es auch nur der falsche Ort, das konnte ich nicht feststellen, denn der falsche Ort kann Menschen als die falschen erscheinen lassen, die an einem anderen

Ort durchaus die richtigen sein könnten. Nehmen Sie mich, zum Beispiel, und einen Ort, an dem es zieht. An einem Ort, an dem es zieht, bin ich auf jeden Fall der falsche Mensch, ich werde hysterisch, wenn es zieht – besonders dann, wenn ich am nächsten Tag ein Konzert singen muß – und an diesem Ort zog es erbärmlich, und ich mußte ein Konzert singen, am nächsten Tag. Schon der Gedanke an eine Erkältung machte mich krank, er machte mich schon krank, dieser ekelhafte, permanente Zug, bevor er mich tatsächlich krank machte. Und gleich spürte ich dieses leicht rauhe, brennende Gefühl im Hals, dann ein leichtes Kratzen, den ersten Tropfen Schleim, der aus der Nase rückwärts in meinen Rachen rinnt ..."

„Und?"

„Ich wickelte mich in meinen Schal und begann zu flüstern."

„Ziemlich romantisch."

„Leider waren wir noch überhaupt nicht in dem Stadium, in dem Flüstern hätte romantisch sein können oder sonstwie passend. Es war im Gegenteil ziemlich unpassend und ziemlich unromantisch. Am Ende gelang es mir, die richtige Kellnerin zu finden und die exorbitante Rechnung zu zahlen. Es macht mich krank, für mittelmäßiges Essen exorbitante Rechnungen zu bezahlen."

„Und weiter?"

„Nichts weiter, natürlich. Glauben Sie im Ernst, ich könnte mit einer Frau schlafen, wenn eine Erkältung im Anzug ist? Im Anflug, meine ich, ach, was weiß ich, wo sie war, diese Erkältung. Jedenfalls habe ich die Frau nach Hause geschickt und

ließ mir einen heißen Tee aufs Zimmer bringen."
Er schwieg eine Weile.
„Ich glaube, ich war nicht besonders nett."
Wieder schwieg er eine Weile.
„Möglich, daß es eine richtige war."
„Richtige was?"
„Frau."
„Was heißt richtig?"
„Keine Ahnung."
„Waren Sie erkältet, am nächsten Tag?"
„Nein."
„Haben Sie die Frau wiedergesehen?"
„Nein."
„Und wie war das Konzert?"
Anstatt zu antworten, zog er eine Sonnenbrille aus seiner Manteltasche, setzte sie auf (zwei schwarze, leicht gewölbte, leicht abgerundete Rechtecke), und sah mich über den oberen Rand hinweg erwartungsvoll an.
„Na?"
„Ziemlich gut."
„Die habe ich mir zur Belohnung gekauft. Ich belohne mich immer, nach einem guten Konzert."
Wir stiegen am Times Square aus, stellten fest, wie unbarmherzig trostlos Lichtreklamen im Sonnenlicht aussehen und schlenderten durch die sechsundvierzigste Straße Richtung 5th Avenue, vorbei an einer Reihe von unglaublichen Gemischtwarenhandlungen. Echt geschnitzte Elefanten, Schiffe

und Buddha-Figuren aus echtem Elfenbein türmten sich neben echten Rolex-Uhren, echte Meissen-Porzellan-Tänzerinnen bewachten echte Taschenrechner, über denen echte Empire-State-Buildings in allen Größen und Farben thronten – und all das auf echt dunkelrotem Samt. Gerade vertiefte ich mich in den Anblick der malerisch angeordneten schwarzen Mülltonnen, die vor einer dieser Gemischtwarenhandlungen ebenso sehnsüchtig wie vergeblich auf ihre Entleerung zu warten schienen, als mich ein dumpfes „W-wmm" gepaart mit einem verdächtigen Klappern veranlaßte, zur Seite zu springen. Ein typisches gelbes New Yorker Taxi hatte gerade noch eine der Unebenheiten bewältigt, die der Zahn der Zeit in eine typische New Yorker Straße gegraben hatte.
Waren Sie schon einmal in New York? Ja? Und? Ist Ihnen irgendwas aufgefallen? Oder war alles so, wie Sie es in Film und Fernsehen gesehen hatten? Mir jedenfalls fiel, als wir aus der unbelebten sechsundvierzigsten Straße, die wir hinaufgeschlendert waren, um die Ecke bogen und uns in den breiten Fußgängerstrom auf dem Gehsteig der 5th Avenue einordneten, etwas höchst Befremdliches auf: die New Yorker sind bei weitem nicht so schnell, wie sie es in Film und Fernsehen zu sein vorgeben. Denn ohne daß wir unser Tempo im mindesten verändert hätten, waren wir plötzlich rasend schnell unterwegs, vergleichsweise, ja ich hatte das Gefühl, als ob wir rannten, obwohl wir für unsere Begriffe immer noch schlenderten. Das konnte nur eines bedeuten: die New Yorker sind eben langsamer. Es würde einiges erklären; zum Beispiel wäre es

eine Erklärung dafür, warum die Amerikaner nur zwei Wochen Urlaub haben; und warum sie das Fast Food erfunden haben: sie mußten es einfach erfinden, um die Zeit einzusparen, die sie durch langsameres Fortbewegen verlieren; vielleicht liegt es daran, daß sie so viel Platz haben; vielleicht bewegt man sich langsamer, wenn man mehr Platz hat; ich meine – sehen Sie sich bloß die Gehsteige an, die sind breiter als in den meisten europäischen Großstädten die Straßen; vielleicht verhält es sich aber auch genau umgekehrt; möglicherweise baut man in New York die Häuser in den Himmel, damit auf der Erde mehr Platz zum Langsamgehen bleibt; denn stellen Sie sich vor: Millionen von Menschen, die auf engstem Raum langsam gehen; ganz New York eine einzige Getreidegasse im August.
„Stimmt es, daß Sie in Salzburg wohnen?" fragte ich den Sänger.
„Seit etlichen Jahren, ja, aber nicht mehr lange. Wir werden demnächst nach Wien übersiedeln. Meiner Freundin wegen, sie hofft, daß sie dort bessere Jobs bekommt; sie ist Photographin, wissen Sie, sie arbeitet hauptsächlich in der Werbung. Und ehrlich gesagt bin ich auch ziemlich froh, aus dieser Stadt wegzukommen."
„Warum?"
„Kennen Sie Salzburg?"
„Ein wenig."
„Es ist eng. Es ist entsetzlich eng, so eng wie die Getreidegasse im August. Es ist fesch, es ist adrett, es ist tadellos, es ist makellos – es gibt nicht das geringste daran auszusetzen; doch es ist

ungefähr so echt wie die echte Salzburger Mozartkugel. Wissen Sie, letztes Jahr, so im Oktober, November, verbrachte ich ein paar Wochen zu Hause; ich hatte ungewöhnlich viel Zeit; eines Nachmittags ging ich auf dem Gaisberg spazieren, gegenüber dem Untersberg, auf der anderen Seite des Flusses; ich habe hinuntergesehen, vom Gaisberg, und da nahm ich in einiger Entfernung etwas Großes, Flaches, Weißes wahr, etwas, das mir vollkommen fremd war, etwas Trostloses, Lebloses, etwas, das ich nie zuvor gesehen hatte; ich starrte es sekundenlang an, ohne darauf zu kommen, was es war, ich konnte es nicht einordnen; ich dachte: das ist ein Zementwerk, ein stillgelegtes Zementwerk; oder eine Ansammlung riesiger, lebloser Steine, ein Steinbruch, ein Steinbruch außer Betrieb. Und plötzlich erkannte ich – nein, es ist eine Stadt, es ist meine Stadt, es ist die Stadt, in der ich lebe; ich muß dort weg, dachte ich, ich muß dort weg, ich muß dort schleunigst weg, bevor mich der Haufen Steine lebendig unter sich begräbt, ohne daß ich es überhaupt merke, womöglich." Der Sänger verzog das Gesicht. „Sie werden es nicht glauben, aber mein Lieblingsort in Salzburg ist ein Friedhof. Es ist so ein überaus stiller, ein überaus friedlicher ..."

„Ich kenne den Friedhof", unterbrach ich ihn.

Der Sänger sah mich überrascht an.

„Ja", sagte ich, „ich kenne ihn sogar ausgesprochen gut."

„Wissen Sie was ich glaube? Nein, ich glaube es nicht, mittlerweile bin ich absolut sicher: Man hat Salzburg irgendwann stillgelegt, nachdem der letzte Tote auf dem Sebastian-

Friedhof begraben war. Und niemand hat's bemerkt, denn bevor es noch jemand merken konnte, wurde die Stadt – einem geheimen, ausgeklügelten Plan folgend – mit Scharen von Museumspersonal besiedelt; ein Teil davon wurde mit der Aufgabe betraut, die alten Häuser zu bewohnen und diese von Zeit zu Zeit zu verlassen, um auf bestimmten Straßen und Plätzen zu genau festgelegten Zeiten umherzugehen oder in bestimmten Kaffeehäusern Kaffee zu trinken, Zeitungen zu lesen und in der Einheimischensprache zu sprechen, kurz gesagt: um die Stadt für den Besucher wirklich und echt belebt erscheinen zu lassen; ein anderer Teil des Personals hat die Aufgabe übernommen, Eintrittsgelder einzuheben, wobei sich die beiden Aufgabengebiete bisweilen auch überschneiden können, das heißt viele Museumsbeleber und Museumsbeleberinnen üben eine Doppelfunktion aus und sitzen zu bestimmten Zeiten an der Museumskassa oder heben Geld ein, während sie gleichzeitig ihre Belebungsaufgabe erfüllen. Die Eintrittspreise für die Besucher sind zum Teil exorbitant, müssen sie auch sein, weil ja die aufwendige Belebung damit finanziert werden muß – die Beleber und Beleberinnen haben kaum eine Möglichkeit, auf andere Einnahmequellen zurückzugreifen."

„Und Sie selbst? Welche Rolle spielen Sie in diesem Museum?"

„Ich bin einer, den man später angelockt hat – von Zeit zu Zeit braucht man frisches Blut, das ist wohl Teil des Plans."

„Hat man Sie aufgeklärt, über Ihre Aufgabe?"

„Natürlich nicht, was denken Sie! Niemand ist über seine

Aufgabe aufgeklärt – sonst würde das alles nicht so perfekt funktionieren, die Vollkommenheit der Illusion beruht gerade darauf, daß jeder einzelne von seiner Echtheit überzeugt ist oder vielmehr – niemand kommt überhaupt auf die Idee, er könnte nicht echt sein."

„Mit Ausnahme von Ihnen – oder sind Sie etwa echt?"

„Nein, nicht, solange ich mich in dieser Stadt aufhalte, was, das muß ich zugeben, nicht allzu oft der Fall ist, ich bin viel unterwegs; in dieser Stadt bin ich nicht echter als alle anderen, ich erfülle allerdings nur temporäre Sonderaufgaben: als echter Salzburger belebe ich die Salzburger Festspiele mit meinen Auftritten auf geradezu täuschend echte Weise; und im übrigen bin ich einer von denen, die diese typische Doppelfunktion ausüben – ich kassiere, während ich belebe."

„Und Ihre Freundin?"

„Meine Freundin? Für die kaufen wir jetzt ein Geschenk", sagte der Sänger, und wies mit der Hand auf das gediegene Holzportal in einem vielstöckigen Gebäude, das einen ganzen Häuserblock umfaßte, „und zwar in diesem bescheidenen Museumsshop, das heißt – es ist wohl Museum und Shop in einem, Museum für Feine Lebensart, kurz MuFFeL genannt: Saks Fifth Avenue, voilà!"

„Wie kommen Sie denn darauf?"

„Sie werden gleich sehen ..." Wir betraten das berühmte Kaufhaus durch den Vordereingang und bogen zweimal um die Ecke, als der Sänger, ganz in der Art eines Museumsführers, feierlich verkündete: „Hier, meine Damen und Herren,

sehen Sie die größte Krawattensammlung der Welt, mit Exponaten aus fünf Kontinenten, entworfen von den herausragenden Krawattenschöpfern der Moderne!"
In der Tat. In einem holzvertäfelten Raum, etwa in der Größe eines mittleren Gemäldesaales im Wiener Kunsthistorischen Museum waren Hunderte, Tausende von Krawatten ausgestellt, kunstvoll auf runden Holztischen im Kreis gelegt, auf unzähligen Ständern hängend, sorgfältig in riesigen Glasschränken verwahrt, in Schubladen mit gläsernen Fronten drapiert, nach Farben, Mustern, Modeschöpfern raffiniert zusammengestellt. Gerade eben standen wir vor einem runden Tisch, auf dem an die hundert Exponate eines bekannten, vor einiger Zeit ermordeten italienischen Modeschöpfers sich langsam vor mir im Kreis zu drehen begannen. Er war doch tot! „Aus der Werkstatt Gianni Versaces" sollte wohl hier stehen, so wie „Aus der Werkstatt Michelangelos" ... Es handelte sich ausschließlich um getupfte Exponate. Klein, mittel und groß getupft, rosa mit mittelgroßen, dunkelblauen Tupfen, etwas dunkler rosa mit etwas größeren, mittelblauen Tupfen, dunkelrosa mit winzigen hellblauen Tupfen, hellrot mit türkisfarbenen Tupfen, beinahe weiß mit hellroten Tupfen, beinahe weiß mit blauen Tupfen ... weiß mit blauen Tupfen ... weiß mit blauen Tupfen ... weiß mit blauen Tupfen ...
„Es schwindelt mir", sagte ich und verscheuchte einen Schmetterling aus meinem Kopf, wo er sich gerade niederlassen wollte. „Sie werden Ihrer Freundin doch nicht etwa eine Krawatte mitbringen wollen?"

„Nein, ganz im Gegenteil. Aber Sie werden sich jetzt bitte neben mich stellen und mir damit die Entscheidung erleichtern, welche Krawatte ich mir übermorgen zur Belohnung kaufen werde."
„Woher wollen Sie denn wissen, daß es ein tolles Konzert wird? Sollten wir zur Sicherheit nicht auch ... na sagen wir – Socken? Sollten wir nicht auch Socken aussuchen, für alle Fälle?"
„Socken? Ausgerechnet Socken sollten mich über ein mittelmäßiges Konzert hinwegtrösten? Es gibt nichts, was mich in so einem Fall trösten könnte. Kommen Sie."
Wir landeten vor einer Vitrine mit ausschließlich roten Krawatten-Exponaten. Er verschränkte die Finger hinter seinem Rücken und hielt seine Nase ganz nah an den Schrank. So als wollte er die Krawatten beschnuppern. Nach einer Weile drehte er sich zu mir um.
„Danke", sagte er ernst, „so schnell habe ich mich noch niemals entschieden."
Ich machte einen Schritt auf die Rolltreppe, die uns ins nächste Stockwerk bringen sollte, blickte nach oben, stolperte und hielt mich gerade noch am Mantel des Sängers vor mir fest.
„Dort ..." sagte ich.
Dort, wo die Rolltreppe endete, sah ich Aurelia. In einem langen, dunkelbraunen Samtkleid. Ich starrte sie an, als wäre sie ein Phantom.
„Sehen Sie, dort oben ..." Ich hatte mit einem Male Mühe zu sprechen.

„Meinen Sie das Kleid?"
„Das Kleid? Welches Kleid?"
„Das dunkelbraune Samtkleid."
„Nein ..."
Gerade noch rechtzeitig sah ich nach unten und sprang von der Rolltreppe, ehe sie mir den Boden unter den Füßen wegziehen konnte. Direkt vor uns, ein paar Zentimeter über dem Boden, schwebte ein langes, dunkelbraunes Samtkleid, auf einem Kleiderbügel, der wiederum an einer Stange hing, die in einer metallenen Scheibe endete, etwa in der Größe eines Kopfes; mein Gesicht spiegelte sich darin, leicht verzerrt.
„Nein, ich dachte nur, einen Moment lang dachte ich ..." Meine Zunge fühlte sich dick an, eine Lähmung bemächtigte sich meines Mundes, klammerte sich von innen um meinen Hals, stieg nach hinten in meinen Kopf, erfaßte meinen Brustkorb, kroch meine Arme hinunter bis zu den Händen, gleichzeitig in meine Beine, ehe sie meine Füße erreichte, die sich dort, wo sie gerade standen, am Boden festzuschrauben schienen. Meine Augen waren das einzige, was noch zu funktionieren schien, denn ich nahm wahr, daß der Sänger Mundbewegungen machte, er schien etwas zu sagen, er sagte es in meine Richtung, doch es erreichte mich nicht. Er berührte mich leicht an der Schulter.
„He! Was ist los mit Ihnen?"
„Entschuldigen Sie. Ich ... ich ... war wohl ... ich habe wohl nicht ... richtig zugehört. Was ... haben Sie gesagt?"
„Ich habe gesagt: In Ihnen verbirgt sich ja doch ein Experte für

Damenoberbekleidung! X-Small, habe ich gesagt. Wunderbar, habe ich gesagt. Woher Sie wissen, wie meine Freundin aussieht, wollte ich von Ihnen wissen. Haben Sie übersinnliche Fähigkeiten?"

Ich sah durch ihn hindurch.

„Nein, ich habe keine übersinnlichen Fähigkeiten. Ich habe auch keine Ahnung, wie Ihre Freundin aussieht."

„Passiert Ihnen das öfter?"

„Wie sieht sie aus?"

„Sie sieht so aus, daß ihr dieses Kleid hervorragend stehen würde. Es würde wunderbar zu ihren dunklen Augen und zu ihren dunklen Haaren passen; es würde die Konturen ihres Körpers perfekt nachzeichnen."

„Wie sind diese Konturen?" fragte ich. Er würde es mir nicht sagen.

Er sah sekundenlang zu Boden.

„Zart."

„Und die Sommersprossen?"

„Was meinen Sie mit Sommersprossen? Welche Sommersprossen?"

„Sie hat doch Sommersprossen?"

„Nein, hat sie nicht."

„Sind Sie sicher?"

„Absolut."

Der Sänger sah mich prüfend an, schüttelte den Kopf, nahm das Kleid von der Stange, legte es über seinen linken Arm; er umfing mich in Schulterhöhe mit seinem rechten, ohne mich zu berühren und schob mich vor sich her zur nächsten Kassa. Die Verkäuferin lächelte ihn an. Er lächelte zurück. Sie ersuchte ihn um ein Autogramm. „Können Sie gerne haben", sagte er, nahm den Kugelschreiber, den sie ihm reichte – und unterschrieb den Kreditkartenbeleg. Die Wangen der Verkäuferin liefen etwas rosig an, und sie sagte nichts, als sie ihm seine elegante dunkelbraune Papiertüte mit der Aufschrift „Saks" überreichte, wobei er, wie mir schien, leicht ihre Hand berührte; schon im Gehen wandte er sich um, zog eine kleine, zierliche schwarze Füllfeder aus der Innenseite seines Mantels, schraubte sorgfältig die Kappe vorne ab und hinten drauf, während die Verkäuferin, nun vollends errötet, ihm hastig einen Kaufhaus-Prospekt hinschob, auf den er ein paar Worte schrieb, um sich dann, ohne sie noch einmal anzusehen, zu entfernen.

„Was haben Sie geschrieben?"

„Was ich in solchen Fällen immer schreibe."

Eine weitere Rolltreppe brachte uns ein Stockwerk höher. Zielstrebig durchquerte der Sänger zwei riesige Säle mit „Fashion", „Young Designers' Fashion", eine unübersehbare Menge von Damenoberbekleidung, kunstvoll arrangiert, präsentiert, mit Namensschildern berühmter Modekünstler versehen (ich nahm an, daß sie berühmt waren, sie machten irgendwie einen berühmten Eindruck); ein dichtes Gewimmel von Inseln und Wandnischen, die eine bunt, daneben eine schwarzweiß-graue, dann wieder eine farblich dezent abschattierte; wir ließen die beiden Säle hinter uns, ohne gefunden zu haben, wonach wir eigentlich suchten. Stirnrunzelnd konsultierte der Sänger ein „Store Directory"; wir bestiegen weitere Rolltreppen und landeten schließlich im achten Stock. Schokoladenabteilung. Eine unglaubliche Ansammlung sündhaft teurer Pralinen in farbenprächtigen Packungen. Ich dachte schon, wir hätten in dieser bunten Abteilung gefunden, was wir gesucht hatten, als ich plötzlich nur mehr weiß sah und der Sänger, nun wieder im Museumsführertonfall, verkündete: „Und nun, werte Damen und Herren, befinden wir uns ..." Ich merkte, daß dieses Weiß mitunter auch pastellig getönt war, creme, beige, zartrosa, lachs, hellgrün, schwarze Flecken blitzten auch hervor. „... wir befinden uns nun im wichtigsten Teil des Museums für Feine Lebensart. Er widmet sich exklusiv der Kunst des unauffälligen Formens und sanften Modellierens am lebenden Körper; es ist dies die Kunst des unverhüllten Verhüllens; die Kunst, mit nackten Wahrheiten so zu jonglieren, daß nicht nur im Betrachter des unverhüllt verhüllten Objekts die perfekte Illusion eines perfekten Körpers entsteht, sondern gleichermaßen im Objekt selbst, dessen Illusion als unbedingte Voraussetzung für die Illusion des Betrachters angesehen werden kann, weil sie diese ja, wie wir wissen, erst erzeugt."

Ehrlich gestanden – ich fühlte mich nicht besonders wohl in diesem wichtigsten Teil des Museums; mein Begleiter hingegen bewegte sich sicher, frei und selbstverständlich. Er entspannte sich vollkommen. Es schien ihm Spaß zu machen. Er schien es zu genießen. Ja, er genoß es ganz bestimmt (sein

Körper, sein Gesicht und seine Nase – vor allem seine Nase – hatten diesen Ausdruck angenommen), während ich mich unsicher und verlegen fühlte und mir unbeholfen und linkisch vorkam; wir waren in diesem Moment beinahe die einzigen Besucher der Damenwäscheabteilung, ganz sicher aber waren wir die einzigen Männer. Und doch war der Raum erfüllt von unzähligen unsichtbaren Frauen, die sich unbeobachtet wähnten, während sie von zwei indiskreten männlichen Blicken verfolgt wurden. Einer dieser Blicke blieb an einem weißen, an einem blütenweißen Baumwollhöschen hängen und verfing sich hoffnungslos darin (es hatte unten rundherum winzige Zacken und baumelte direkt vor meiner Nase).

Ein Windstoß verfing sich in Aurelias hellem Sommerkleid und hob den weiten Rock fast bis zu ihrem Nacken hoch; ganz kurz nur, zwei Schmetterlingsflügelschläge lang vielleicht, blitzte in der Mitte etwas Weißes auf; mir war entsetzlich heiß; ich wischte mit dem Handrücken über meine Oberlippe und hatte einen salzigen Geschmack im Mund; meine Hände zitterten. Nach einer Weile erst merkte ich, daß ich mich nicht mehr vom Fleck gerührt hatte. Langsam und vorsichtig setzte ich mich wieder in Bewegung, den Feldstecher auf meine Augen gepreßt. Der Abstand zwischen Aurelia und mir war größer geworden. Beinahe hatte sie das kleine Bauernhaus erreicht, das sich, ziemlich nah am Waldrand, in eine Mulde kauerte; seit ich denken konnte, wohnte dort niemand, niemand kümmerte sich darum, es schien niemandem zu gehören. Aurelia ging auf das Haus zu und war plötzlich verschwunden. Kurz vor dem Bauernhaus zweigte ein Feldweg ab, der in den Wald führte; ich schlug ihn kurzentschlossen ein; ich fing an zu laufen, den Feldstecher über meiner Brust festhaltend; schwer atmend erreichte ich den Wald, hielt kurz inne, lief weiter; aus den unbewußten Tiefen meiner Erinnerung tauchte etwas undeutlich das Bild eines Jägerhochstandes auf; vor Jahren war hier einmal einer gestanden, irgendwo. Vielleicht hatte man ihn weggerissen, vielleicht war er verrottet … ich konnte ihn nirgendwo entdecken; ich lief ein Stück vor und wieder zurück; ich schwitzte; die ungewohnte Anstrengung hatte mich erschöpft. Ich setzte mich auf den Stumpf einer frisch gefällten Fichte. Ein Gefühl der Enttäuschung stieg in mir hoch. Als ich den Blick hob, sah ich etwa zwei Meter von mir entfernt eine Jägerleiter. Mein Blick wanderte höher. Da war er ja, der Hochstand – das, was von ihm noch übrig war, überwuchert von dornigem Brombeergeranke und Schlingpflanzen, von nackt-braunem, rauh entnadeltem Geäst riesenhafter Fichten in ein Gestrüpp gefangen, abweisend, undurchdringlich, drohend. In meinem Kopf blitzte etwas Weißes auf. Mit beiden Händen stemmte ich mich von meinem Baumstumpf hoch; sie fühlten sich ekelhaft klebrig an; ich hatte in frisches Harz gegriffen; (es schien, als wollte sich der Baum ausgerechnet an mir rächen, an mir und meinen

Händen, für die glatte, brutale Schnittwunde, die man ihm zugefügt hatte.) Ich bemühte mich, das klebrige Zeug von meinen Fingern zu bekommen, indem ich sie heftig gegeneinander rieb, bis es sich gleichmäßig über beide Handflächen verteilt hatte. Ich wischte über meine helle Hose und hinterließ häßliche, klebrige Flecken. Vorsichtig, die Arme über meinen Kopf haltend, tastete ich mich zu der Leiter vor, die bei näherer Betrachtung gar keine Leiter mehr war. Sie bestand aus zwei massiven Stehern und genau vier unregelmäßig verteilten Sprossen. In meinem Kopf blitzte etwas Weißes auf. Ich ergriff mit beiden Händen die Sprosse, die ich gerade noch erreichen konnte, faßte irgendwie auf der untersten Sprosse Fuß, machte einen riesigen Schritt zur nächsten; oberhalb von mir war plötzlich keine mehr; irgendwie gelang es mir, mich an den Stehern festzuhalten; da tat sich ein sprossenloser Zwischenraum auf, zwischen der obersten Sprosse, auf der ich zu stehen kam und meinem Kinn; knapp unter dem Plateau des Jägerstandes. In meinem Kopf war jetzt alles weiß, blütenweiß. Mit weichen Knien stand ich, ohne zu wissen, wie ich dorthin gelangt war, auf dem Plateau, das keines mehr war, nur drei Bretter waren vom Boden übrig; da fanden sich auch noch Planken rundherum und so etwas wie ein Dach. Und Reste einer Bank. Auf dieser Bank kniend, stützte ich mich auf die oberste Planke, packte meinen Feldstecher mit beiden Händen und preßte ihn auf meine Augen. Da tauchte im Sucher etwas Weißes auf. Es saß auf einer silbrig-grau verwitterten Bank, auf der Vorderkante dieser Bank, etwas Blütenweißes mit – ja, es sah aus wie Zacken, winzige Zacken, einen gezackten Rand hatte das blütenweiße Etwas, dort, wo es endete; oben endete es in einem achtlos hochgerafften Rock, der sich in unordentlichen Falten zusammenschob, nein, gerade rutschte der Stoff ein wenig höher, die Zacken gingen oben in nackte, flache, sehr helle Haut über, eine winzige, kreisrunde dunkle Vertiefung war gerade noch zu sehen; und unten, unten endete der gezackte Rand des blütenweißen Etwas in ebenso heller Haut wie oben, nur teilte sie sich hier, die helle Haut, sie spreizte sich an dieser Stelle in zwei Teile. Meine Augen glitten suchend höher, zu einem Kopf, der sich, leicht nach hinten gebogen, an eine Hauswand lehnte, glitten suchend zu einem Gesicht, das die Augen geschlossen hielt, friedlich, entspannt, so als ob es schliefe, die Lippen einen winzigen Spalt geöffnet, sodaß ich den Atem spüren konnte; der Hals war etwas nach vor gewölbt, und dort, wo er aufhörte, lag ein winziges goldenes Kreuz in einer Mulde; der Brustkorb hob und senkte sich; meine Augen wanderten einen nackten Arm hinunter, bis zu einer Hand, die auf dem blütenweißen Etwas lag; die vier Finger dieser Hand fuhren unter den gezackten Rand, ebenso wie die vier Finger der anderen Hand, die ebenfalls auf dem Weiß lag; die Finger zerrten die Zacken nach oben, sekundenlang sah ich keine Zacken mehr, kein weißes Etwas, nur mehr helle Haut, die sich in zwei Teile spreizte und mich blendete; meine Knie begannen zu zittern, meine Hände krampften sich um den Feldstecher, durch den ich nichts mehr sehen konnte, weil meine Augen sich schlossen, oder auch nicht schlossen, was machte das schon für einen Unterschied; mein Kopf rauschte, weil mein Herz in meinen Ohren rauschend pochte, ich stand bis zum Hals in einem Meer von irgendwas, erregt, erwartungsvoll, furchtsam, eine Woge von irgendwas, viel größer als ich selbst, rollte auf mich zu; als sie mich erreichte, die Woge, fühlte ich ein Gefühl, das ich nicht beschreiben konnte, weil es mit nichts vergleichbar war, was ich bis dahin je gefühlt hatte, doch es war nicht mehr irgendwas, sondern etwas; und ich wollte es festhalten, dieses Gefühl, ja, das wollte ich; ab sofort und für alle Zeiten wollte ich nur mehr dieses eine Gefühl fühlen, doch schwappte es zurück, verlief sich, zerrann, in nichts, und ich kam langsam zu mir, ganz langsam, sah mich, erst verschwommen, dann immer schärfer, sah mich auf einer wackeligen Bank knien, auf einem halb verfallenen Hochstand, einen Feldstecher in zwei klebrigen Händen, die zerkratzt waren und bluteten; mein Gesicht mußte ähnlich aussehen, denn ich schmeckte Blut, als ich mit der Zunge über meine Lippen fuhr; meine Hose hatte einen Riß, über den vorderen Hosentaschen entdeckte ich klebrige Spuren von Harz, und gleich daneben, nur weiter in der Mitte, einen großen dunklen Fleck. Ich spürte einen leicht süßlichen Geruch in meine Nase steigen, einen Geruch, wie Akazienblüten ihn ausströmen, ja, ganz sicher war es der Geruch von Akazienblüten. Nur, daß es in unserer Gegend keine Akazienbäume gab. Das Klima war zu rauh für Akazienbäume. Schlagartig wurde mir bewußt, was passiert war. Ich war unbeschreiblich glücklich. Und ich schämte mich ebenso unbeschreiblich. Ich kletterte von diesem Jägerhochstand, kämpfte mich durch das Dickicht zurück auf den Weg und lief durch den Wald bis zu der kleinen, holprigen Sandstraße, die an dem kleinen Bauernhaus vorüberführte, wo Aurelia an einer weiß gekalkten Wand, auf einer silbrig-grau verwitterten Bank in der Sonne vor sich hin döste, friedlich und entspannt und sich vollkommen unbeobachtet wähnend. Ich ließ das Bauernhaus samt Aurelia rechts liegen, bog nach links ab und rannte, ohne stehenzubleiben, ohne mich noch einmal umzusehen, nach Hause, die Stiegen zu meinem Zimmer hinauf, warf die Tür hinter mir zu, drehte den Schlüssel zweimal im Schloß herum, ließ mich aufs Bett fallen und starrte zur Decke.

Im nächsten Augenblick war ich eingeschlafen.

Als ich erwachte, war es dämmrig, beinahe schon dunkel; eine wattige Leere füllte mich aus, meine Hände brannten höllisch und brachten mir die Geschehnisse des Nachmittags schmerzhaft ins Bewußtsein. Meine besudelte Hose. Meine Mutter. Mein Gott. Ich erhob mich mühsam. Im Badezimmer schloß ich mich ein und schaffte es irgendwie, meinem Spiegelbild auszuweichen. Ich ließ Wasser in die Wanne laufen, so heiß, wie ich es gerade noch aushielt, zog mich aus und legte mich hinein, in die kleine Lache, die sich gebildet hatte. Meine Handflächen brannten unerträglich. Mit halb geschlossenen Augen sah ich dem Wasserstrahl zu, der auf meinen Oberschenkel prallte, wie sich die Wanne füllte, nach und nach, Millimeter um Millimeter; das Brennen in meinen Händen begann nachzulassen; als das Wasser meine Oberschenkel bedeckte, löste sich mein Blick vom Wasserstrahl, glitt über den grauen Steinterrazzoboden, über die Badezimmerwaage, die zwei Kilo weniger anzeigte, als sie eigentlich anzeigen sollte, über den kaputten Heizstrahler, über die Waschmaschine, über die grünweiß gesprenkelten Fliesen bis dorthin, wo die Fliesen endeten: zu dem schwarzen Riß in der vergilbten Wand und dem häßlichen dunklen Wasserfleck; grenzenlos erschöpft schloß ich die Augen und ließ meinen Kopf langsam nach hinten sinken.

Wohltuende Hitze und das dumpfe Rauschen des einströmenden Wassers hüllten mich ein, tröstlich, beruhigend; immer ruhiger wurde es um mich, immer ruhiger wurde es in mir; ein wenig noch, ein ganz klein wenig, ein ganz ... Ich tauchte auf und schnappte nach Luft. Das Wasser hatte den oberen Wannenrand erreicht und drohte jeden Moment das Badezimmer zu überschwemmen. Hastig drehte ich den Hahn ab, verbrannte mich am heißen Metall, sprang fluchend auf und stieß mit dem Kopf gegen den eingeklappten Wäschetrockner, den man genau über der Wanne aus der Wand klappen konnte, um nasse Handtücher aufzuhängen. Sekundenlang starrte ich das Ding wütend an, doch dann plötzlich erfüllte sein Anblick mich mit unendlicher Erleichterung. Ich klappte das weiße Gestänge aus der Wand, hob meine zusammengeknüllte Hose, in der noch meine Unterhose steckte, vom Boden auf, tat so, als wollte ich sie aufhängen, ließ sie fallen und tauchte sie, sobald sie auf der Wasseroberfläche gelandet war, kräftig unter. Dann wrang ich sie aus und stopfte sie in die Waschmaschine.

Bis zu diesem Nachmittag hatte ich nie darüber nachgedacht, welcher Art mein Interesse für Aurelia denn sei. Es war ein namenloses Interesse gewesen, ohne jegliche Notwendigkeit, sich in Worte zu kleiden, in Worte wie Leidenschaft etwa oder Begierde; es schien einfach nur da zu sein und hütete sich davor, irgend jemandem (am allerwenigsten mir) Rechenschaft über den Grund seines Daseins abzulegen, über seine Ursache, sein Wesen oder gar seinen Zweck. Ich hatte ebensowenig darüber nachgedacht, wie ich über das nachgedacht hatte, was mit mir passierte, seit ich im Internat war, was immer häufiger passierte, nachts, wenn ich aus Träumen erwachte, an die ich mich nicht erinnern konnte, Träume, die mich naß, wirr und hilflos zurückließen. Und noch etwas gab es, worüber ich bis zu diesem Nachmittag nicht nachgedacht hatte – es war das Lachen meiner Internatskollegen, wenn sie sich über etwas beugten, von dem sie wollten, daß niemand es bemerkte; das heißt, nein: sie taten natürlich nur so, als wollten sie, daß niemand bemerkte, worüber sie sich beugten, während sie sich in Wirklichkeit mit aller Kraft bemühten, die ungeteilte Aufmerksamkeit aller Umstehenden auf genau dieses Objekt zu ziehen, ohne sie jedoch hineinzuziehen, in ihren Kreis, in der Absicht, die Umstehenden zu Außenstehenden zu machen. Manchmal wurde ein Umstehender gnadenhalber bei- oder gar hineingezogen (scheinbar gnadenhalber, in Wirklichkeit waren die Beigezogenen Teil des Spiels, dessen Reiz sie erhöhen sollten); ich blieb immer einer von den Außenstehenden. Noch heute kann ich, wenn ich meine Ohren nach innen stülpe, genau hören, wie sie lachten; etwas zu laut, etwas tiefer, als es ihrer natürlichen Stimmlage entsprach, gleichzeitig etwas schriller und etwas langanhaltender, als sie normalerweise über etwas gelacht hätten: ihre Münder rissen sie etwas weiter auf als sonst, und bei alldem schielten sie mit halben Augen über halbe Schultern, um sicherzustellen, daß ihre Bemühungen auch entsprechend gewürdigt wurden.

Natürlich wußte ich, daß Aurelia ein Mädchen war; desgleichen hatte ich in Biologiebüchern längst nachgelesen, daß meine wirren, nassen nächtlichen Erlebnisse unwillkürliche Samenergüsse waren; es war mir auch nicht verborgen geblieben, worüber sich meine Internatskollegen, wenn sie dieses unnatürliche Lachen erzeugten, beugten, über nackte, vollbusige Mädchen nämlich (vorzugsweise blond), die sie heimlich, hastig und verstohlen aus Zeitschriften des Lesezirkels in einem der umliegenden Kaffeehäusern herausgerissen hatten. Doch die Sache mit Aurelia spielte sich ausschließlich in meinem Kopf und in meinem Herzen ab, meine Samenergüsse ausschließlich in meinem Körper, und die nackten Mädchen gehörten zu einer Welt, die vollkommen außerhalb von mir lag. Und so ist zu erklären, was mir heute tatsächlich unerklärlich und wenig glaubwürdig erscheint: wie es mir gelungen war, jahrelang mit drei Phänomenen zu tun zu haben, die sich feinsäuberlich voneinander trennen ließen, sodaß zwischen ihnen keinerlei Zusammenhang bestand. An jenem heißen Sommernachmittag erst stürzten die massiven Wände ein (Wände aus dünnem weißem, holzfreiem Papier), die alles feinsäuberlich voneinander getrennt hatten. Von nun an saß mein Kopf auf (und schlug mein Herz in) einem Körper aus Fleisch und Blut; er produzierte Samen, dieser Körper, der mein Körper war, Samen, welcher sich über hastig herausgerissene Seiten aus Zeitschriften des Lesezirkels ergoß, auf denen sich Aurelia, neugierig und unaufhaltsam, in einer Welt, die bis dahin außerhalb von mir gelegen war, einem Körper näherte, der – daran bestand kein Zweifel – erstaunlicherweise aber unverkennbar mein Körper war. In dem Augenblick, in welchem ich meine Unschuld verlor, verlor sie die ihre, ohne ihr Zutun, ohne ihr Wissen und ohne daß sie es hätte verhindern können.

Der Verlust meiner Unschuld blieb keineswegs ohne Folgen. Er überschattete mein Verhältnis zu den Schmetterlingen schwer und nachhaltig. Es fiel mir fortan unendlich schwer, die Lepidopterologen-Geschichte aufrechtzuerhalten, vor meiner Mutter und vor dem Rest der Welt. Es erwies sich, daß ich von meiner zum Schein ausgedachten Leidenschaft tatsächlich ergriffen worden war, in dem Maße, in dem ich die Geschichte selbst geglaubt und aus ihr (mit großer Sorgfalt und Liebe) ein feinmaschiges Netz geknüpft hatte, in welchem ich Aurelia, (für meine Augen sichtbar, für alle anderen verborgen), sanft wiegen konnte, während ich sie, ebenso unschuldsvoll wie absichtlich, ebenso nebensächlich wie hauptsächlich, im Visier hatte. Nur meine wirkliche innere Ergriffenheit von meiner unwirklichen äußeren Leidenschaft konnte mich in die Lage versetzen, diese vor meinen Augen (und damit erst vor den Augen der Welt) als

eine tatsächliche Leidenschaft erscheinen zu lassen, was wiederum meine innere Ergriffenheit mit der Nahrung versorgte, die sie brauchte, um sich selbst am Leben zu erhalten.
Gleichzeitig mit dem Gefühl des Widerwillens wuchs in mir das Gefühl der absoluten Notwendigkeit, die Geschichte aufrechtzuerhalten. Und gleichzeitig, wie um sich für den Verlust ihrer Unschuld zu rächen (von dem sie nichts ahnte, nichts ahnen konnte), so, als wollte sie ein sichtbares Zeichen setzen, hörte Aurelia auf, ihre Haare mit getupften Schleifen zusammenzubinden; sie hörte überhaupt auf, sie mit Schleifen zusammenzubinden; die natürliche Erklärung dafür, die Tatsache nämlich, daß sie – dem Volksschulalter entwachsen – im Begriff war, in eine höhere Schule einzutreten, vermochte mich nicht vom Gegenteil zu überzeugen. Ich ignorierte die naheliegende Erklärung und nährte stattdessen eine leise, trotzige Erbostheit darüber, daß Aurelia mich meines einzigen, fadenscheinigen und äußerst kindischen Vorwands beraubt hatte.
Mit widerwillig gespielter Leidenschaft fuhr ich fort, Schmetterlinge ins Visier zu nehmen, ihr Leben und Werden zu studieren, über ihre Gewohnheiten, Vorlieben, Eigenarten gewissenhaft Buch zu führen.
Eines Vormittags im Frühherbst saß ich im Garten und beobachtete, wie so ein Schmetterling, gerade eben noch anmutig taumelnd, sich niederließ, die Flügel exakt übereinanderlegte (zweidimensional, sein eigener Scherenschnitt) und eine Weile reglos verharrte, ehe er sich graziös und mühelos erhob, um

sich von neuem dem anmutigen Taumeln hinzugeben, zickzack, aufab, ohne Ziel scheinbar, bis zu dem Moment, in welchem er sich auf einer Blüte niederließ, nicht auf irgendeiner Blüte, nein, auf einem Prachtexemplar einer Blüte, für die er eine besondere Vorliebe hegte, eine, an der er besonders genußvoll saugen konnte, weil die Größe seines Saugrüssels genau auf die Anatomie der Blüte abgestimmt war: auf einer knall-lila Buddleia-Blüte; es handelte sich um einen wunderschön gezeichneten Schwalbenschwanz; ich sah gespannt zu, wie er einem anderen Schwalbenschwanz hinterher taumelte, sich ihm näherte, ihn fast berührte, sich von ihm abstieß, wie ein falsch gepolter Magnet, ihn berührte, ihn jagte, verfolgte, quer durch den Garten, zum Spaß, wie mir schien; ich folgte den beiden mit den Augen: wie sie über den Gemüsegarten flatterten, an den Mohrrüben naschten; ich lief ihnen nach, vorsichtig, den Atem anhaltend, und als sie sich wiederum auf der Buddleia niederließen, in ihr zweisames Spiel vertieft, stülpte ich blitzschnell mein Schmetterlingsnetz über sie. So etwas hatte ich schon oft getan. Unzählige Male schon hatte ich mein Netz über einen Schmetterling gestülpt, um ihn eine Weile aus der Nähe beobachten zu können und dann wieder freizulassen. Doch hatte ich, wann immer ich so einen Schmetterling aufmerksam, zärtlich, beinahe liebevoll in meinem Netz beobachtete (wie er die Flügel bewegte, wie er die Flügel faltete, wie er die Flügel ausbreitete), hatte ich da je an Kork gedacht? An Pergaminpapier, an Spannbretter? An Stecknadeln? Oder gar an Betäubungsmittel?

Ich kann mich nicht erinnern, an meiner Mutter je roten Nagellack gesehen zu haben, auch keinen rosafarbenen; stets jedoch verwendete sie farblosen Lack (ihre Nägel seien brüchig oder seien brüchig gewesen oder stünden in Gefahr, brüchig zu werden); wenigstens ihre Fingernägel glänzten immer farblos lackiert, vermutlich auch ihre Zehennägel. Im Badezimmer – über dem Waschbecken, auf einem schmalen, mit farbenfroh gemusterten Frotteedeckchen belegten Kästchen unterhalb des Spiegels – stand (zum Entfernen des farblosen Nagellacks) griffbereit ein Fläschchen Aceton (braun, aus der Apotheke, was die medizinische Notwendigkeit des Nägellackierens unterstrich). Die Flüssigkeit in diesem braunen Fläschchen entfremdete ich nun ihrem ursprünglichen Zweck, ebenso wie das Kork-Pinbrett in meinem Zimmer, das bis dato ohnehin keinen Zweck gehabt hatte (nichts von dem, was mir wichtig war, hätte ich dem wachsamen Blick meiner Mutter ausgesetzt, und Unwichtiges – wozu aber hätte ich Unwichtiges aufpinnen sollen?).

Mit der scharf riechenden Flüssigkeit tränkte ich blütenweiße Wattebäusche, preßte sie auf die lemurenhaften Köpfe der Schmetterlinge, bis diese aufhörten, sich mit leisen Zuckungen zur Wehr zu setzen, bis sie sanft entschlummerten; es erfüllte mich mit einer seltsamen Befriedigung, die zarten Körper gegen einen kaum spürbaren Widerstand mit Nadeln zu durchbohren, bis ich das charakteristische Knacken vernahm. Die solcherart getöteten, aufgespießten Schmetterlinge spannte ich auf meinem Kork-Pinbrett auf, das ich in bestimmten

Abständen mit Rillen versehen hatte, in welche ich nun die zarten aufgespießten Körper steckte, in Reih und Glied; ihre Flügel breitete ich, links und rechts davon, unter sorgfältig darübergelegten Pergaminstreifen symmetrisch aus.
Ich spießte Schmetterlinge auf und beobachtete Aurelia, ich beobachtete Aurelia und spießte Schmetterlinge auf, ich spießte Schmetterlinge auf (was meine Mutter mit wachsender Besorgnis erfüllte) und beobachtete Aurelia (was meine Mutter gewiß mit wachsender Besorgnis erfüllt hätte). Ich muß auch Klavier geübt haben, (sehr wahrscheinlich habe ich sogar sehr viel Klavier geübt, wie sonst hätte ich ein Jahr später die Aufnahmeprüfung an die Musikhochschule bestehen können); ich muß auch zur Schule gegangen sein, ich muß gelernt und Schularbeiten geschrieben haben (ja, mit ziemlicher Sicherheit habe ich all das getan, sonst hätte ich nicht maturieren können, zumindest in keinem anderen Fach als Musik und Biologie); doch mein ganzes Denken, mein ganzes Fühlen waren so von meiner Leidenschaft erfüllt, von meiner echten wie von der, unter welcher ich die echte verbarg, ich war so sehr damit beschäftigt, mir Dinge auszumalen und vorzustellen und gerade so viele Anhaltspunkte in der Wirklichkeit zu sammeln, um meine Phantasien daran aufhängen zu können, daß alles übrige vollautomatisch und scheinbar ohne mein Zutun, ja ohne mein Wissen ablief. Aurelia durchdrang mich wie ein liegender Orgelpunkt; sie war der Grundton, der alles durchwob und auf dem gleichzeitig alles ruhte, das beherrschende Thema, das alles andere zu unbedeutendem Beiwerk degradierte.

Es kostet mich heute große Mühe, mich dieses Beiwerks überhaupt zu erinnern; über weite Strecken ist diese Erinnerung unscharf, fein durchlöchert, wie ein Teesieb.
Als es zu kalt wurde, um Schmetterlinge zu beobachten, das heißt, als es den Schmetterlingen zu kalt wurde und sie sich in ihre üblichen Schlupflöcher verkrochen, oder zur Abwechslung eines ganz natürlichen Todes starben (an verschlissenen Flügeln oder weil ihre Lebenskraft verbraucht war), verwandelte ich mich (wie schon im Jahr davor) wieder einmal vom leidenschaftlichen Lepidopterologen in einen Ornithologen, vorübergehend allerdings und ohne eine besondere Leidenschaft oder gar Besessenheit vorzutäuschen; eine solche hatte ich auch niemals vorgetäuscht, nur eine gewisse Interessiertheit für „Vögel und ihre Lebensgewohnheiten unter besonderer Berücksichtigung der kalten Jahreszeit" war es, die ich an den Tag legte. Ich betrachtete mich als einen ausgesprochenen Übergangs-Ornithologen, einen Verlegenheits- und Ersatz-Ornithologen; als solcher wurde ich auch von den anderen betrachtet. Eine wohltuende und erholsame Übereinstimmung zwischen innen und außen hätte das sein können, wenn, ja wenn es sich so verhalten hätte, daß ein Gefühl einer gewissen Uninteressiertheit in mir umständehalber dem Gefühl einer gewissen Interessiertheit gewichen wäre. Doch so verhielt es sich keineswegs. Es war ein Gefühl des Ekels, eine Abscheu, fast möchte ich sagen: eine Phobie, die ich unterdrücken mußte, um diese gewisse Interessiertheit (wenn auch nur Übergangs-, Verlegenheits- und Ersatz-Interessiertheit) an den Tag

legen zu können. Seit meiner frühesten Kindheit versetzte mich alles, was flatterte, in panikartige Zustände, alles, was plötzlich aufflog, alles, was spitze Schnäbel hatte und pickte, alles, was schrie, wie ein Vogel, was dünn piepste oder ordinär und aufdringlich gackerte, alles, was schwarzglänzende, stechende Augen in einem unproportioniert kleinen, schmalen Kopf hatte, der sich ruckartig bewegte. In allerschlimmste Zustände, in wirklich hysterische Zustände jedoch stürzte mich unweigerlich der Anblick eines toten Vogels. Wenn ich unvermutet über einen stolperte, auf der Straße, auf einem Feldweg, mitten in der Wiese, wenn so einer vor mir lag, den Bauch nach oben, das Gefieder zerzaust, die Augen nicht geschlossen, weich und erkaltend warm (ich habe nie einen berührt, trotzdem fühlte ich seine Weichheit und erkaltende Wärme) erstarrte ich vor Ekel, mit angehaltenem Atem lautlos in Panik schreiend, bis es mir endlich gelang, mich aus der Erstarrung zu lösen, mich abzuwenden und wegzulaufen, so als wäre der Teufel hinter mir her; dabei war es nur der tote Vogel, der hinter mir herflog, mit eingezogenen Flügeln, senkrecht, den weich erkaltenden Bauch voran (Stunden und Tage noch würde er hinter mir herfliegen).
Nur mit größter Überwindung konnte ich tote Vögel essen. (Am ehesten: in geklopfter, panierter Schnitzelform, am allerschwersten: knusprig goldgelb im Ganzen gebraten, die Eingeweide durch weiche Semmelfülle ersetzt.) Ich konnte meine Mutter nicht davon abhalten, mich in regelmäßigen Abständen mit einem knusprig (im Ganzen) gebratenen Hühnchen (weich

gefüllt) zu überraschen, wenn ich übers Wochenende aus dem Internat nach Hause kam. Es war ein grundlegender Fehler gewesen, ihr damit zu kommen, es sei „zwar wahnsinnig lieb, aber doch wirklich nicht notwendig, sich die viele Arbeit zu machen" – sie betrachtete den Einwand als ausgesprochene Ermutigung, die sie nur zu weiteren, noch knusprigeren Hühnchen anspornte. Es schien hoffnungslos.

Mein Verlegenheits-Ornithologen-Dasein hätte auch so etwas wie eine Therapie sein können, doch ich hatte wohl eine zu wenig radikale Methode gewählt (oder war sie zu radikal?), der Heilerfolg jedenfalls beschränkte sich auf Äußerlichkeiten, ich lernte, nach außen hin beherrscht zu erscheinen, meine Angst nach außen hin zu beherrschen; ich hatte mich nach außen hin etwas besser unter Kontrolle; meine zwanghafte, unerklärliche, grundlose Angst im Inneren blieb. So war ich einigermaßen erleichtert, als das Frühjahr kam und ich wieder Lepidopterologe aus gespielter Leidenschaft sein konnte.

Man fragt sich, wozu ich diesen ungeheuren Aufwand trieb. Warum traf ich Aurelia nicht endlich? Ihre Eltern führten schließlich eine Greißlerei, eine Gemischtwarenhandlung, in der gemischte Waren des täglichen Gebrauchs angeboten wurden; Dinge also, die meine Mutter täglich brauchte, Dinge also, die ich täglich brauchte, wann immer ich zu Hause war. Warum, so fragt man sich, warum habe ich nicht einfach für meine Mutter Einkäufe erledigt? In den Ferien zumindest? Oder am Samstag? Oder am Sonntag vormittag? Milch in Flaschen, Gummiringe, Backpulver, Spaghetti, Stecknadeln

mit Köpfen, Waschpulver, Schokolade? Hätte ich nicht dreimal täglich in dieser Gemischtwarenhandlung auftauchen können, unter irgendeinem Vorwand? Rindsuppenwürfel? Seidenzuckerl? Pfefferkörner? Hätte es nicht überhaupt genügt, das Bild eines verschrobenen Musikers aufzubauen und zu pflegen (mit seinen Gedanken immer in den Wolken, ein bißchen zerstreut), anstatt Leidenschaften vorzutäuschen und Phobien zu therapieren? Natürlich hätte ich dreimal täglich unter irgendeinem Vorwand eine Gemischtwarenhandlung aufsuchen können, allerdings nicht die, in welcher ich Aurelia hätte treffen können. Es war vollkommen undenkbar, in unserem Städtchen, vollkommen undenkbar war es damals, in einer anderen Gemischtwarenhandlung einzukaufen als in der, in deren Rayon man wohnte, und ich wohnte nun einmal in einem Haus, das nicht zum Rayon von Aurelias Gemischtwarenhandlung gehörte, sondern zum Friedhofsrayon. Urlaubssperre wäre eine Möglichkeit gewesen, doch die Gemischtwarenhandlung, die für uns zuständig war, schien von unermüdlichen Leuten geführt zu werden, die sich (und mir) niemals einen Urlaub gönnen würden. Hätte ich also anderswo eingekauft (ein Säckchen Gummiringe, zum Beispiel) so wäre das eine öffentliche Bekundung von Mißtrauen gewesen (jenem Gemischtwarenhändler gegenüber, der niemals Urlaub machte), eine Beleidigung der schlimmsten Sorte.
(Was ich jetzt sage – sagen muß – klingt vielleicht ein wenig dramatisch, melodramatisch sogar, und vor allem gefühllos, doch was bleibt mir übrig? Besser also, ich sage es gleich.)

Jemand mußte sterben. Nur der Tod konnte mich aus meinem Schmetterlings- und Vogeltheater befreien. Nicht irgend jemand, nein, eine ganz bestimmte Person mußte sterben. Ich wußte auch, wer. Nur der Zeitpunkt – der Zeitpunkt war noch ungewiß.
Es konnte noch ziemlich lange dauern; und ich muß gestehen: allmählich wurde ich ungeduldig.

Ich trat von einem Fuß auf den anderen, während der Sänger heftig und leicht gereizt mit einer Damen-Unterwäsche-Verkäuferin debattierte (es war keine von der errötenden Sorte und offensichtlich auch keine von der Sorte, die sich für klassische Musik interessierte); er verlangte von der Verkäuferin etwas, das sich in meinen Ohren wie „siebzig dunkelbraune Bienen hochschieben" anhörte, wozu sie sich offensichtlich für außerstande erklärte, was er weder glauben konnte noch wollte.
„Kommen Sie!" rief der Sänger in meine Richtung. „Sie stehen zu weit weg."
In der einen Hand hielt er etwas Schwarzes, in der anderen etwas, das mich an die Farbe des sogenannten Kaffees erinnerte, den ich mir in meinem Hotelzimmer hätte machen können und ein wenig an Schaufensterpuppen, in dem hilflos obszönen, halb geschlechtslosen Zustand, in welchem sie sich befinden, wenn ihr Schaufenster in Arbeit ist. Ich an seiner

Stelle hätte das Schwarze genommen, doch das sagte ich natürlich nicht laut. Er sah mich kurz und prüfend an und nahm das Schwarze. Die Bezahlung verlief diesmal ohne Zwischenfall. Die Damen-Unterwäsche-Verkäuferin betrachtete interessiert die rosa lackierten Fingernägel ihrer rechten Hand (mit zwei Fingern der Linken hielt sie ihm seine schwarze Papiertragetasche, in der sich die schwarze Unterwäsche befand, vor die Nase), während der Sänger den Verkaufsbeleg unterschrieb.
„Komplizierte Frau," murmelte er, während wir durch „La Chocolaterie" wieder der Rolltreppe zustrebten.
„Ihre Freundin?"
„Meine Freundin? Was?"
„Kompliziert. Ob Ihre Freundin eine komplizierte Frau ist."
„Nein. Meine Freundin ist nicht kompliziert. Wie kommen Sie denn darauf?"
Er machte einen leicht irritierten Eindruck, und es erschien mir nicht ratsam, das Thema weiterzuverfolgen.
„Ich werde mich ausruhen vor der Probe", erklärte der Sänger, als wir wieder auf der 5th Avenue standen. „Und Sie?" fügte er hinzu, irgendwohin, wo ich nicht war und eineinhalb Schritte von mir entfernt. „Also dann, bis heute abend." Mein Bis-Heute-Abend-Dann hörte er schon nicht mehr.
Ich verspürte noch immer keine besondere Lust auf mein Hotelzimmer. Ein Museum – hatte er nicht vorhin ein Museum erwähnt? Ich wühlte in meinem Plastiksackerl; nach einem kurzen Blick in meinen Stadtführer („Richtig Reisen") und auf

meine Armbanduhr schlug ich den Weg zur nächsten Subway ein und nahm die Linie 6 in Richtung sechsundachzigste Straße.

Von der Sechundachzigsten ging ich, am Central Park entlang, hinauf zur Achtundachzigsten; der Buchsbaum kam mir in den Sinn; Aurelia tauchte auf; hastig fing ich an, mein Plastiksackerl zu durchwühlen; heißes Erschrecken (nicht siedend heiß, aber heiß genug, kann ich Ihnen sagen) fuhr mitten in mich hinein und geradewegs weiter zu meinen Ohren, als mir die Möglichkeit bewußt wurde, der Buchsbaumzweig könnte nicht mehr da sein, er könnte einfach verschwunden sein, eine Möglichkeit, die sich in der Sekunde, in der ich sie als Möglichkeit wahrnahm, in mir verwirklichte, und damit augenblicklich aufhörte, eine bloße Möglichkeit zu sein, obwohl ich noch nicht wußte und auch noch nicht wissen konnte, ob der Buchsbaumzweig da war oder nicht; ich blieb stehen und leerte, dort, wo ich gerade stand, den Inhalt meines Plastiksackerls auf den Gehsteig. Das Erschrecken kühlte rasch ab, zog sich aus mir zurück, nicht ohne etwas unbestimmt Unsicheres an seiner Stelle zurückzulassen, während ich mein Plastiksackerl wieder einräumte; den Buchsbaumzweig behielt ich sicherheitshalber in der rechten Hand, aus der er mir nun jeden Augenblick fallen konnte.

Von weitem kam ein Gebäude langsam auf mich zu; auf der anderen Straßenseite, hell, in rötliches, spätes Aprilnachmittagslicht getaucht; es sah so aus, wie ich mir die Carnegie Hall von außen vorgestellt hätte, hätte ich sie zuerst von innen gesehen; rund; konisch; ein Becher; ein quergestreifter Becher; ein weißer Becher, von schmalen, schwarzen Streifen unterbrochen, die sich beim Näherkommen als Vertiefungen erwiesen; ein Becher, der sich nach oben weitete, ehe er in einem breiten weißen Streifen senkrecht endete. Ich erwartete Eiswaffeln, die herausragten, Eiscreme, einen Trinkhalm, Hohlhippen, (etwas in der Art) und schämte mich gleichzeitig für die Gewöhnlichkeit des Gedankens, der in heftigem Widerspruch zu dem ungewöhnlichen Gefühl stand, zu dem Gefühl der Ungewöhnlichkeit, das mich erfüllte. Ein Gefühl der Ungewöhnlichkeit, das mich in dieser Stadt zum ersten Mal erfüllte. (Vielleicht, weil ich es nicht erwartet hatte; vielleicht hindert einen die Erwartung des Ungewöhnlichen daran, das Ungewöhnliche wahrzunehmen.) Das runde Gebäude war mir schließlich nahe genug gekommen, sog mich in sich hinein. (Ich bezahlte mein Eintrittsgeld. Acht Dollar.) Ich sah nach oben, inmitten eines Raumes, der sich, während ich nach oben sah, spiralenförmig aufwärts drehte, hell, dunkel, hell, dunkel, bis er in einem Spinnennetz endete, das sich gegen den Himmel wölbte und den Raum mit Licht erfüllte. Ich suchte den Anfang der Spirale und begann, mich in der Spirale, mit der Spirale, aufwärts zu bewegen, langsam, gleichförmig, auf einer schiefen Ebene, grau; grau und kaum merklich schief, gerade so schief, um mich mühelos emporgleiten zu lassen, ja, es war ein langsames, gleichförmiges Emporgleiten, welches nicht der geringsten Anstrengung bedurfte; mühelos glitt ich empor, während mein Blick grau über die schiefe Ebene und meine linke Hand leicht über die runde, kühle, glatte, weiß lackierte Balustrade glitt, die sich, die graue schiefe Ebene begleitend, spiralenförmig aufwärts drehte; als ich etwa die Mitte der Spirale erreicht hatte, hielt ich inne, im Gleiten; mein Blick hob sich und fiel in den Raum; er hob und senkte sich, und indem er sich senkte und hob, hob und senkte, sich wölbte, senkte und hob, geradeaus richtete und sich wölbte, dehnte ich mich aus, in den Raum, immer weiter in den Raum dehnte ich mich aus, bis ich ihn grenzenlos ausfüllte, und er dehnte sich in mir aus, immer weiter dehnte er sich in mir aus, bis er mich grenzenlos ausfüllte; er war in mir und ich in ihm; wir lösten uns auf, ineinander, und im selben Augenblick, gemeinsam, in der Zeit; es kam mir in den Sinn, daß ich vollkommen frei war; und vollkommen allein. Niemals würde ich das Glücksgefühl dieses Augenblicks (ich erlebte es als Gefühl des Glücks, was immer Glück sein mochte, vielleicht war es genau das) mit jemandem teilen können (dieses Glück nicht und auch kein anderes, welches mich jemals erfüllt hatte und noch erfüllen würde), ebensowenig wie die Traurigkeit über die Unteilbarkeit dieses Glücksgefühls (auch keine andere Traurigkeit, die ich jemals verspürt hatte und noch verspüren würde); Tränen traten mir in die Augen und verteilten sich lautlos auf meinen Wangen: es war kein Weinen; etwas, das zu voll war, lief über. Ich setzte mich auf einen runden Hocker vor einer Säule; „wir saßen so traulich beisammen …" summte mein Kopf; es erschien mir widersinnig, daß ausgerechnet jetzt ein Lied in mir auftauchte, das von trauter Zweisamkeit erzählte, „im kühlen

Erlendach ..." es setzte sich in meinem Kopf fest, das Lied, „wir schauten so traulich zusammen ..." und verließ ihn auch nicht, „hinab in den rieselnden Bach ..." als ich mich nach einer Ewigkeit von meinem Hocker erhob und den Spiralraum verließ, um all die berühmten Bilder in den Nebenräumen zu betrachten (pflichtschuldigst); nur flüchtig und gedankenlos nahm ich wahr, was an den Wänden hing; ich stand noch mit einem Fuß in der Ewigkeit, und Reste der Ewigkeit befanden sich immer noch in mir; der „Tränenregen" plätscherte vor sich hin, „der Mond war auch gekommen ..."; (Monet, Chagall, Rousseau, The Football Players); es war kein Lied, das von Zweisamkeit sprach: es sprach von der schmerzhaften Einsamkeit, die den Müllersburschen in der trauten Zweisamkeit überfällt; von der schmerzhaften Einsamkeit, die einen nur in trauter Zweisamkeit befällt; (die Thannhauser-Sammlung, Manet, Cézanne, Degas, Gauguin, Picasso, Woman with Yellow Hair); ganz bestimmt hatte die Schöne Müllerin blondes Haar, obwohl, es wurde nie ausdrücklich erwähnt, die blauen Augen, ja, aber das blonde Haar? Am Ende hatte sie doch schwarzes Haar, brünett zumindest; „der Mond war auch gekommen ..."; meine Probe ... Sollte ich die Spirale hinunter nehmen oder den Lift? Ich wollte keine Enttäuschung riskieren (ich würde die Wiederkehr des Ungewöhnlichen erwarten, was mich, ob es noch da war oder nicht, in jedem Fall daran hindern würde, es zu erleben) und entschied mich für den Lift. Doch dann warf ich doch noch einen kurzen Blick in den runden Raum. Ich war verblüfft. Die weißen Wände waren mit Farbflecken übersät, riesige Tafeln hingen da, Quadrate, Kreissegmente, Dreiecke; knallorange, knallrot, knallblau, knallgrün, knallgelb, weiß, schwarz: ich konnte mich nicht im entferntesten daran erinnern. Hastig erstand ich im Museumsshop wahllos Postkarten von Bildern, die ich gesehen zu haben glaubte oder die ich möglicherweise oder wahrscheinlich gesehen haben mußte.

Es dämmerte, als ich auf die Straße trat. Ich hatte noch genügend Zeit, durch den Central Park zur Carnegie Hall zu spazieren. Mein Versuch den Weg zu finden, auf dem ich am Vormittag dem Buchsbaum begegnet war, schlug fehl; entweder nahm ich den falschen Weg, oder dieser Buchsbaum (was mich durchaus nicht verwundert hätte) war inzwischen verschwunden; jedenfalls kam ich an keinem Buchsbaum vorbei (meinen Buchsbaumzweig quetschte ich indessen in der rechten Hand langsam aber sicher zu Tode, zusammen mit den Henkeln meines Plastiksackerls, die sich bereits bedenklich verdünnt hatten; ich mußte mir unbedingt demnächst ein neues besorgen, in der Stadt, in der ich meinen ordentlichen Wohnsitz hatte).

Die Portiersloge der Carnegie Hall passierte ich diesmal ohne Schwierigkeiten: die schwarzbebrillt Blauuniformierte fand mich auf ihrer Liste. Die Programmhefte hatte man (um mich nicht in Versuchung zu führen) entfernt. Ich brachte in Erfahrung, wo die Probe stattfand, und man erklärte mir, wie ich dorthin gelangte. Mit einiger Mühe fand ich den Raum, der sich Kaplan Space nannte, über ein Gewirr von Treppen und Gängen. Schon aus einiger Entfernung hörte ich den Sänger

Skalen und Akkordzerlegungen hinauf- und hinuntersingen. Ich blieb stehen und beobachtete ihn eine Weile durch das Bullauge in der Tür (eine äußerst sinnvolle Einrichtung). Selbst wenn er Einsingübungen machte, faszinierte mich dieser Sänger mehr als alle anderen, die ich jemals kennengelernt hatte. Es war wohl diese absurde Mischung aus einem vollkommenen Sich-Öffnen und einem vollkommenen Sich-Verschließen, etwas, das mir immer schon aufgefallen war, wenn ich ihn Lieder singen gehört hatte. (Natürlich haben Sie recht, wenn Sie sagen: alle Sänger sind offen, das müssen sie sein, und alle sind sie verschlossen, auch das müssen sie sein; doch der springende Punkt ist wohl der Grad der Gegensätzlichkeit.) Zutiefst empfundene Gefühle waren es, die er, gerade wenn sie aus ihm herausströmten, plötzlich in seinem Inneren verschloß, vielleicht eine Schicht tiefer als die, aus der sie gekommen waren, wissend, wie viel sein Singen von seinem Innersten preisgeben, wie sehr es seine Seele entblößen konnte, Schicht für Schicht, bis sie nackt und schutzlos dalag, schutzlos den Ohren und inneren Augen der Menschen ausgeliefert, welche, ohne es zu wissen, genau darauf warteten: daß seine Seele entblößt vor ihnen lag; welche, ohne daß sie dieses zugeben hätten können (weil sie es ja gar nicht wußten), aus keinem anderen Grund gekommen waren. Er provozierte seine Zuhörer bis zum äußersten und enttäuschte sie im selben Maße: privat – Zutritt für Unbefugte streng verboten. Das mußte sie süchtig machen, die Unbefugten, so süchtig, daß sie immer und immer wieder herbeikamen, um ihm zuzuhören, in der Hoffnung, irgendwann doch einen Blick auf seine entblößte Seele zu erhaschen. Er spielte nicht, seine Gefühle waren echt; er unterdrückte seine Gefühle auch nicht, er drückte sie bedingungslos aus; er beherrschte seine Gefühle nicht, sie waren denkbar unbeherrscht; und doch gelang es ihm – und es war mir unerklärlich, wie es ihm gelang – seine Gefühle gerade so weit zu disziplinieren, im allerletzten Augenblick, daß er die Explosion, die mir als Zuhörer unvermeidlich erschien, verhinderte; das heißt, nein, er explodierte wohl doch, nur explodierte er nicht nach außen, sondern gewissermaßen nach innen, vielleicht sollte ich also besser sagen: er implodierte. Ja, es war eine Art von sehr heftiger Implosion, die ich als Zuhörer erlebte, und die empfand ich als ungleich spannender und aufregender als jede noch so spektakuläre Explosion; es war ein Feuer, das in ihm ausgebrochen sein mußte, ohne daß ich es sicher wußte, ohne daß ich es sehen konnte, doch ich erahnte und spürte es, weil es überall war, weil es von überall her strahlte und mich strahlend durchdrang, mich durch und durch mit etwas erfüllte, was in mir blieb, wenn das Lied längst verklungen war (im Gegensatz zu diesen Lagerfeuern, Sie wissen schon, vorne wird man romantisch geröstet, während es einen hinten kalt läßt, ganz zu schweigen von innen, und am Ende sitzt man frierend vor einem Häufchen Asche). Für mich war das Implodieren dieses Sängers schon deshalb genial, weil es mir kongenial erschien. Was anderes tun Komponisten denn, wenn sie komponieren? Und was tun Dichter, wenn sie dichten? Sie implodieren. Ich hatte das

Gedicht, ebenso wie das vertonte Gedicht, das Lied eben, immer als Implosion schlechthin empfunden.
Ich betrat den Probenraum, sobald ich durch das Bullauge den Eindruck gewann, der Sänger habe seine Übungen beendet; er nickte mir zu, machte eine Handbewegung in Richtung Klavier, und ich tat, was ich vor der Vormittagsprobe verabsäumt hatte: ich spielte mich warm, bevor ich meine Schöne Müllerin aus ihrem Plastiksackerl befreite.
Es waren kopierte Blätter, die ich so zusammengeklebt hatte, daß ich möglichst selten umblättern mußte. Beim Konzert, am nächsten Abend, würde natürlich jemand da sein, der das besorgte, doch auch dann würde ich jedes Umblättern als äußerst störend empfinden; nur Aurelia hatte mich nicht gestört, wenn sie für mich umblätterte; ich liebte es, wenn sie es tat, obwohl sie nicht einmal besonders gut darin war, sie war sogar ziemlich schlecht; sie verursachte so viel Störung, wie man es als Umblätterin nur tun kann; sie stand zu früh von ihrem Stuhl auf, oder sie stand gar nicht auf und legte sich dann halb über die Tastatur, um die rechte obere Ecke der rechten Seite zu erreichen, sodaß ich taktelang nichts sah als ihren Nacken und ihren Hinterkopf und meine Hände beim Spielen behindert waren; oft blätterte sie dann im falschen Moment, eine Achtelnote zu früh oder einen Takt zu spät, komplizierte Wiederholungen brachten sie vollends aus der Fassung; ich spürte, wie sie neben mir in Panik erstarrte, wenn sie den Überblick verlor; ich renkte mir beinahe den Hals aus, um ihr durch Kopfzeichen zu verstehen zu geben, wann sie blättern sollte;

oder daß sie in die falsche Richtung geblättert hatte. Schon vom professionellen Standpunkt aus betrachtet, war es ausgesprochen unverantwortlich (unverzeihlich) von mir gewesen, Aurelia bei Konzerten umblättern zu lassen. Ich wußte, wie nervös sie war, ich wußte, sie haßte es, ich wußte, es war nur eine Frage der Zeit, bis sie einen peinlichen Riesenschmiß verursachen würde, mitten in einem Konzert, einen Riesenschmiß, von dem am Ende nicht nur ich, sondern auch meine beiden Klaviertrio-Partnerinnen betroffen sein würden.
Wie am Vormittag probierten wir konzentriert und ohne mehr als das absolut Notwendige zu sprechen. Nur einmal brach der Sänger unvermittelt ab.
„Wie haben Sie denn Ihren Nachmittag noch verbracht?"
„Oh, nichts Besonderes, Museen und so, warum?"
„Ich weiß nicht." Er sah mich seltsam prüfend an. „Vielleicht sind Sie jetzt besser eingespielt."
„Oder wir."
„Ja, oder wir."
„Selbe Stelle?"
„Machen wir's noch einmal von ‚Der Mond war auch gekommen ....' "
Wir probten den Zyklus bis zum Ende durch.
„Brauchen wir noch etwas?" fragte ich.
Der Sänger zögerte.
„Das erste Lied sollten wir vielleicht noch einmal machen."
(Das kennen Sie ganz bestimmt. Glauben Sie mir. Man muß wirklich kein Experte für klassischen Liedgesang sein, um

„Das Wandern ist des Müllers Lust" zu kennen. Na? Sagte ich's doch.)

„Wissen Sie, dieses Lied ist die Grundlage von allem, wenn dieses Tempo nicht stimmt, dann stimmt hinterher gar nichts, dann ist alles, was danach kommt, nicht echt, nicht nachvollziehbar. Das erste Lied legt meinen Pulsschlag fest, den Grundrhythmus meines Lebens; meines Lebens und meines Liebens – und auch meines Sterbens, am Ende. Ich jogge nicht durchs Leben, ich marschiere auch nicht, und ich bringe mich auch nicht beim Bangeejumping um oder in einem Sportwagen, der mit zweihundert gegen einen Baum kracht – ich sterbe sehr ruhig und eher langsam am Grunde eines Baches. Das erste Lied muß genau mein Tempo haben, das Tempo, das sich durch mein ganzes kurzes Leben zieht, eines, das ich durchhalten kann, auf keinen Fall also zu schnell. Ich glaube, ich bin ein besonnener Mensch, und ziemlich nach innen gerichtet – das ist mein Hauptproblem, mit der schönen Müllerin."

„... die mehr auf Machos steht."

Der Sänger lachte. „Ja, so ungefähr könnte man es ausdrücken – nein nicht ganz: sie findet mich durchaus lieb und nett, sie will auch, daß ich lieb und nett bin, lieb und nett und einfühlsam, doch gleichzeitig sollte ich ein bißchen draufgängerisch sein, und ein bißchen unsensibel, ja, das wäre ideal." Er schüttelte den Kopf. „Das wollen sie doch alle. Einen hochsensiblen Macho. Einen, der draußen in der Welt gefährliche Abenteuer besteht und reich und berühmt wird, während er zur selben

Zeit zu Hause sitzt, ihnen jeden Wunsch von den Augen abliest, die Wohnung staubsaugt und die Kinder wickelt."
„Ist das nicht ein entsetzlich ungerechtes Klischee?"
„Natürlich ist es ein entsetzlich ungerechtes Klischee, alle Klischees sind entsetzlich ungerecht, und doch kommen sie alle irgendwo her, jedem Klischee muß doch ein Urbild zu Grunde liegen, das es nachahmt und wiederholt; kein Klischee der Welt kann etwas wiederholen, das nicht in irgend einer Form bereits existiert, oder?"
„Da haben Sie recht. Die Frage ist nur, wer dieses Urbild gemalt hat, das dem Klischee zu Grunde liegt – entspricht es tatsächlich der Vorstellung der Frauen? Oder der Vorstellung, die wir Männer uns von der Vorstellung der Frauen machen?"
Der Sänger zog seine linke Augenbraue hoch.
„Philosoph – oder was? Sie scheinen sich mit Frauen ja doch auszukennen."
„Theoretisch, ja."
„Und praktisch?" fragte der Sänger (beide Augenbrauen hochziehend).
Ich fand die Frage ausgesprochen unfair und zog es vor, sie nicht zu beantworten.
„Sie sind also", sagte ich statt dessen, „kein Macho, sondern einfühlsam, lieb und nett. Und ein bißchen langsam. Wandern wir also eine Spur langsamer."
Ich spielte die Einleitung, und er nickte. Er übersprang die zweite und dritte Strophe, wir machten die beiden letzten und spielten das nächste Lied an (ich vermute, das kennen Sie

nicht, es heißt „Wohin?“ und beginnt so: „Ich hört' ein Bächlein rauschen wohl aus dem Felsenquell ...“), um zu sehen, wie sich das langsamere Tempo des ersten Liedes auf das Tempo des zweiten auswirkte. Der Sänger brach ab.
„Das war's, denke ich,“ sagte er. „Mehr können wir für meine Krawatte nicht tun, zumindest nicht heute.“
„Wohin?“ fragte er dann.
„Halt!“ sagte ich und hob den Zeigefinger.
„Feierabend.“
„War es all so gemeint?“ fragte ich.
„Ja, heißt das eine Wörtchen ... ja, ich meinte Essen.“
„Kennen Sie ‚Carmine's‘?“
„Nein.“
Ich kramte in meinem Plastiksackerl, zog ein gelbes Zündholzbriefchen hervor und reichte es ihm. „Carmine's“ stand vorne und „Italian family style“ auf der Rückseite. Pasta, Seafood, Steaks, Chops. Er klappte es auf.
„Vierundvierzigste Straße. Das ist gleich beim Times Square, von da könnte ich zu Fuß ins Hotel gehen, Sie vermutlich auch. Immerhin steht nirgendwo, daß es sich dreht. Waren Sie schon dort? Kennen Sie es?“
„Nein, man hat es mir in meinem Hotel empfohlen. Das heißt, nicht direkt empfohlen, wenn ich ehrlich bin, da stand eine Glaskugel mit diesen Zündhölzern an der Rezeption.“
„Also gut, meinetwegen, warum eigentlich nicht? Mir ist alles recht, solange es sich nicht dreht.“
„... und solange es nicht zieht.“

„Ja, solange es dort nicht zieht."
Er sah auf die Uhr. Seine Uhr erinnerte mich an ein Modell, das mir in einer Zeitschrift aufgefallen war; es prägte sich mir ein, weil ich im Flugzeug saß und, in Ermangelung einer anderen Lektüre, die Zeitschrift dreimal von vorne nach hinten und von hinten nach vorne durchblätterte; und weil neben dem Photo der Uhr beim dritten Durchblättern immer noch ein sehr seltsamer Werbespruch stand „Für Männer, die nicht abwaschen müssen ..."
„Kommen Sie. Und vergessen Sie Ihre Schöne Müllerin nicht."
Wir standen schon bei der Tür, als er sich noch einmal umdrehte; er schien etwas auf dem Klavier liegengelassen zu haben.
„Na, und das hier?" sagte der Sänger und hielt meinen Buchsbaumzweig hoch. „Wir wollen doch meine neue Krawatte nicht aufs Spiel setzen, oder?"
Unten verhandelte er mit der schwarzbebrillt Blauuniformierten, die in der Portiersloge immer noch ihren Dienst versah, hartnäckig, bis sie ihn telefonieren ließ.
„In etwa einer halben Stunde", sagte er und gab mir das Streichholzbriefchen vom „Carmine's" zurück.
Wir nahmen die Linie N, fuhren drei Stationen und stiegen am Times Square aus. Wenn man angestrengt nach oben sah, konnte man Sterne ausnehmen; doch wie unscheinbar sie schienen, wie blaß und ohne Glanz, schüchtern fast; wie nutzlos, wie unendlich nutzlos mußten sie sich fühlen, über dieser Stadt. Der Mond war gar nicht erst gekommen. Zumindest konnte ich ihn nirgendwo entdecken. Es war empfindlich kühl

geworden. Der Sänger schlang sich seinen weinroten Schal fester um den Hals.
„Ich dachte immer, Sänger hätten eine Vorliebe für weiße Schals."
„Nein, Sänger nicht, nur Tenöre."
Wir gingen eine Weile schweigend nebeneinander her.
„Welche Stimmlage hat Ihre Freundin?"
„Meine Freundin singt nicht", sagte der Sänger sehr bestimmt.
„Aber sie wird doch trotzdem eine Stimme haben."
„Ich, ich ... ich weiß nicht. Ich habe keine Ahnung."
„Wie lange sind Sie mir ihr zusammen?"
Er überlegte kurz.
„Fast zwölf Jahre."
„Zwölf Jahre ... und Sie haben keine Ahnung, welche Stimme sie hat."
Ich war ehrlich erschüttert, und es schien mir, als hätten meine Frage und seine Unfähigkeit, eine Antwort darauf zu geben, ihn ein wenig aus der Fassung gebracht. Wenigstens leicht beunruhigt. Wir bogen vom Times Square nach rechts in die vierundvierzigste Straße; ich konnte bereits den Eingang des Lokals sehen; ich spürte, daß es sich nicht um eines von denen handelte, die zu betreten mich stets einige Überwindung kostete, eines von den abweisenden, reservierten, eines von denen, die mich von Kopf bis Fuß musterten, wenn ich davor stand, ehe sie mich mit beleidigender Gleichgültigkeit widerstrebend eintreten ließen; es war auch keines von denen, die mich durch trügerisch schmeichelnde Aufdringlichkeit unter

Druck setzten und abstießen; nein, dieses hier war, das spürte ich schon aus fünfzig Meter Entfernung, eines von einer ganz anderen Sorte. Ich näherte mich ihm, bis ich davor stand, dachte, ohne nachzudenken, an gar nichts und ging hinein. Gleich nach dem Eingang empfing uns ein Lächeln im Gesicht eines jungen Mannes, der in einem runden Holzkobel saß (gerade so groß, daß er bequem darin sitzen konnte, aber auch nicht größer), eine halbrunde gläserne Wand hinter und ein dickes schwarzes Buch vor sich; das Lächeln erkannte den Sänger, daran bestand kein Zweifel, als dieser nach dem Tisch fragte, den er reserviert hatte, doch einen Augenblick später erkannte es auch mich, das Lächeln, mit einer Selbstverständlichkeit, die mich daran hinderte, verblüfft zu sein oder mich umzusehen, ob jemand sehr Wichtiger hinter mir stand. Unser Tisch sei noch nicht frei, sorry, sagte das Lächeln, ob wir nicht inzwischen an der Bar Platz nehmen wollten. Wir wollten.
Wir überantworteten unsere Mäntel einer Garderobiere (von meinem Plastiksackerl trennte ich mich nicht). Vor einer endlos langen Theke standen bequeme Hocker, die beinahe alle besetzt waren, bis auf zwei, auf denen wir uns niederließen (nun merkte ich erst, wie müde ich war); dahinter standen drei Barkeeper, das heißt, wenn sie standen, dann nur sehr kurz und sehr vorübergehend (vermutlich auf einem Fuß), nicht länger als unbedingt erforderlich, ansonsten flitzten sie, schenkten ein, warfen einander Scherze und Gläser zu, kassierten Geld, plauderten, shakten, schäkerten unaufdringlich aufmerksam mit Frauen. Der Sänger bestellte ein Glas

Orangensaft und ich ein Glas Bier (Samuel Adams, Boston).
„Jedenfalls hat sie keine Sopranpiepsstimme.“
„Wer?“
„Meine Freundin.“
„Aha, soviel wenigstens wissen Sie.“
(Das dachte ich nur, was ich sagte, war hingegen:)
„Das finde ich gut.“
Ich mußte ziemlich laut sprechen, wollte ich meine eigenen Worte verstehen. Ich sah mich um. Parallel zur Theke, an einer halbhohen Wand – halb Holz, halb Glas – standen Tischchen aufgereiht, an denen Wartende saßen; sitzende Wartende dort, hockende Wartende hier, an der Theke; stehende Wartende drüben, rund um das Lächeln im hölzernen Empfangskobel; und ständig trafen neue Wartende ein, die nur deshalb Platz fanden, weil das Warten einiger anderer gleichzeitig ein Ende fand (ein vorübergehendes oder endgültiges Ende); von Zeit zu Zeit kam ein Kellner oder eine Kellnerin, jeweils eine fast bodenlange weiße Schürze vor sich her tragend, stellte sich vor einem oder mehreren Wartenden auf, um feierlich das Ende des Wartens zu verkünden und die freudig Überraschten in den Teil des Lokals zu geleiten, das jenseits der halbhohen Wand lag; woraufhin stehende Wartende zu sitzenden oder hockenden wurden, je nachdem, und neu Eintreffende zu neuen, stehenden Wartenden.
„Ihre Sprechstimme klingt nach Tenor, aber das täuscht ja oft. Sind Sie so etwas?“
„... wie ein Tenor? Ja, zumindest war ich früher so etwas.“

Es war ein eigenartiges Warten, das mich umgab; eigenartig, weil es nichts Erwartungsvolles an sich hatte, es lauerte nicht, es schielte nicht nach einer Zeit (einer besseren Zeit), die kommen würde, vielmehr erweckte es in mir den Eindruck eines heiteren, beinahe ausgelassenen Wartens, mit sich zufrieden und erfüllt von dem, was war und wie es war.

„Haben Sie je singen gelernt?"

„Ein bißchen."

„Und haben Sie je gesungen?"

„Gewissermaßen."

„Gewissermaßen?"

„Auf dem Friedhof."

Der Sänger schüttelte belustigt den Kopf.

„Auf dem Friedhof ..."

„Ja, auf dem Friedhof. In meiner Studienzeit war ich eine Zeit lang Friedhofssänger."

„Wo?"

„Auf allen möglichen Friedhöfen. Zentralfriedhof, zum Beispiel, da ist am meisten los."

„Zentralfriedhof – alle Achtung! Ist es nicht das Privileg der Staatsopernchorsänger, auf dem Zentralfriedhof zu singen?"

„Stimmt. Dort war ich auch nur aushilfsweise tätig."

„Immerhin." Der Sänger musterte mich beinahe anerkennend.

„Und welches Fach?"

„Erster Tenor. Im Quartett – oder im Doppelquartett, je nachdem."

„Je nachdem was?"

Ein Kellner kam auf uns zu; ich dachte, er käme auf uns zu, doch das Warten, das er freudestrahlend beendete, war das Warten des Pärchens neben uns.
„Je nachdem, welchen Vertrag der Verstorbene zu Lebzeiten abgeschlossen und wieviel er eingezahlt hatte."
„Und? Wie fühlt man sich so, als berufsmäßig Trauernder und Tröster der Witwen?"
Ich fand seinen Sarkasmus unpassend und seine Fixiertheit auf Frauen langsam pathologisch. Ich schwieg eine Weile; die Erinnerung kroch in mir hoch; ich unternahm nichts, sie daran zu hindern.
„Gar nicht. Im Prinzip fühlt man sich gar nicht, zumindest tut man sein möglichstes, sich gar nicht zu fühlen. Manchmal gelingt es nicht, und dann fühlt man sich irgendwie. Absurd, in jedem Fall. Lächerlich, im schlimmsten. Manchmal fühlt man sich kalt, im Winter, am offenen Grab, ja, da fühlt man sich ausgesprochen kalt, außen und innen; manchmal fühlt man sich heiß und schwül, in der Aufbahrungshalle, im Sommer, wenn der süßliche Geruch von Blumen und Kränzen sich in deine Nase stopft, wenn du jemanden einen Meter vor dir ohnmächtig zusammenbrechen siehst, wenn das Jaulen des Harmoniums in deine Ohren kriecht und dir die Kehle zudrückt."
Wieder schwieg ich eine Weile.
„Manche Männer halten das ihr ganzes Leben durch, sie singen mehr oder weniger bis an ihr Lebensende auf Friedhöfen. Ich kann mir schwer vorstellen, daß die sich irgendwie fühlen. Vielleicht fühlen sie auch beim Warten nichts. Das Warten fand

ich am schlimmsten; dieses endlose Warten, daß das Telephon läutet, so gegen das Monatsende, wenn das Geld knapp wird, dieses endlose Warten, daß jemand stirbt; das endlose Warten auf das Ende von jemandem, der deinem Warten ein Ende setzt.“

Eine Kellnerin nahm vor uns (ich fragte mich, woher sie wußte, daß wir es waren) Aufstellung, um uns zu dem für uns bestimmten Tisch zu begleiten.

* * *

Von Sehnsüchten geplagt und von schlechtem Gewissen, wartete ich darauf, daß meine Großtante Stephanie starb, die in geistiger Umnachtung in einem Pflegeheim vor sich hin dämmerte. Es handelte sich (und deshalb erschien es mir so wichtig, daß ausgerechnet sie starb) um die einzige noch lebende Verwandte meines verstorbenen Vaters.

Ich wartete nun bereits seit mehr als einem Jahr auf den Tod meiner Großtante Stephanie. Stattdessen starb dann, im Oktober meines zweiten Studienjahres, ohne daß ich zu diesem Zeitpunkt davon erfahren hätte, eine Person, deren Bedeutung (vielmehr die Bedeutung ihres Nicht-Mehr-Vorhanden-Seins) mir, hätte ich davon erfahren, wohl schon zu diesem Zeitpunkt hätte klar sein müssen.

Im Sommer, der jenem Herbst voranging, nahm mein Verlangen nach Aurelia, mein Verlangen, sie zu berühren, mein

Verlangen, sie zu besitzen, unerträgliche Ausmaße und Formen an. Sie hatte sich so sehr in mein Denken verstrickt, daß ich an nichts denken konnte, ohne sofort an sie zu denken; es half auch nicht, an nichts zu denken, denn sobald ich an nichts dachte, bemächtigte sie sich augenblicklich meines Fühlens; sie fühlte mit mir, sie dachte mit mir; abends schlief sie mit mir ein, so wie sie morgens mit mir aufwachte; ich war überzeugt, sie schlief auch mit mir, was ich ihr schließlich auch beweisen konnte: Ich nahm mir vor, unvermittelt und ohne sie oder mich vorzuwarnen, mitten in der Nacht aufzuwachen; ich schaffte es; und sie war da.

Dreimal gelang es mir in jenem Sommer, Aurelia unter dem Deckmantel der Schmetterlingsjagd auf meinem Hochstand in der Nähe des verfallenen Bauernhauses in den Sucher zu bekommen. Nachmittage lang lauerte ich auf meinem Beobachtungsposten. (Das Gestrüpp hatte ich mittlerweile mit Hilfe einer Heckenschere, so gut es ging, beseitigt; weiters hatte ich zwei fehlende Sprossen durch dicke Äste ersetzt, was einen blauen Daumen zur Folge hatte und mir eine Woche lang das Klavierspielen erschwerte, meine Schmetterlingsjagd allerdings erheblich erleichterte.) Obwohl sich die Sache mit dem blütenweiß gezackten Baumwollhöschen nicht wiederholte, war ich stets gespannt, erregt, sobald ich den Hochstand bestieg. Schon die Vorstellung, Aurelia könnte in diesem Augenblick auftauchen, und die Sache mit dem blütenweiß gezackten Baumwollhöschen könnte sich wiederholen, reichte aus, mich dermaßen aufzuregen, daß ich manchmal den Verdacht hegte, es würde gar keinen so großen Unterschied machen, ob sie nun auftauchte oder nicht, ob ich etwas zu sehen bekommen würde oder nicht. Beim ersten Mal trug sie Jeans; es war heiß; ich hatte eine Stunde auf sie gewartet; dann saß sie mit geschlossenen Augen da auf der Bank an der Hauswand, direkt vor mir; drei Knöpfe ihrer blauweiß geblümten Bluse waren geöffnet: der oberste, der zweite von oben und der unterste; sie saß da mit gespreizten Beinen; die Daumen ihrer beiden Hände hatte sie in die Hosentaschen vergraben, die übrigen Finger lagen flach und regungslos auf ihrem Bauch, und ich hätte schwören können, sie bewegten sich, so sehr strengte ich mich an, sie dazu zu bringen, sich zu bewegen, telepathisch; das einzige, was ich dazu bewegen konnte, sich zu bewegen, war meine eigene Hand (die rechte, nehme ich an, denn mit der linken, vermute ich, war ich gezwungen, den Feldstecher festzuhalten). Als mir bewußt wurde, was meine rechte Hand tat und im Begriff war zu tun, tauchte meine Mutter vor meinem geistigen Auge auf und gebot ihr mit einem ungläubigen Blick auf eine Hose, die schon wieder aus purem Zufall in eine Badewanne voller Wasser gefallen war, Einhalt; ich selbst hätte wohl kaum die Kraft gehabt, das, was meine rechte Hand im Begriff war zu tun, vorzeitig zu beenden; ich hätte wohl auch keinen Sinn darin gesehen, mein Lieblingsgefühl an seinem Entstehen zu hindern.

Ich kletterte von meinem Jägerhochstand, fing den erstbesten Schmetterling ein, der mir vors Netz flog, lief nach

Hause, betäubte ihn mit einem acetongetränkten Wattebausch und spießte ihn auf.
Beim nächsten Mal trug Aurelia das geblümte Sommerkleid; es schien inzwischen kürzer geworden zu sein, doch das nützte wenig, denn zum Ausgleich rutschte es, während Aurelia auf der Bank saß, nur so weit hoch, daß das gezackte weiße Etwas, das ich mir darunter vorstellte, gerade noch bedeckt war. Außerdem war es leider vollkommen windstill.
Als ich sie zum dritten und letzten Mal in diesem Sommer beobachtete, war sie unten vollständig in einen dunklen undefinierbar gemusterten Rock gehüllt, der ihr bis zu den Knöcheln reichte, während sie oben ein glattes weißes T-Shirt trug, glatt, bis auf zwei Punkte, die sich auf zwei kleinen Hügeln in die Glätte bohrten, wenn man sehr genau hinsah; ein leichter Windstoß klappte den Rock auf, klappte, ja, es schien einer dieser Röcke zu sein, die man rundherumwickelte, richtig, da war auch so eine kleine Schleife, rechts an der Taille; angenommen, ich würde am Ende dieser Schleife ziehen …, dann, möglicherweise – sie hatte ja auch oben nichts darunter an, da lag es doch immerhin im Bereich des Möglichen – außerdem war es unerträglich heiß, zumindest hier auf meinem Hochstand wurde die Hitze allmählich unerträglich; ich kletterte hinunter, fing einen Schmetterling, brachte ihn nach Hause, drehte den Schlüssel meiner Zimmertür zweimal herum und verkroch mich an dem einzigen Ort, an den mir niemand folgen konnte, nicht einmal der ungläubige Blick meiner Mutter; unter meiner kühlen Bettdecke bohrten sich

zwei Punkte mitsamt den zwei (glatten, weißen) Hügeln, deren Gipfel sie bildeten, durch eine glatte, weiße Fläche, während ich sacht und verstohlen am Ende einer Schleife zog und ein kräftiger Windstoß sein übriges tat, um mir Gewißheit zu verschaffen.

Neben Aurelia am Waldrand (Aurelia I), das heißt gleichzeitig, ja beinahe unabhängig von dieser, gab es in jenem Sommer für mich noch eine andere Aurelia; eine, die auf einer silbrig-grau verwitterten, wackeligen Bank vor einer Buchsbaumhecke saß, vor einem weißen Obelisken mit zwei Tauben obenauf, die unter einem Buchsbaumbogen trauerten; eine, die, während sie dort saß, in einem Buch las, wie ich von meinem Fenster aus durch den Feldstecher gerade noch erkennen konnte (ohne daß es mir möglich gewesen wäre zu sehen, in welchem): Aurelia auf dem Friedhof (Aurelia II).

Der Ort, an dem Aurelia II sich aufzuhalten pflegte (der Ort, wo sie nicht Aurelia I war), machte sie wirklich; weil es sich um einen öffentlichen Ort handelte, der sie zu einer öffentlichen Person machte, wie allein sie dort auch immer sitzen mochte; weil sie dort nicht einfach nur saß, sondern in einem Buch las; der Friedhof fügte Aurelia II ins wirkliche Leben (ins Leben II) ein, das sich vom anderen Leben (vom Leben I) dadurch unterschied, daß es darin nicht nur sie und mich gab sondern auch alle anderen. Im selben Maße, wie der Ort, an dem Aurelia II sich befand, sie wirklich machte, entrückte er sie mir, was wohl vor allem in der Natur des Ortes (in der Natur von Friedhöfen) lag, ein wenig jedoch auch an seiner größeren Entfernung von dem Ort, von welchem aus ich sie beobachtete, vom Fenster meines Zimmers nämlich, in dem sich auch mein Bett befand, mit einer kühlen, weißen, glattgezogenen Bettdecke, die kühl, weiß und glattgezogen blieb, während ich Aurelia II beobachtete und nachdem ich sie beobachtet hatte.

Dann starb Aurelias Großvater (der Großvater von Aurelia II, Aurelia I hatte so etwas natürlich nicht, sie war allein auf der Welt). Es war ein Samstag nachmittag an einem Wochenende Ende Oktober, das ich, wie alle Wochenenden, zu Hause verbrachte. Ich übte in meinem Zimmer eine Beethoven-Sonate für meinen nächsten Klassenabend auf der Musikhochschule (was kein besonderes Ereignis war, denn wir hatten andauernd Klassenabende); genauer gesagt übte ich den letzten Satz der letzten Beethoven-Sonate, den ich ganz besonders liebte; das Ergebnis meines Übens befriedigte mich wie immer in keiner Weise; ich brach ab; wieder einmal empfand ich das, was ich den weißen und schwarzen Tasten zu entlocken imstande war, das, was ich am Ende meiner Bemühungen von außen zu hören bekam, nur als schwaches, undeutliches und höchst unvollständiges Abbild dessen, was ich in mir hörte. Beethoven hatte rücksichtslos für seine eigenen Riesenpranken komponiert, ohne auch nur einen Gedanken daran zu verschwenden, daß ich das alles einmal spielen würde, mit Händen, die zu klein, mit Fingern, die zu kurz waren, für Beethoven (selbst meine Mutter hatte jetzt, wo ich neunzehneinhalb war, schweren Herzens, aber endgültig die Hoffnung aufgegeben, an dieser bedauerlichen

anatomischen Gegebenheit würde sich je noch etwas ändern). Verzweifelt hörte ich in mich hinein und fing von vorne an.
Er beginnt ganz harmlos, der letzte Satz der letzten Beethoven-Sonate, ein schlichtes Thema, das nichts von dem erahnen läßt, was kommen wird; unmerklich fängt das Thema an, mit sich zu spielen, spielt ganz harmlos mit sich, noch immer unmerklich; doch schon wird es dichter, langsam merklich, verdichtet sich langsam und unaufhaltsam, verändert sich, bewegt sich, bewegt sich dichter, gerät in eine dichte, taumelnde Bewegung, die sich taumelnd weiter verdichtet, bis sie den Raum vollständig erfüllt; der erfüllte Raum läßt keine Bewegung mehr zu; zum Bersten gefüllt droht der Raum, der ans Nichts grenzt, seine Grenzen zu sprengen; unaufhaltsam taumelt die Bewegung ins Nichts, unerbittlich und unvermeidlich kommt der Abgrund näher, doch da, einen kurzen Augenblick vor dem unvermeidlichen Ende, fängt sich das alte Thema, beruhigt sich, löst sich aus der Dichte, in alter Klarheit, scheinbar, in alter Frische, beinahe, verbreitet Sicherheit, trügerisch, denn schon nähert sich erneut der Abgrund, beginnt erneut der Taumel ins Nichts; Rettung in letzter Sekunde, Taumel ins Nichts, Rettung, Taumel, drohendes Nichts, Rettung, und immer so weiter, bis die Gewohnheit die Illusion geschaffen hat, es würde ewig so gehen, das Ende würde niemals kommen. Und dann plötzlich: Nichts. Nicht zu glauben. Sterben mußte sich so anfühlen. Nicht zu glauben.
Ich stand am Fenster und starrte durch den allmählich aufziehenden Dunst zum Friedhof, der von der tiefstehenden Sonne

beleuchtet wurde und mein Hals fühlte sich zugeschnürt.
Ich fuhr zusammen.
„Herbi!"
„Mein Gott, warum erschreckst du mich immer so?"
„Entschuldige … hast du mir nicht versprochen …"
„Was denn!"
„… nachzusehen, ob der Frost letzte Nacht die Blumen …"
„Aber ja, mache ich."
„Ich kann natürlich auch selber ..."
„Aber nein, das mache ich schon."
Ich wandte mich wieder zum Fenster und kehrte meiner Mutter den Rücken zu, die eine Weile zögerte, ehe sie aus meinem Zimmer ging.
Wenige Minuten später verließ ich das Haus in Richtung Friedhof. Ich dachte daran, daß ich den letzten Satz der Beethoven-Sonate nie zuvor so gespielt hatte und überlegte, was wohl die Ursache sein mochte. (Aurelia würde nicht dort sein. Schade. Es war zu spät und zu kalt. Ich hätte mich früher auf den Weg machen sollen.) Andererseits … vielleicht existierte so etwas wie eine Ursache gar nicht; vielleicht war einfach der Zeitpunkt gekommen.
Der nächtliche Frost hatte auf den schweren Köpfen der Chrysanthemen, gelb und lila, häßliche braune Spuren hinterlassen, allerdings nur da und dort, an den Spitzen vor allem; ich stand vor dem Grab, unschlüssig, ob die Blumen für das Hochfest der Toten präsentabel genug waren oder ob ich neue besorgen mußte. Irgendwo miaute eine Katze. Ich fluchte in mich hinein.

Warum zum Teufel hatte ich das nicht meiner Mutter überlassen? Die Katze miaute noch immer. Ich würde jetzt die braunen Spitzen auf der gelben Chrysantheme in der Mitte zählen. Wenn es mehr als dreißig waren und die Katze immer noch miaute, würde ich die Blumen austauschen, in Gottes Namen. Ich zählte achtundzwanzig braune Spitzen, und das Miauen war verstummt. Das war knapp. Ich zählte noch einmal. Einunddreißig. Ich lauschte angestrengt. Da war es wieder. War es ein Miauen? Nein, jetzt kam es mir nicht mehr wie ein Miauen vor, mehr wie ein Wimmern, ein leises Wimmern; ich ging ein paar Schritte in die Richtung, aus der es zu kommen schien; dort, auf der silbrig-grau verwitterten Bank, im kühlen Sonnendunst, sah ich etwas, etwas Dunkles, Zusammengekauertes; das Wimmern wurde deutlicher, als ich mich näherte; es war das zusammengekauerte Etwas, das wimmerte; wimmerte und zuckte; ich wußte, es war Aurelia, obwohl beinahe nichts von ihr zu sehen war; es war Aurelia, die da saß, oder vielmehr hockte, kauerte, wimmernd und zuckend, die Beine, mit beiden Armen fest umschlungen, an den zuckenden Körper gepreßt, den Kopf gesenkt, die dunklen Haare schützend darüber gebreitet. Ich stand da, einen Schritt von Aurelia entfernt. Ich rührte mich nicht. Ich sah gebannt auf den dunklen Kopf. Flache, dunstige Sonnenstrahlen beleuchteten ihn. Er schimmerte golden. Der Dunst sog die Strahlen auf, einen nach dem anderen. Der dunkle Kopf schimmerte golden. Ich stand da, und ich rührte mich nicht.

„Aurelia“, sagte da jemand.

Augenblicklich verstummte das Wimmern. Jemand setzte sich neben sie auf die Bank, dicht neben sie, ganz dicht neben sie.
„Aurelia …“
Sie hob den Kopf. Zwei braune, verweinte, erschrockene Augen blickten aus einem leicht gebräunten, sommersprossigen Gesicht in das sommersprossige Gesicht von jemandem, der ganz dicht neben ihr saß.
„Was ist denn passiert?“
Aurelia wischte sich mit dem Handrücken über ihre rinnende Nase.
„Wo-woher weißt du, wie ich h-heiße?“
„Was hast du?“
Sie legte ihr Kinn auf die Knie und sah geradeaus.
„Großvater ist gestorben.“
„Das tut mir leid.“
Aurelia sagte nichts.
„Du hast ihn wohl sehr gern gehabt.“
„Ja.“
Und nach einer Weile fügte sie hinzu.
„Ja, aber das ist es nicht.“
Die beiden saßen da, schweigend, und sahen geradeaus auf das Grab.
„Er hat keinen Platz mehr, sagt meine Mutter.“
Tränen rannen lautlos über ihre Wangen.
„Im Grab?“
„Nein, auf dem Grabstein.“
„Und?“

„Sie reißen alles weg, alles wird verschwinden ..." Um ihren Mund zuckte es. „... die Hecke, der Marmorstein, die T-tauben u-u-nd ... und Au-re-lia, Au-re-lia wird verschwinden."
Immer noch lautlos liefen Tränen über ihre Wangen.
„Man könnte doch den alten Grabstein dann später an der selben Stelle wieder aufstellen; und eine neue Hecke pflanzen."
„Er ist u-u-nmodern."
„Unmodern?"
„J-j-ja u-u-unmodern."
Sie schluchzte hemmungslos. Der neben ihr saß, ganz dicht, er legte den linken Arm ausgestreckt auf die Lehne der Bank hinter ihrem Nacken, bog den Arm ab, langsam, zögernd, bis seine linke Hand Aurelia berührte, ganz leicht, während seine rechte Hand über den dunklen, golden schimmernden Kopf strich, ganz leicht und dann über ihre naßkalte Wange wischte, ganz leicht.
Kalt? Woher wußte ich, daß Aurelias Wange kalt war? Noch einmal wischte diese rechte Hand über ihre Wange; sie war naß und kalt. Es war meine Hand.
Da zog ich den schluchzenden, zusammengekauerten Körper an mich, ganz fest; ich konnte ihren Körper kaum spüren, durch den Stoff zweier dicker Wintermäntel hindurch; doch mein Herz klopfte wie verrückt, jetzt, wo ich wußte, daß ich es war, der neben Aurelia auf der Bank saß; ich drückte Aurelias Körper noch ein wenig fester an meinen, um mich am Zittern zu hindern; mein Kopf war ganz dicht an ihrem Kopf, meine Nase steckte beinahe in ihrem Mantelkragen; ich

konnte in sie hineinriechen; ich holte tief Luft, um ihren Duft in mich einzusaugen, als ein leises Lüftchen einen Hauch von Buchsbaum in meine Richtung wehte und ihn ein für alle Mal mit Aurelias Duft vermischte.

Mitten hinein in das schluchzende, duftende, zitternde Klopfen meines Herzens schlug die Kirchturmuhr ihre dumpfen, blechernen Schläge. Viermal. Sechsmal. Dann war es still. Aurelia hob den Kopf. Sie hörte auf zu schluchzen. Ich löste mich von ihr und rückte ein wenig zur Seite. Sie stellte ihre Füße auf den Boden und sah mich an.

„Ich geh' nach Hause."

„Ja", sagte ich, „ja."

Ich war unfähig, etwas anderes zu sagen oder zu tun. Sie stand auf. Als ich mich nach ihr umdrehte, war sie spurlos verschwunden. Einen Moment lang sah ich in den dunstigen Himmel, und ich stellte mir vor, sie hätte sich Flügel umgeschnallt und wäre entschwebt. Ich saß da, mit Aurelias Duft in der Nase und kam mir vor wie ein Idiot. Warum hatte ich denn nichts gesagt, mein Gott, warum hatte ich nicht irgendwas gesagt? Ich war neunzehneinhalb – und sie? Sie war zwölf! Ich hätte doch zumindest etwas sagen können, weiß Gott. Irgendwas. Ich fühlte mich plötzlich müde und erschöpft, müde und erschöpft wie nach einer großen körperlichen Anstrengung, und ich fror. Langsam machte ich mich auf den Heimweg. Als ich vor unserer Haustür stand, fielen mir die Chrysanthemen ein. Meine Mutter erwartete mich im Vorzimmer.

„Warst du auf dem Friedhof?"
„Sie sehen noch sehr passabel aus. Aber wenn es heute nacht wieder friert ..." Sorgenvoll wiegte ich den Kopf,
„Es wird das beste sein, du siehst sie dir morgen selber noch einmal an."
„Vielleicht gehen wir morgen gemeinsam."
„Vielleicht, ja ..."
„Möchtest du etwas essen?"
„Nein. Danke, nein."
Ich schleppte mich die Stiegen hinauf in mein Zimmer, drehte den Schlüssel herum, warf mich aufs Bett und starrte minutenlang zur Decke. Ich schloß die Augen. Ich versuchte mich intensiv an die Szene auf dem Friedhof zu erinnern; immer und immer wieder ließ ich sie ablaufen; doch mit jedem Mal erschien sie mir ungreifbarer und unfaßbarer; sie wurde immer blässer; gleich würde sie verblassen; gleich würde sie sich auflösen. Ich versuchte sie zu fixieren, mit meinen Innenaugen, ich starrte sie an, mit meinen Innenaugen, um sie zum Bleiben zu zwingen, doch je mehr ich starrte, desto blässer wurde sie; da – ich konnte schon durch sie hindurch sehen. Und während sie immer durchscheinender wurde, begann sie sich in mich zu versenken; sie sank, sie sank; obwohl ich mich dagegen wehrte, verzweifelt, mit all meinem Denken, meinem Fühlen, meiner Vorstellungskraft, spürte ich, wie die Szene auf dem Friedhof jeden Augenblick in mir versinken würde, in Tiefen, aus denen ich sie nicht mehr zurückholen konnte; machtlos, ohnmächtig vor Wut, sah ich zu, wie Aurelia und ich

uns auflösten, umschlungen auf einer silbrig-grau verwitterten Bank, während wir langsam und unaufhaltsam versanken, in Raum und Zeit, im See meines eigenen Vergessens.

Und doch geschah in diesen Minuten etwas Seltsames. Alle Aurelias, die in mir und außerhalb von mir je existiert hatten, verschmolzen zu einer einzigen. Aurelia hinter der Glastür, Aurelia auf dem Friedhof, Aurelia, die Unschuldige, Aurelia am Waldrand, Aurelia, die Ihre-Unschuld-Verloren-Habende, Aurelia in meinem Kopf, Aurelia in meinem Herzen, Aurelia in meinem Unterleib, Aurelia unter meiner Bettdecke, Aurelia, die Unberührbare, Aurelia, die Unberührte – alle vereinigten sich nun in dieser Aurelia, die um einen Grabstein trauerte.

Am nächsten Vormittag begleitete ich meine Mutter auf den Friedhof. Ich überredete sie zu einem kleinen Rundgang, der uns an Aurelias Grabstein vorbeiführen mußte.

„Nächsten Mittwoch haben sie den alten ...“

„Ich weiß doch, wen sie nächsten Mittwoch haben, Mama“, fiel ich ihr ins Wort. Einmal mehr schüttelte ich innerlich den Kopf über die seltsame Formulierung, die wir hierorts anstatt „jemanden zu Grabe tragen“ zu gebrauchen pflegten. Wer waren „sie“? Die himmlischen Mächte? Oder die Höllenbrüder? Und wie und warum „hatten“ sie den Verstorbenen? Es war und blieb mir ein Rätsel; ich konnte nicht länger darüber nachdenken; ich mußte mich darauf konzentrieren, den Buchsbaum tief in mich hineinzuatmen; für den kostbaren Bruchteil einer Sekunde gelang es mir, Aurelias Bild aus der Versenkung zu holen, doch schon war es mir wieder entglitten;

ich atmete weiter tief ein und aus, solange, bis ich hyperventilierte, bis mir schwindelig wurde; es half nichts: Aurelia blieb verschwunden.
„Das hatte ich befürchtet", sagte ich, den unvermeidlichen Warumhastdunichten meiner Mutter vorbeugend, kummervoll geschäftig, als wir der unansehnlich braunen Chrysanthemen auf meines Vaters Grab ansichtig wurden, „wir müssen unbedingt sofort frische besorgen."
Ich holte aus der Gärtnerei neben dem Friedhof zwei Chrysanthemenstöcke, gelb und lila. Vor Allerheiligen hatte die Gärtnerei auch sonntags ganztägig geöffnet; ich fragte mich, ob es in dieser Zeit des Hochfestes der Toten, das für die Lebenden und die Gärtner von so außerordentlicher Wichtigkeit zu sein schien, nicht auch eine Nachtglocke für Notfälle gab. Während ich die Chrysanthemenstöcke bezahlte, schwebte mir die Gärtnersfrau vor, wie sie zu nachtschlafender Zeit ein schmuckes Grab-Bukett durch einen Schlitz schob (wie die Apothekerin ein Schmerzmittel), im bodenlangen weißen Nachthemd, mit Lockenwicklern auf dem Kopf; und dann legte sich in meinem Kopf über das Bild der Gärtnersfrau und das Bild der Apothekerin (im langen weißen Nachthemd, mit Lockenwicklern auf dem Kopf) das Bild des marmornen Obelisken, weiß, mit Tauben oben drauf.
„Ich werde Aurelias Grab photographieren", dachte ich plötzlich, und der Gedanke stimmte mich überaus vergnügt.
Zu Hause lauerte im Backrohr ein Hühnchen mit Semmelfüllung, welches sich in unserer Abwesenheit (mit an Sicherheit

grenzender Wahrscheinlichkeit) automatisch knusprig goldbraun gebraten hatte; ich war froh, den Augenblick, in dem es vor mir auf dem Tisch stehen würde, noch etwas hinauszögern zu können (meine Mutter würde stolz mit der Geflügelschere in das weiße Fleisch schneiden, von dem sich mit leisem Knuspern die Haut des toten Vogels abhob, die knusprige Haut, die eine gesunde Bräune aufwies, nicht ganz gleichmäßig, allerdings, denn die leicht erhabenen Punkte, an denen die Federn befestigt waren, welche meine Mutter eigenhändig liebevoll ausgerupft hatte, bräunten naturgemäß schneller und intensiver). Sobald wir zu Hause ankamen und meine Mutter in der Küche nach dem Hühnchen sah, holte ich meinen alten Photoapparat, ein altmodisches Ding in einer braunen Lederhülle, aus meinem Zimmer und versteckte ihn in meiner Manteltasche.

„Ich glaube, wir haben vergessen, das Grablicht anzuzünden."

Meine Mutter runzelte die Stirn.

„Ich bin sicher, ich habe es angezündet."

Ich wiegte den Kopf hin und wieder zurück.

„Ich bin nicht sicher."

„Aber ich glaube schon ..."

„Du hast es in die Laterne gestellt, ja", unterbrach ich meine Mutter, „aber bist du sicher, daß es auch brennt?" Ich zog mir den Mantel an.

„Also, ganz sicher bin ich nicht, aber ich glaube schon ..."

„Ich glaube, es hat nicht gebrannt. Besser, ich sehe noch einmal nach", sagte ich sehr bestimmt und band mir entschlossen die

Schuhbänder zu. „Sicherheitshalber."
„Aber das Hühnchen ..."
„Ich bin ja gleich wieder zurück", beruhigte ich meine Mutter und warf die Haustür hinter mir zu.
Die vormittäglichen Gräber-Besucher hatten die unsterblichen Seelen zurückgelassen, um sich (wohlverdient) ihren eigenen (sterblichen) Leibern zu widmen, in ihren Häusern oder in den umliegenden Gasthäusern, wo auch die, denen das Aufsuchen der unsterblichen Seelen noch bevorstand (die nachmittäglichen Gräber-Besucher) sich vermutlich aufhielten, um sich (vorsorglich) zu stärken. Der Friedhof war wie ausgestorben; ungestört und unbeobachtet photographierte ich Aurelias Grab: frontal von vorne, schräg von hinten, von links, von rechts, nah und aus verschiedenen Entfernungen; im Ganzen und im Detail; die Weihwasserschale, die trauernden Tauben, die golden eingravierten Namen der Grabbewohner und schließlich das Photo von Aurelias Tante, wie sie im Alter von etwa drei bis vier Jahren die Hände gefaltet hielt, einem Engel gleich, der meiner Aurelia zum Verwechseln ähnlich sah.
Es bestand keinerlei Veranlassung, das letzte Bild auf meinem Film dafür zu verwenden, die silbrig-grau verwitterte Bank, auf der ich saß, dokumentarisch festzuhalten, denn sie befand sich in Gemeindeeigentum und würde, dessen war ich sicher, stehenbleiben, bis sie den Würmern oder den Käfern oder dem Verschönerungsverein zum Opfer fiel. Warum also sollte ich mir mühsam einen Weg zwischen den dicht gepflanzten Stiefmütterchen bahnen? Warum sollte ich mich vor den

weißen Obelisken kauern, dabei das Gleichgewicht verlieren und auf drei hellblauen Stiefmütterchen und etwas feuchter Erde zu sitzen kommen, nur um diese Bank zu photographieren? Es gab keinen Grund, so etwas zu tun, und ich tat es. Dann riß ich einen Zweig von der Buchsbaumhecke ab, nahm einen kräftigen Zug davon, ehe ich ihn behutsam in der Innentasche meines Mantels verstaute und eilte nach Hause zu meinem knusprigen Hühnchen (nicht ohne das langbrennende Grablicht auf dem Grab meines Vaters angezündet zu haben, welches ich ausgeblasen hatte, während ich die Chrysanthemenstöcke, gelb und lila, in die von meiner Mutter gegrabene Vertiefung stellte und diese mit bloßen Händen zuschaufelte). Auf dem Heimweg faßte ich den Entschluß, meiner Mutter mitzuteilen, daß ich Hühnchen nicht ausstehen konnte.

„Gut, daß ich nachgesehen habe, und weißt du, Mama eigentlich –" bemerkte ich ganz nebenbei, als wir uns zu Tisch setzten, „eigentlich mag ich Hühnchen nicht so besonders."

Die Geflügelschere blieb im Hühnchen stecken. Meine Mutter starrte mich an, entgeistert, betroffen, verzweifelt.

„Aber Herbi, das kann doch nicht sein, all die Jahre … warum nur …" Sie war den Tränen nahe. „… warum hast du nicht … wie kannst du mir das antun …"

Nun weinte sie wirklich. Ich konnte nicht zusehen, wie sie weinte, doch ich wollte auch nie wieder knusprige Hühnchen essen müssen. Ich stand auf und legte meinen Arm um sie.

„Ach weißt du, Mama, ich habe deine Hühnchen immer sehr bewundert."

„Aber geschmeckt haben sie dir nicht."
Sie weinte immer noch.
„Sie hätten mir bestimmt geschmeckt, wenn ich nicht diese besondere Beziehung zu ..."
Sie hörte auf zu weinen.
„Vielleicht ist es auch ... weil ich mich so intensiv mit Ornithologie beschäftigt habe ... und Hühner sind doch auch Vögel –"
Der Schimmer einer Hoffnung erhellte ihr Gesicht.
„Du meinst – das Hühnchen tut dir leid?"
„So würde ich es nicht ausdrücken; aber in gewisser Weise habe ich im Laufe meines Lebens eben eine besondere Beziehung entwickelt, zu allem, was Flügel hat und fliegt. Ja, das könnte man sagen: eine sehr persönliche, sehr ungewöhnliche Beziehung."
Wortlos trug meine Mutter das Hühnchen, in welchem noch die Geflügelschere steckte, in die Küche. Nach einiger Zeit erschien sie mit einer Schüssel Reis, und einem Teller mit grünem Salat.
„Ich bin froh, daß du es mir gesagt hast."
„Ich auch."
Sie bemühte sich zu lächeln.
„Nur gut, daß du nicht Kühe und Schweine beobachtest."
Ich nahm mir einen Schöpfer Reis auf den Teller und drapierte sorgfältig grünen Salat rundherum.
„Erstens flattern Kühe und Schweine nicht, und zweitens sind sie größer."
Meine Mutter sah mich verständnislos an.

„Ja, ich glaube, es hängt auch mit der Größe zusammen", erklärte ich gewichtig, „je kleiner das Stück Tier auf dem Teller im Verhältnis zur Größe des ganzen Tieres, desto weniger Zusammenhang besteht zwischen beiden. Gefühlsmäßig, meine ich."

„Und Fische?"

„Fische?"

„Du ißt doch Fische."

„Nein, ich esse Fischstäbchen. Das ist ein großer Unterschied. Außerdem", fügte ich hinzu, „außerdem sind Fische stumm."

„Stumm?"

„Ja, sie sind von Natur aus stumm. So besteht auch keine Gefahr, ich könnte die Vorstellung haben, sie würden zu schreien anfangen oder zu gackern oder zu zwitschern, wenn sie vor mir auf dem Teller liegen. Also, fassen wir zusammen: ich esse am liebsten kleine Stücke von großen Tieren, die nicht flattern oder kleine, panierte Stücke von kleinen Tieren, die stumm sind."

„Und was ist mit deinen Schmetterlingen? Sie sind klein und stumm, und sie flattern." Das klang traurig. „Ich habe mich immer gefragt, wie du es fertigbringst, sie aufzuspießen."

„Das ist etwas anderes."

Mehr fiel mir dazu nicht ein, und als ich ernsthaft darüber nachzudenken begann, spürte ich: ich wollte darüber keinesfalls ernsthaft nachdenken. Später, oben, in meinem Zimmer, betrachtete ich lange und eingehend all meine sorgfältig aufgespießten Schmetterlinge; nein, sie waren nicht tot, nicht so tot

jedenfalls, wie ausgestopfte Vögel im Naturhistorischen Museum tot waren; es schien mir vielmehr, als hätten sie nichts dagegen, hier bei mir zu sein, als hätte ich ihnen die Möglichkeit geboten, sich ein wenig auszuruhen, hier bei mir, und sie nützten diese Möglichkeit, dankbar, ehe sie weiterflatterten.
Ich packte meine Reisetasche, nahm den Film aus dem Photoapparat, steckte ihn in meine Manteltasche, verabschiedete mich (gelöster als sonst) von meiner Mutter und bestieg (früher als sonst) den Autobus, der mich zum Zug brachte. Im Zug sitzend, aus dem Fenster starrend, umklammerte ich mit einer Hand die kleine, zylinderförmige schwarze Plastikdose, in der sich der Film befand, den ich gleich am nächsten Morgen zum Entwickeln bringen würde; mit der anderen hielt ich mir meinen Buchsbaumzweig unter die Nase, bis sich mein Abteil mit fremden Mitreisenden füllte, die meine komplizierten Erinnerungsversuche störten.
Das lang erwartete Ereignis des Hinscheidens meiner Großtante Stephanie trat im darauffolgenden Frühjahr ein. Die Nachricht erreichte mich an einem Montag im April an meinem Studienort, wo ich die Woche über ein Zimmer einer sonst leerstehenden Wohnung zur Untermiete bewohnte.
Meine Mutter rief mich frühmorgens an; das Schnarren des Telephons traf mich mitten in einer Tiefschlafphase; ich hatte Mühe, in die Wirklichkeit zurückzufinden; ich versuchte, auf dem Wecker, der neben mir auf dem Nachtkästchen stand, die Zeit abzulesen; sechsuhrdreißig; wie durch einen Schleier erkannte ich die Stimme meiner Mutter; sie sagte etwas; sie klang

aufgeregt; ich starrte auf das silbern eingerahmte, unscharfe Schwarzweiß-Photo neben meinem Wecker; Aurelias Grab; allmählich drang der Sinn einzelner Worte, die meine Mutter von sich gab, in mein Bewußtsein; Großtante Stephanie. Tot.
Sie war also tot. Ein nebuloser Mulm von Gefühlen breitete sich in mir aus; Überraschung, Erleichterung, unerwartete Traurigkeit, Schuldbewußtsein; über all dem ein dünnes Netz von nervöser Unruhe, zum Zerreißen gespannt; ich hielt die Luft an, mehrmals, atmete schwer aus. Meine Mutter schien zu spüren, daß etwas nicht in Ordnung war; beruhigend redete sie auf mich ein; ich sollte mich doch nicht so aufregen, sagte sie; es sei doch letzten Endes eine Erlösung gewesen, meinte sie, für meine Großtante Stephanie; sie, meine Großtante Stephanie, hätte doch zuletzt nicht einmal mehr sie, meine Mutter, erkannt; ich sollte mir doch keine Sorgen machen, sagte sie, ich müßte auch gar nicht gleich kommen, wo ich doch gerade erst am Vortag von zu Hause abgereist sei; erst zum Begräbnis müßte ich da sein; sie würde sich schon allein um alles kümmern, Seelenmesse, Begräbnis, Kränze; als erstes würde sie gleich die Kränze und Kranzschleifen ... mit einem Mal war ich hellwach.
„Nein!" Ich brüllte es fast ins Telephon.
In etwas gemäßigtem Tonfall beschwor ich meine Mutter, auf mich zu warten und nichts zu unternehmen, ehe ich zu Hause war. Ich überschüttete sie mit einem Schwall fadenscheiniger Erklärungen von In-Ruhe-Besprechen, von Nichts-Überstürzen, von Vater-Hätte-Es-So-Gewollt, von Nicht-Alleinlassen, von

meiner Verantwortung als männliches Familienoberhaupt und was denn die Leute sonst sagen würden. Meine Mutter war so überrascht, daß sie nichts dagegen einwandte. Und als ihr etwas einfiel (vermute ich), hatte ich schon aufgelegt; ich ließ das Telephon klingeln; hastig zog ich mich an und fuhr zum Bahnhof. Als ich endlich im Zug saß, versuchte ich meine ziellos umherflatternden Gedanken einzufangen, sie zu ordnen. Zunächst bat ich Großtante Stephanie um Verzeihung für mein unverzeihliches Herbeisehnen ihres Todes; dann bedankte ich mich dafür, daß sie nicht an einem beliebigen Wochentag gestorben war, sondern in einer Nacht von einem Sonntag auf einen Montag. Damit hatte sie mich in die bestmögliche Ausgangsposition gebracht. Mein kurzes Zwiegespräch mit Großtante Stephanie beruhigte mich ein wenig. Doch gleichzeitig ließ sich ein höchst beunruhigender Gedanke auf meiner Seele nieder. Was, wenn mein Plan nun nicht funktionierte? Genau genommen war es kein Plan. Es war nicht viel mehr als eine nebelhafte Vorstellung von etwas, das nur unter bestimmten Umständen tatsächlich passieren könnte, eine nebelhafte Vorstellung, die auf dem weiten Meer meiner Phantasie dahintrieb. Verzweifelt versuchte ich, sie in der Wirklichkeit zu verankern, an einem Punkt, hoffnungsvoll grün gefärbt, den ich für eine Boje hielt; doch genausogut war es möglich, daß diese sich als dahintreibender Luftballon erwies, den jemand, der sich einen Scherz mit mir erlaubte, vom Ufer aus ins Meer geworfen hatte. Eine Berührung, leichte Hitze würden genügen, die Boje, die vielleicht ein Luftballon war, zum Platzen zu bringen. Was dann? Ich konnte mir Gewißheit verschaffen; oder nicht; vielleicht wollte ich die Gewißheit gar nicht; vielleicht wollte ich die Boje lieber gar nicht anrühren; vielleicht wollte ich gar nicht wissen, ob es sich um eine solche handelte; vielleicht war es mir im Grunde lieber, das Ding, was auch immer es war, aus sicherer Entfernung still zu beobachten; ob und wie ihm allmählich die Luft ausging.

Meine Mutter freute sich sehr, als ich zu Mittag bei ihr auftauchte; sie freute sich sehr, weil sie dachte, ich sei ihretwegen so Hals über Kopf gekommen, ihretwegen und Großtante Stephanie zu Ehren. (Wie hätte sie auch meine komplizierten Beweggründe ahnen können.) Meine Mutter wirkte ein wenig mitgenommen und müde, nach dieser Nacht am Sterbebett meiner Großtante. Sie fragte mich, ob sie mir davon erzählen sollte. Ja, sagte ich. Es schien sie zu erleichtern. Während ich ihrer Erzählung gebannt und aufmerksam zuhörte, schwand mein schlechtes Gewissen. Ich spürte ganz deutlich: ich konnte nichts mit Großtante Stephanies Tod zu tun haben. Ich hatte mich überschätzt. Da waren höhere Mächte im Spiel gewesen. Meine sehnsüchtigen Gedanken hatten ihren Tod weder beschleunigt noch verzögert. Ihre Zeit war abgelaufen, heute nacht.

Die geistlichen Schwestern hatten Erfahrung mit dem Tod. Sie wußten, es war soweit mit Großtante Stephanie, obwohl es ihr besser zu gehen schien; sie verständigten meine Mutter; sie könne sich ruhig noch ein wenig Zeit lassen, sagten sie, es würde noch zwei, drei Stunden dauern.

Seit langem wieder einmal schien Großtante Stephanie meine Mutter zu erkennen, sie schien meine Mutter anzusehen, für ein paar kurze Augenblicke nur; dann fiel sie in einen unruhigen Schlaf; sie bäumte sich auf, so, sagte meine Mutter, so als ob sie sich wehrte, als ob sie kämpfte; da sei ihr, sagte meine Mutter, klar geworden, zum ersten Mal in ihrem Leben klar geworden, was das bedeutete: mit dem Tod ringen; sie habe die Schwester gerufen, die Sterbeschwester; die sei ins Zimmer gekommen, lautlos, ein großes hölzernes Kruzifix umgehängt; sie habe sich über die mit dem Tode Ringende gebeugt, die beiden unruhig schlafenden Hände fest um das Kruzifix gelegt, einen Rosenkranz darüber geschlungen und laut zu beten begonnen: Vater unser, der du bist im Himmel; immer wieder: Vater unser, der du bist im Himmel; da sei die Sterbende ruhiger geworden, immer ruhiger, und schließlich, beim siebenten „Vater unser", ganz genau an der Stelle, wo es heißt: … und in der Stunde unseres Todes … habe sie einen tiefen Atemzug getan, und mit der Luft, die sie ausgeblasen habe, schwer, schweren Herzens, habe sie das Leben aus ihrem Körper geblasen; das habe sie mit großer Deutlichkeit gesehen, sagte meine Mutter, in ihrem Gesicht; obwohl es nicht viel anders ausgesehen habe, das gestorbene Gesicht, nur ein klein wenig eingefallener als das sterbende, kaum merklich.

„Weißt du, Herbi, während ich Großtante Stephanie so sterben sah, dachte ich, es würde dann keinen großen Unterschied mehr machen, ich hoffte, er würde irgendwie fließend sein, der

Übergang, meine ich, aber das war es nicht, das war es ganz und gar nicht: Erst lebte sie noch – und dann war sie tot."

Die Augen meiner Mutter standen voller Tränen. Wir umarmten einander und weinten ein bißchen. Dann besprachen wir in aller Ruhe, was es zu besprechen gab. Es war nicht viel. Ein paar Menschen sollten wir verständigen; der Text für die Parte mußte aufgesetzt und ein Photo für das „Christliche Andenken" gefunden werden. Nicht zu vergessen – die Grabkränze! Ja, und die Kranzschleifen. Um die Kränze und Schleifen wollte ich mich kümmern, persönlich; telephonisch sei das nicht einfacher, nein, im Gegenteil.

In der Friedhofsgärtnerei suchte ich drei große, prächtige Kränze aus. Vielmehr: dort lagen drei große, prächtige Kränze, die für ein anderes Begräbnis vorbereitet waren, und ich sagte zu der Frau des Friedhofsgärtners, in geschäftigem, geschäftsmäßigem Ton, ja, genau solche würde ich auch gerne haben. Sehr schön. Perfekt. Wunderbar. Schleifen? Die würde ich persönlich besorgen, ja, sagte ich, immer noch geschäftig und geschäftsmäßig, das läge ohnehin auf meinem Weg, und dann machte ich mich eilig auf diesen, auf den Weg zu dem einzigen Ort nämlich, an dem man in unserer kleinen Stadt Schleifen für Grabkränze kaufen und diese mit letzten Grüßen der trauernden Hinterbliebenen bedrucken lassen konnte.

Dieser Ort war die Greißlerei, die Aurelias Eltern gehörte. Aurelias Eltern hatten, aus welchen Gründen immer (ich vermute, es handelte sich um historische Gründe), das Kranzschleifendruckmonopol.

Ich konzentrierte mich darauf zu gehen, geschäftig und geschäftsmäßig zu gehen. Die Greißlerei war geschlossen; Montag nachmittags war sie immer geschlossen. Ich konnte also nur beim privaten Hintereingang anläuten. Ich mußte es tun. Es blieb mir gar nichts anderes übrig. Jeder andere hätte das auch tun müssen, an meiner Stelle. Als ich auf den Klingelknopf drückte, schickte ich ein Stoßgebet zum Himmel, Aurelia möge nicht ausgerechnet Montag nachmittags Unterricht haben, Turnen womöglich, oder Mädchenhandarbeiten oder Stenographie als Freigegenstand.
Die Tür ging auf. Ein Halbwüchsiger stand vor mir. Er sah mich von oben herab an. Er schien jünger zu sein als ich und überragte mich fast um einen Kopf. Es handelte sich wohl um einen von Aurelias unzähligen Brüdern. Ich geriet aus dem Konzept. Schon spürte ich, wie mein Gesicht sich rötete. Den geschäftig-geschäftsmäßigen Tonfall, der für Aurelias Eltern vorgesehen war, konnte ich nun ebensowenig anwenden wie den eindringlich-sanften Tonfall, den ich für den Fall einstudiert hatte, daß Aurelia an der Tür sein würde. Mein Gesicht war mittlerweile garantiert knallrot angelaufen. Ich stammelte und stotterte etwas von einer Großtante. Der Halbwüchsige sah mich verständnislos an. Erst als es mir gelang, in mein Gestammel das Wort „Schleifen" einzubauen, erhellte sich sein Gesicht. Er rief nach seiner Mutter und verschwand. Seine Mutter kam zur Tür. Sie war ungefähr so groß wie ich. Das hätte die Sache leichter gemacht. Doch sie schien genau zu wissen, wer ich war, sie schien höchst erfreut, mich zu sehen,

sie schien auf mich gewartet zu haben. Das verwirrte mich.
„Ach, Sie müssen Herbert sein!"
Sie strahlte mich an, und in ihrem Blick war etwas von Aurelias Blick.
„Ja", sagte ich, geschäftig und geschäftsmäßig, „ich komme wegen der Schleifen."
„Schleifen?"
„Ja, Schleifen", bestätigte ich nickend, „meine Großtante Stephanie ist gestorben, ich war soeben in der Gärtnerei, und ich möchte nun bei Ihnen Schleifen für die Grabkränze bestellen. Dürfte ich reinkommen, damit Sie sich den Text notieren können?"
Ich konnte es nicht fassen. Der Satz, den ich seit Monaten (oder waren es schon Jahre?) mit mir herumtrug – ich war ihn tatsächlich losgeworden. Ich hatte tatsächlich die Wörter in der richtigen Menge, im richtigen Tonfall in die richtige Reihenfolge im richtigen Augenblick an die richtige Person gerichtet. Ich fühlte mich erleichtert und höchst zufrieden mit mir. Aurelias Mutter wirkte eher enttäuscht.
„Das tut mir leid, das mit Ihrer Tante, meine ich … ich … ich dachte, Sie kommen wegen der Klavierstunden …"
„Klavierstunden?!?"
„Hat Ihre Mutter Ihnen nichts erzählt?"
„Was erzählt?"
„Ich habe Ihre Mutter beim Bäcker getroffen, es ist bestimmt schon ein paar Wochen her; jemand hatte mir erzählt, Sie studieren Klavier; ich dachte, vielleicht könnten Sie unserer Aurelia Klavierstunden geben; wissen Sie, ihre Klavierlehrerin

ist nämlich ganz plötzlich gestorben, letzten Herbst, ja, im Oktober war es, glaube ich … Und Ihre Mutter hat wirklich nicht mit Ihnen darüber gesprochen? Oh, verzeihen Sie, ich lasse Sie da einfach so stehen, kommen Sie doch herein."
Sie schloß die Haustür hinter mir.
„Nein, hat sie nicht."
Ich könnte jetzt sagen: eine namenlose Wut packte mich. Doch es wäre falsch. Sie war nicht namenlos, meine Wut. Ganz im Gegenteil.
„Komisch … sie sagte … na, sie wird wohl nicht daran gedacht haben. Aurelia!!! Ach, am besten Sie schauen gleich zu ihr nach hinten, ins Magazin. Da können Sie ihr auch gleich den Text für Ihre Schleifen diktieren. Kommen Sie!" Sie führte mich in einen schmalen, finsteren Gang. „Sie ist gerade beim Drucken. Das macht sie immer, wenn sie Zeit hat, schon seit sie klein war; ich glaube, sie hat sogar Lesen und Schreiben gelernt, mit diesem Ding da drinnen."
Sie deutete auf eine Tür, deren obere Hälfte aus kleinen Glasscheiben bestand. „Entschuldigen Sie, das Telephon …", sagte Aurelias Mutter und ließ mich allein.
Zögernd näherte ich mich der Tür des Magazins. Angestrengt spähte ich hinein. Ich zitterte; mein Kopf fühlte sich zum Platzen voll an, außen; innen drinnen jedoch waren nur riesige, kugelrunde, luftleere Löcher; ich war außerstande zu denken, zumindest war ich außerstande zu wissen, was ich dachte, sollte ich etwas gedacht haben, während ich Aurelia beobachtete; sie selbst konnte ich nur undeutlich sehen; der Raum

war fensterlos und nur spärlich beleuchtet; vornübergebeugt stand sie an einem großen Tisch; eine Alchimistin, in einen unförmigen, schwarz glänzenden Kittel gehüllt; die Haare hingen ihr übers Gesicht; sie nahm Lettern aus einem hölzernen Kasten und setzte sie zu Wörtern zusammen, in einer Art Schiene, die sie an den Enden fest verschraubte; sobald sie ein Wort fertig hatte, bepinselte sie es mit Goldfarbe und druckte es auf eine breite, schwarzglänzende Schleife; sie wischte sich die Hände in einem Tuch ab, das von Goldstaub glänzte, strich sich die Haare aus dem Gesicht, das sie mir nun zuwandte, ohne mich zu sehen, und es schimmerte geheimnisvoll golden wie ihr dunkles Haar.

***

„Angel Hair with Shrimps", las der Sänger langsam, laut und deutlich von der Speisekarte, sah mich an, ungläubig und leicht befremdet. Genaugenommen handelte es sich um eine Speisetafel, die an der Wand hing; an einer Wand, die leicht und wunderschön vergilbt aussah (so leicht und wunderschön, wie sie aus eigener Kraft nie hätte vergilben können), zusammen mit einem Sammelsurium schwarzweißer Prominenten-Photos (mit oder ohne Autogramm), die wunderschön zufällig zusammengewürfelt erschienen (so zufällig und wunderschön, wie es nur eine sehr ordnende Hand zusammenzuwürfeln vermag).

„Have you ever been to Carmine's?" fragte der Kellner, der uns zu unserem Tisch begleitet hatte; er schickte ein aufmunterndes Strahlen von einem zum anderen und wieder zurück; wir verneinten; er warf sich in Pose, holte tief Luft und hub an zu rezitieren; etwas, das wie ein Gedicht anmutete; als ich angestrengt hinhörte, merkte ich: er rezitierte den Brauch des Hauses, garniert mit den Special Dishes of the Day, von welchen er in glühenden Farben Bilder malte, die er in höchsten Tönen lobpries. Der Brauch des Hauses bestand, soviel konnte ich verstehen, darin, Portionen zu servieren, die far too big waren, als daß a single person imstande wäre, sie zu vertilgen. Der Kellner beschwor uns (er flehte uns an, strahlend, lächelnd), nicht mehr als ein Gericht zu zweit zu bestellen; für die Folgen etwaigen Zuwiderhandelns könne das Haus keine Verantwortung übernehmen. Sorry.

Der Gedanke, daß und wie wir uns auf eine gemeinsame Speise einigen sollten, ließ in meinem Kopf keinen Millimeter Platz für die übrigen Strophen des Gedichts, das der Kellner aufsagte; meinem Gegenüber (meinem Umseck) erging es möglicherweise ähnlich.

„Angel Hair with Shrimps", wiederholte der Sänger, der ums Eck saß, nachdenklich und legte den rechten Zeigefinger auf die Lippen, „das klingt interessant. Andererseits – Engel sind immer blond, und blond ist nicht gerade etwas, an das ich erinnert werden möchte ..." Er sah mich direkt an. „Oder haben Sie etwa schon einmal einen Engel erlebt, der nicht blond war?"

„Ja."
„Ja?"
„Ja."
„Dunkel?"
„Ziemlich dunkel."
„O.K. Dann riskieren wir's."
Der Kellner stand immer noch kerzengerade da, den Schreibblock gezückt, ohne eine Miene zu verziehen. Der Sänger nahm die randlose goldene Brille ab, die er aufgesetzt hatte, um die Speisetafel zu lesen und bestellte eine Portion Angel Hair with Shrimps und einen Orangensaft, ich bestellte noch ein Adams.
Die Tische, in unterschiedlichsten Formaten und Formen, weiß gedeckt, mit dunklen, gekonnt zusammengewürfelten Stühlen, waren auf zwei unterschiedlichen Niveaus angeordnet, was das Lokal kleiner und gemütlicher wirken ließ, als es war. Wir saßen unten. Neben uns, eine Stufe höher, fiel mir eine ausgesprochen fettfröhliche Dame mittleren Alters auf, die sich mit einem ausgesprochen gutaussehenden, schlanken Mann jüngeren Alters prächtig amüsierte. Ich folgte des Sängers Blick, der über die Decke sprang, von einem Beleuchtungskörper zum anderen. Abenteuerlich. Modern hing neben Antik und Art Deco, filigrane Glasgebilde wechselten mit schwerem Schmiedeeisen und vielarmigen Lustern aus Messing. Ich versuchte (wie ein Kind auf einem Suchbild) zwei gleiche zu entdecken. Es gab keine zwei gleichen in diesem Raum. Das schien das Prinzip zu sein.

„Unglaublich.“ Der Sänger schüttelte den Kopf. „Übrigens: welches Museum haben Sie heute nachmittag besucht? MoMa, vermute ich.“
„Nein. Guggenheim.“
„Aha. Gut. Sehr gut. Und?“
„Und was?“
„Und wie war's.“
„Tolle Ausstellung.“
„Was?“
„Kelly, oder so ähnlich.“
„Und?“
„Was und.“
„Und was.“
Ich bekam einen Lachanfall, von dem sich der bereits leicht gereizt wirkende Sänger etwas widerwillig anstecken ließ.
„Kelly und überdimensionale Farbelemente, die sich eine weiße Wand hinauf- und hinunterspiralten.“
„Und das war alles?“
Ich schwieg. Nein, ich hatte keine Lust, meine arme Seele der Gefahr auszusetzen, das Ungewöhnliche, das sie am Nachmittag erlebt hatte (während überdimensionale Farbelemente neben ihr und von ihr unbemerkt eine weiße Wand hinauf- und hinunterspiralten), am Sarkasmus des Sängers abprallen zu lassen; ich ließ meine Seele los, an diesem nicht weniger ungewöhnlichen Ort, minutenlang ließ ich sie schweigend fliegen, ermunterte sie, sich in das sanft beleuchtete, tönende Gewirr zu stürzen, das Köpfe zurückwarf und lachte, sich

vornüber beugte und flüsterte, Lippen bewegte und sprach, mit Tellern und Messern klapperte und mit vollen Mündern redete.
Da landete am Nebentisch, genau zwischen der fettfröhlichen Dame und dem schlanken Mann (neben einer Karaffe mit Wasser und Eiswürfeln) nach einem schwungvoll eleganten Endanflug ein überdimensionaler ovaler Teller, auf dem sich eine appetitliche Fülle hauchdünner, seidig glänzender Nudeln um zartrosa Shrimps schlang.
„Sagte ich's nicht? Blond." Seine Erkenntnis (für ihn war es eine Erkenntnis, für mich blieb es eine Vermutung) schien den Sänger im gleichen Maße zu befriedigen, wie sie ihn verärgerte.
„Erwarten Sie immer das, was Sie erwarten?" fragte ich.
Er sah mich überrascht an.
„Ja. Sie nicht?"
„Nein. Nicht mehr. Und warum erwarten Sie das, was Sie erwarten?"
„Warum nicht?"
Sein Blick verlor sich im blonden Engelshaar auf dem Nebentisch (es war bereits nicht mehr ganz so füllig).
„Kontrolle", sagte er dann, „ich habe es so besser unter Kontrolle – zumindest gibt es mir das Gefühl, ich hätte es besser unter Kontrolle.
„Was?"
„Das, was kommt. Oder kommen könnte."
„Und kommt es dann auch?"
„Meistens."

„Das wundert mich."
„Mich auch." Dann fügte er hinzu: „Ab und zu helfe ich ein bißchen nach, wenn ich ehrlich bin."
„Aha. Sie zwingen das Erwartete, Ihre Erwartungen zu erfüllen."
„Nein, im Gegenteil. Ich hindere es daran. Wenn Sie nicht mit mir hier sitzen würden, zum Beispiel, hätte ich erwartet, daß Engelshaar blond ist – was es ja auch ist, wie man sieht", er machte eine Kopfbewegung zum Nebentisch, „und so hätte ich sicherheitshalber etwas völlig anderes bestellt."
„Aber – damit frisieren Sie doch nur die Statistik auf. Ihre innere Statistik, meine ich."
„Schon möglich."
Als wir den Blick hoben, zuckten wir beide zusammen. Der Kellner stand neben uns, urplötzlich, ohne daß wir sein Näherkommen bemerkt hätten; er schien zu warten, bis wir unsere volle Aufmerksamkeit auf den überdimensionalen ovalen Teller richteten, den er in Kopfhöhe balancierte; langsam ließ er ihn sinken, mit Bedacht und direkt vor unseren Nasen, ehe er ihn schließlich behutsam zwischen uns absetzte. Um zartrosa Shrimps schlang sich eine appetitliche Fülle hauchdünner, seidig glänzender Nudeln. Sie waren schwarz. Der Sänger zog beide Augenbrauen hoch und musterte forschend das Gesicht des Kellners (es war vollkommen unbewegt), dann meines (es war vollkommen überrascht, das können Sie mir glauben, denn ich hatte nichts mit der Sache zu tun). Er entspannte sich, grinste mich an und lud sich den

Teller mit schwarz glänzendem Engelshaar voll. Der Kellner entfernte sich. Nach einer Weile brachte er eine Karaffe Wasser (ohne Eiswürfel) und eine Schale voll frisch geriebenem Parmesan.

„Ich kannte einmal einen Engel", sagte ich und nahm eine Riesenladung Angelhair, auf dem ich kunstvoll zwei Shrimps arrangierte, „der hatte dunkles Haar und trug eine weiße Masche im Haar, eine weiße Masche mit roten Tupfen. Und an manchen Tagen", fügte ich hinzu, während ich Parmesan darüber streute, „an manchen Tagen schimmerte es golden, das Haar meines Engels." Sekundenlang betrachtete ich mein Werk, ehe ich meine Gabel darin versenkte. Ich war entsetzlich hungrig.

„War wohl ein sehr junger Engel, oder?"

„Ja, das war er."

„Er wohnte in einem Buchsbaum ..."

„... gewissermaßen, ja ..."

„... und hieß Aurelia?"

„Ja, so hieß er."

„Und?"

„Was und?"

„Und was."

„Nichts."

„Gar nichts? Das glaube ich Ihnen nicht."

Seine bohrenden Fragen fingen an, mir auf die Nerven zu gehen.

„Na, wie das mit so einem Engel eben so ist – er ist überall

und nirgendwo, und kaum greifst du nach ihm, ist er weg, so weg, als ob er gar nicht da und auch nie dagewesen wäre."
„Wo ist er denn nie dagewesen?"
Ich nannte ihm den Ort.
„Nie gehört."
„Kein Wunder."
Der Sänger bohrte weiter.
„Wie fühlt sich denn so ein Engel so an?"
Ich schwieg. Nach einer Weile spürte ich den Blick des Sängers auf meiner rechten Hand, die ein Stück Weißbrot umschloß; ich ließ es los, schob es beiseite und spießte die rot-weißen Shrimps auf meine Gabel, die ich (sorgfältig schweigend) mit schwarzem Engelshaar umwickelte und in den Mund steckte.
„Wissen Sie, warum Menschen so gerne Nudeln essen?"
„Diese tiefsinnige Frage habe ich mir noch nie gestellt."
Ich ignorierte seinen Sarkasmus.
„Es ist keine tiefsinnige Frage, eher eine tiefsinnliche."
„Tiefsinnlich?"
„Ja, tiefsinnlich. Wenn Sie Nudeln essen, haben Sie etwas im Mund, das dort sehr lange seine dritte Dimension behält. Deshalb gibt es wohl so viele verschiedene Formen – nicht fürs Auge, nein, für den Mund hat man die erfunden. Jede Form schmeckt anders, weil sie sich anders anfühlt. Spaghetti fühlen sich rund an, Linguine hingegen kantig, kleine Schmetterlinge anders als große und die wiederum anders als große Gnocchi oder sehr kleine Gnocchi, Gnocchetti also …"

Der Sänger sah mich belustigt an. Ich spürte (förmlich) die Frage (dreidimensional), die ihm auf der Zunge liegen mußte.
„Nein", sagte ich.
„Was, nein?"
„Nein, fragen Sie es nicht."
„Was?"
„Was Ihnen auf der Zunge liegt."
Er lachte. „O.K., ich wollte es zwar gar nicht fragen, aber gut, dann frage ich Sie eben etwas anderes." Er überlegte kurz. „Interessieren Sie sich für Kunst?"
„Gute Frage."
„Ich bin morgen abend nach dem Konzert zu einer Vernissage eingeladen – na ja, so eine Art Atelierfest. Wir könnten da hingehen. Hätten Sie Lust mitzukommen?"
„Ja, hätte ich. Bestimmt." Es war mir gleichgültig, welche Vernissage es sein würde oder welches Atelierfest. „Um welche Art Künstler handelt es sich denn? Ich meine, welche Art von Kunst?" fragte ich höflich.
„Ein Maler, den ich von früher kenne."
„Und was malt er?"
„So viel ich weiß, malt er zur Zeit gar nicht. Sehr erfolgreich, übrigens."
„Kunstpause?"
„Pause? Nein, so würde er das nicht nennen, nein, soviel ich weiß, füllt er zur Zeit Parkscheine aus."
„Er macht was??"
„Parkscheine ausfüllen. Das heißt, nach dem, was er mir am

Telephon erzählt hat, füllt er sie gar nicht selber aus. Vorzugsweise arbeitet er mit bereits ausgefüllten, mit echten, mit benutzten Parkscheinen. Authentizismus nennt sich diese Kunstrichtung, oder viel mehr: er nennt sie so. Er geht davon aus, daß jeder Parkschein seine Geschichte hat, seine in sich abgeschlossene, zeitlich streng abgegrenzte Geschichte; eine halbe Stunde, eine Stunde, einundeinhalb Stunden. Diese Geschichte stellt er dar. Was so alles passiert, während die Zeit von so einem Parkschein abläuft, also etwa ein Einkauf im Supermarkt, ein Unfall, eine Affäre, ein Haarschnitt, ein Rendezvous in einem Kaffeehaus; er illustriert das mit Kassazetteln, Rechnungen, Photos, Haarsträhnen, mit Worten, Zeichnungen ..."

„Wie kommt er zu diesen benutzten Parkscheinen? Und zu den Geschichten? Ich meine, wie beschafft er sich das? Legt er sich auf die Lauer?"

„Keine Ahnung. Das können Sie ihn ja morgen abend fragen."

„Und das ist Kunst?"

„Auch das können Sie ihn fragen. Wenn Sie meine Meinung hören wollen – hätten Sie je auf die Idee kommen können, benutzte Parkscheine zu sammeln und zu Kunstwerken zu erheben?"

„Nein."

„Eben."

„Sie meinen, Kunst ist etwas, worauf nicht jeder kommen würde?"

„Ich habe diese Parkschein-Geschichten ja noch nicht gesehen. Doch allein die Idee finde ich besser als sehr vieles, was so als moderne Kunst verkauft wird. Wissen Sie, wenn ich zum Beispiel hundert Schillinge Eintritt zahle, um eine Ausstellung zu sehen, die folgendermaßen aussieht: ein Künstler packt in einem Raum vier Säulen von oben bis unten mit Frottee ein – grün, gelb, blau und rot – und in einem anderen Raum spießt ein anderer Künstler zehn Mal zwanzig pastellfarbene Seifenstücke auf – Palmolive, Hirsch, Nivea und so was – auf Metalldrähte, die aus dem Boden ragen. Da fühle ich mich wirklich betrogen. Nicht nur um meine hundert Schilling. Und wenn ich noch lese, was Kunstkritiker über genau diese Ausstellung schreiben, dann beginne ich an meinem Kunstverstand zu zweifeln – wahrscheinlich hat der Kunstverstand hier auch nichts mehr verloren, das geht nur mehr mit Hausverstand."

Er wickelte die letzten schwarzen Engelshaare auf seine Gabel und fügte hinzu:

„Mein Freund bezeichnet es als Penderecki-Effekt, ich nenne es Des-Kaisers-Neue-Kleider-Syndrom – wir meinen beide dasselbe: wer traut sich schon zu sagen, daß er nichts hört oder sieht? Wer ist schon frei von Angst, er könnte unwissend dastehen, kunstunverständig, unmodern, provinziell. Oder ganz einfach – dumm."

„Könnte man die Frotteesäuleneinpacker nicht doch als Künstler sehen, so wie die beiden schlauen Schneider in „Des Kaisers neue Kleider" Künstler waren, in gewisser Weise?"

Der Kellner servierte unsere Teller ab und den ovalen Teller, auf dem sich noch ein paar einsame schwarze Nudeln (ohne Shrimps) ringelten.

„Die schlauen Schneider – ja, die haben immerhin die Methode erfunden. Und das war gewissermaßen eine Kunst, da gebe ich Ihnen recht, aber die Frotteesäuleneinpacker und Hirschseifenaufspießer?“
„Hätten Sie je auf die Idee kommen können, Säulen einzupacken oder Seifen aufzuspießen?“ fragte ich den Sänger.
„Nein, natürlich nicht.“
„Sehen Sie – ich auch nicht. Dann aber wäre das Säuleneinpacken und Seifenaufspießen doch etwas, worauf nicht jeder kommt, nicht einmal jeder zweite.“
Der Sänger starrte mich an, als sähe er mich zum erste Mal. So, als hätte ich (also jemand, der vermutlich nicht bis drei zählen konnte) aus heiterem Himmel und ohne jede Vorwarnung bis vier gezählt.
„Also doch Kunst“, beendete ich überflüssigerweise laut meinen Gedankengang.
Der Sänger lehnte sich zurück, faltete die Hände so, daß nur die Fingerspitzen sich berührten, legte die Kuppen der Zeigefinger zwischen seine geschlossenen Lippen; seine Augen verengten sich, seine Nase schnellte empor; den Blick zur Decke gerichtet, verharrte er so, minutenlang (malerisch).
„Substanz“, sagte er schließlich (bedeutungsvoll).
Diesen Moment hatte der Kellner, welcher seit einer Ewigkeit vor unserem Tisch zu stehen schien, abgewartet, um uns zu fragen, ob wir eine Nachspeise nehmen wollten. Wir sahen einander fragend an und nickten. Der Sänger setzte seine Brille auf.
„Sabayon, Tiramisu, Raspberry-Shortcake … was meinen Sie?“

„Das mit den Himbeeren."
„Oder lieber Tiramisu?"
„Ich bin für Himbeeren."
„Meinetwegen ... also gut – Raspberry Shortcake."
Der Kellner nickte und entfernte sich.
„Wo waren wir stehengeblieben?"
„Sie sagten: Substanz."
„Ja, das was darunter liegt, unter der sichtbaren Oberfläche. Sie hatten recht – Originalität genügt nicht."
„Sub – stare."
„Genau."
„Und wie stellt man fest, ob etwas Substanz hat?"
„Man spürt es."
„Wer ist man?"
„Ich."
„Könnte es sein, daß jemand anderer es nicht spürt?"
„Vielleicht."
„An Ihrem Beispiel könnten wir doch den Oberflächentest sehr leicht machen", schlug ich vor.
„Gute Idee. Wir gehen ganz nahe an die Säulen heran, tun so, als würden wir sie angestrengt bewundern, und dann, wenn sie sich vollkommen sicher fühlen, reißen wir ihnen den Frotteestoff vom Leib. Was kommt zum Vorschein?"
„Die nackte Wahrheit."
„Vier wunderschöne nackte Säulen – die haben doch durchaus Substanz."
„Die Säulen, ja, aber was soll der Frotteestoff?" bemerkte ich.

„Richtig, nur ... wissen Sie, was ich glaube?“ Er machte eine Kopfbewegung zum Nebentisch, wo sich die fettfröhliche Dame mit ihrem jungen Mann über eine riesige runde flache Schüssel hermachten, „ich glaube fast ... wir hätten doch lieber das Tiramisu bestellen sollen.“

„Leben Sie eigentlich gern im Konjunktiv?“ entfuhr es mir.

„Wenn Sie mich so fragen – eigentlich nicht besonders“, sagte der Sänger und grinste, „aber ich kann eben nicht anders.“

Das Tiramisu am Nebentisch sah tatsächlich verführerisch aus. Einen Augenblick fragte ich mich, ob wir nicht doch lieber ... Die fettfröhliche Dame spürte unsere begehrlichen Blicke; sie sagte etwas zu dem jungen Mann; sie lächelten zu uns herüber; wir lächelten zurück.

„O.K. – was machen wir mit den aufgespießten Seifen?“ fragte ich, um mich abzulenken.

„Wir setzen den Raum unter Wasser und warten in Ruhe ab, was passiert.“

Wir warteten also in Ruhe ab. Und während wir warteten, was passieren würde, passierte folgendes: die fettfröhliche Dame winkte den Kellner herbei. Sie sprach auf ihn ein, deutete auf das halbaufgegessene Tiramisu; dann auf uns. (Ich nehme an, Sie ahnen, was kommt, und es geht Ihnen so, wie es mir ging: Sie glauben es einfach nicht.) Der Kellner nickte; im nächsten Augenblick stand er vor uns und überbrachte uns (ohne eine Miene zu verziehen) die Einladung der Dame vom Nebentisch to share the Tiramisu, das really delicious sei, aber far too much, und es wäre doch really schade darum, wo wir doch so

offensichtlich beide ever so fond of Tiramisu zu sein schienen. „Es tut uns schrecklich leid …" „Wenn wir das früher …" „Ja, wenn wir das doch früher gewußt hätten …" „Wir hätten dann nicht den Raspberry Shortcake …" „Jedenfalls bedanken wir uns vielmals für das reizende Angebot …"
Der Kellner überbrachte unsere Antwort. Wohlwollend bedauerndes Lächeln drüben. Wohlwollendes Lächeln (nicht weniger bedauernd) herüben.
„Stellen Sie sich jetzt gerade vor, was ich mir vorstelle?"
„Kommt ganz darauf an, was Sie sich jetzt gerade vorstellen."
„Das Gesicht eines Oberkellner in einem Wiener Kaffeehaus, der einem Gast die Einladung eines anderen Gastes überbringt, seinen Milchrahmstrudel mit ihm zu teilen."
Der Sänger schüttelte den Kopf.
„Aber nein, das stelle ich mir nicht vor, das ist doch unvorstellbar! Nein, ich stelle mir einfach vor, wie es gewesen wäre, das Angebot der Dame doch anzunehmen …"
„Das Angebot steht ja immer noch – sehen Sie, dort drüben. Der Kellner hat es stehengelassen. Sie können sich's immer noch überlegen."
„Nein", sagte der Sänger, in einem Ton, der sich selbst jeden Widerspruch versagte, „nein, jetzt wäre es zu spät."
Ich hätte gute Lust gehabt, ihm noch ein paar bohrende Fragen über das Leben im Konjunktiv zu stellen. Doch es gelang mir, meinen ersten Impuls zu unterdrücken, und dann sagte ich mir: es hätte wohl wenig Sinn gehabt. Was hätte er schon sagen können? Neben der einen Möglichkeit (hätte der Sänger

gesagt) gäbe es doch immer die ewig andere, die nämlich, die im Indikativ keinen Platz mehr gefunden hätte, und wäre um diese nicht ewig schade gewesen? Die unerfüllten Sehnsüchte, so lieb und wert, so treue Begleiterinnen, allzeit bereit, an die Stelle indikativer Wirklichkeit zu treten – hätte er ihre Existenz tatsächlich durch indikative Erfüllung fahrlässig gefährden sollen? Was an ihre Stelle setzen? Die geheime Angst etwa, die es sich endlich (dank gutem und listigem Zureden) im Konjunktiv bequem gemacht hatte – hätte er sie wieder an ihren ursprünglichen Platz setzen sollen: in den eigenen Nacken? Und dann noch all die indikativen Erwartungen, die sich im Konjunktiv so mühelos und sicher wie nirgendwo erfüllten oder nicht erfüllten, je nach Bedarf: nichts auf der Welt (hätte der Sänger gesagt) hätte jemals so komplexe und interessante Probleme so wunderbar rückstandsfrei lösen können wie der Konjunktiv (nota bene: der Konjunktiv irrationalis). Hätte ihn nicht bereits jemand (ein anonymer Genius) erfunden, hätte der Sänger gesagt, dann wäre er (der Sänger) wohl der erste gewesen, ihn zu erfinden. Das Rad, mein Gott, das Rad – die Menschheit hätte wohl auch ohne Rad überlebt. Ganz sicher hätte sie das. Doch ohne Konjunktiv? Niemals. Vielleicht (hätte ich am Ende zu ihm gesagt), vielleicht haben Sie ja recht.
„Vielleicht haben Sie ja recht“, sagte ich. „Ich glaube, wir sollten dringend nach unseren aufgespießten Seifen sehen.“
„Richtig.“
„Was schlagen Sie vor?“

„Ich schlage vor, wir nehmen den Stöpsel aus dem Abfluß und lassen das Wasser abfließen."
Wir sahen dem Kellner zu (und nach), der eine riesige runde flache Schüssel (halbvoll) vom Nebentisch entfernte; wir schwiegen; wir warteten, bis das Wasser abgeflossen war; wir sahen uns schweigend an: nein, noch nicht. Wir schwiegen weiter.
„Jetzt." (Nein, ich war es nicht, der als erster die Nerven verlor und das Schweigen brach. Es war er.)
„Und?" fragte ich. „Alle glücklich aufgelöst."
„Nein, nicht alle."
„Ah."
„Von den Hirsch-Seifen ist noch immer knapp die Hälfte übrig."
„Und was bedeutet das?"
„Hirsch-Seifen sind die besten", verkündete der Sänger feierlich.
„Und ist das Kunst?"
„Nein, Werbung."
Ich lachte. Der Sänger schmunzelte.
„Immerhin", sagte er, „niemand kann uns vorwerfen, wir hätten uns nicht sehr ernsthaft mit dem Kunstwerk auseinandergesetzt und uns nicht ernsthaft bemüht, das beste daraus zu machen."
„Vielleicht sollten Sie die Idee bei einem Werbe-Preisausschreiben einsenden ..." schlug ich vor.
„... und damit einen wertvollen Jahresvorrat an wertvollen Hirsch-Seifen gewinnen ..." ergänzte der Sänger ernsthaft.

„... also ungefähr genau zwei Stück", mutmaßte ich, nicht weniger ernsthaft.
„Gute Idee, damit könnte ich endlich berühmt werden."
„Sie meinen doch nicht etwa so berühmt wie dieser berühmte Tenor mit den buschigen Augenbrauen, der seinerzeit in diesem berühmten Werbespot im Fernsehen aufgetreten ist?"
„Doch, Sie sagen es, genau so etwas schwebt mir vor."
„Die Schöne Müllerin, die zart schäumende Hirsch-Seife, Wasser, Mühle, Rehlein, Jäger, Hirsch – das wäre doch eine geradezu ideale Verbindung."
„Wunderbare Idee", pflichtete er mir bei und grinste, „Sie sind wirklich begabt. Vielleicht sollten Sie den Beruf wechseln ... Da! Sehen Sie, was ich sehe?"
Der Kellner balancierte einen dieser überdimensionalen ovalen Teller heran und setzte ihn geschickt vor unserer Nase ab: ein appetitlich schneeweißer Hügel, gespickt mir runden Spitzen (himbeerrot), die vorwitzig matt hervorleuchteten. Wir unterzogen den Hügel von allen Seiten einer sich wundernden Betrachtung, während wir uns an ihn herantasteten, mit Hilfe je eines großen Löffels. Unauffällig (er hätte jeden Moment zu pfeifen anfangen können, um die Unauffälligkeit zu unterstreichen) näherte sich der Sänger einer besonders vorwitzig leuchtenden roten runden Spitze. Da wich sie erschreckt zurück, schüchtern, in den schneeweißen Hügel.
„Habe keine Angst, Himbeere", sprach er beruhigend auf die Schüchterne ein, während er sie vorsichtig auf seinen Löffel lud und sie dort ein wenig in Sicherheit wiegte, ehe er sie

genüßlich im Mund verschwinden ließ. „Wie war das doch gleich, Ihre kulinarische Theorie mit dem dreidimensionalen Mundgefühl? Da könnte tatsächlich etwas dran sein."
Ich schwieg und nahm meinen Löffel und machte mich auf die Suche nach dem eigentlichen Kuchen, der, wenn man dem Namen des Desserts Glauben schenken durfte, irgendwo unter der weißen Pracht verborgen sein mußte.

Der Anblick des schwarzglänzenden Kittels, der Aurelias zarten Körper vollständig verhüllte (das, was sich darunter verbarg, nicht einmal erahnen ließ), traf mich und meinen Körper augenblicklich unmißverständlich und vollkommen unvorbereitet; weil das harmlose Ding keine Farbe hatte, war es (undurchsichtig) alle Farben; weil es keine Form hatte, war es (formlos) alle Formen. Und so war das farblose, formlose Ding, in dem sie steckte, gleichzeitig ein schneeweißes T-Shirt, das an ihr klebte oder eine hautenge Jean, es war eine blaue, halb offene Bluse, ein blumig flatterndes Sommerkleid, ein klaffender Wickelrock, eine undurchdringliche Winterjacke; geheimnisvoll unnahbar machte er sie, der schwarzglänzende formlose Kittel, und zum Greifen nahe.
Meine Stirn stützte sich schmerzhaft gegen etwas Flaches, Hartes; gleichzeitig spürte ich, wie der mittlere Knöchel meines rechten Zeigefingers gegen eine kühle, glatte Fläche stieß, und

ich vernahm ein leises Klirren. Das Mädchen in dem schwarzen Kittel sah auf, bei diesem Geräusch, legte die Hand spähend über die Stirn, wie um besser in die Dunkelheit des Vorraums sehen zu können, aus welchem das Klopfen kam; sie machte ein paar zögernde Schritte zur Tür; ich wollte zurückweichen, doch meine Stirn war mit der Holzsprosse, gegen die sie sich lehnte, so fest verbunden, daß es mir nicht gelang, sie zu lösen; einen Augenblick später stand Aurelia vor mir; zwischen ihren erschrockenen Augen und meinen, zwischen ihrer kleinen Nase und meiner, zwischen ihren leicht geöffneten Lippen und meinen befand sich nichts als eine Glasscheibe und der Luftraum einer spähenden Handbreit; die eben noch spähende Hand wurde hastig mit einem goldbestaubten Tuch abgewischt, drückte auf die Klinke der Tür (die sich quietschend nach innen öffnete und meine Stirn schlagartig von der Holzsprosse trennte, an der sie klebte).

„Grüß Gott", sagte Aurelia; ich nahm die Hand, die sich mir nicht wirklich entgegenstreckte.

„Wir kennen uns doch!" rief ich aus, ganz der Überraschte, der ich nicht war, mit einer Sicherheit, die ich nicht hatte, mit meiner Hand eine Hand umschließend, die ich längst hätte loslassen sollen.

„Ja", sagte sie nur.

„Meine Großtante Stephanie ist gestorben", sagte ich und spürte gleichzeitig, wie sich meine Mundwinkel dabei unpassenderweise nach außen-oben bewegten, ohne daß ich sie daran hindern hätte können. „Außerdem", fuhr ich fort, „hat mir

deine Mutter gerade eben gesagt, ich soll dir Klavierstunden geben."
„Das tut mir leid", sagte sie und sah auf ihre rechte Hand hinunter. Ich merkte, daß ich sie immer noch festhielt und ließ sie plötzlich los.
„Was?"
„Das mit Ihrer Großtante Stephanie."
„Ach, sie war schon sehr alt."
„Meine Klavierlehrerin auch."
„Das tut mir leid."
„Was?"
„Daß sie gestorben ist."
„Mir nicht."
„Mir … äh … ich habe sie ja nicht gekannt."
„Seien Sie froh", sagte Aurelia, und mir fiel nichts ein, was ich darauf hätte sagen können.
„Sie hatte einen Schnurrbart", erklärte sie mir.
„Verstehe."
„Einen schwarzen."
„Meine Großtante war sehr verwirrt, am Ende", erwiderte ich.
„Wie lautet denn der Text?"
„Welcher Text?"
„Der Text für die Schleifen."
Das hatte ich mir nicht überlegt.
„Was ist denn so das Übliche?"
„Nicht gestorben, nur vorausgegangen, zum Beispiel oder Du wirst uns ewig unvergeßlich sein oder Für immer unvergessen!

und dann noch In Liebe, Deine sowieso oder Letzte Grüße, sowieso ... oder In Dankbarkeit, Deine Dich liebenden sowieso."
„Ich brauche sowieso drei."
„Kommen Sie mit? Ich schreib' es auf."
Ich betrat ihre Alchimistenstube. Quietschend schloß sich die Tür hinter mir. Es roch modrig nach Terpentin. Es war schrecklich heiß. Ich spürte, wie sich Schweißperlen über meiner Oberlippe bildeten. In einer Ecke des Raumes heizte ein kleiner schwarzer Kanonenofen wie verrückt. Aurelia stützte sich mit dem linken Ellbogen auf den Tisch. Sie beugte sich über ihren Notizblock. Ich näherte mich ihr, bis ich sie fast berührte, stand da, angewurzelt, sah auf ihren dunklen, gold schimmernden Hinterkopf.
„Wahrscheinlich möchten Sie schwarze."
„Gibt's denn auch andere Farben?"
„Ja, weiße, die werden eigentlich nur für Kinder genommen, rotweißrote haben wir auch, die sind für die amtliche Trauer. Und rote müßten noch irgendwo sein, die werden aber nur selten verlangt."
„Gut, dann nehme ich schwarze. Eine für die drei Freundinnen von Tante Stephanie, sagen wir mit folgenden Worten ... äh ... Nicht von uns gegangen, nur vorausgegangen ! ... äh ... Letzte Grüße ... äh ... Deine treuen Freundinnen ... äh ... ... Mitzi, Rosina und Josefa."
„Sind die schon sehr alt?"
„Die Freundinnen? Ziemlich."
„Dann hätte ich das nicht geschrieben, an Ihrer Stelle, das sieht

ja aus, als würden diese Freundinnen ihr gleich morgen ins Grab folgen; so was paßt besser für Trauernde, die viel jünger sind, wissen Sie, da muß ein gewisser Abstand sein, zwischen Trauernden und Toten."

„O.K., dann nehme ich den Text eben für meine Mutter, die ist jünger."

„Aber nicht mit Letzte Grüße."

„Warum nicht?"

„Das wäre irgendwie … unfair."

„Unfair?"

„Na ja, der Toten gegenüber. Das eine macht ihr Hoffnung auf ein Wiedersehen, das andere nimmt ihr die Hoffnung wieder, das ist ein endgültiger Abschied. Was soll die Arme da glauben? Wie wär's mit: In Liebe, Deine Nichte …"

„… Maria", ergänzte ich. „Oder vielleicht besser – in aufrichtiger Liebe?"

„Hat Ihre Mutter ihre Tante aufrichtig geliebt?"

„Ja, bestimmt."

„Dann würde ich das aufrichtig weglassen."

„Warum?" Aurelia machte so ein Gesicht, das mich wünschen ließ, ich hätte die Frage nicht gestellt. „Gut", sagte ich schnell, „wir lassen es natürlich weg – und was ist mit den Freundinnen?"

„Ich würde sagen: Stephanie, Beistrich, Du wirst uns ewig unvergessen sein, Rufzeichen, In treuer Freundschaft, Beistrich, wie, sagten Sie heißen die drei doch gleich?"

„Mitzi, Rosina und Josefa."

„Das holpert. Das drehen wir besser um. Rosina, Mitzi und Josefa."
„Ja, wenn du meinst … und ich? Was soll auf meiner Schleife stehen? Vielleicht so … äh … Ich werde Dich nie vergessen, Rufzeichen, In tiefster Dankbarkeit, Beistrich, Dein Großneffe Herbert."
Aurelia musterte mich zweifelnd.
„Ich weiß nicht, ein bißchen dick, oder?"
„Dick?"
„Dick aufgetragen. Aber wenn Sie wollen …"
„Nein … nein, ich meine, hast du einen anderen Vorschlag?"
Sie stützte sich mit beiden Ellbogen auf den Tisch und betrachtete ihren Block, während ich sie betrachtete, wie sie auf einem Fuß wippte; ich nahm das Wippen überdeutlich wahr, obwohl ich den Fuß nicht sehen konnte, unter ihrem langen schwarzglänzenden Kittel, nur die Bewegung nahm ich wahr, die Bewegung, die sich nach oben fortsetzte.
„Was?"
„Ich sagte: Punkt statt Rufzeichen, ohne tiefster und ohne Großneffe."
In meinem Kopf erschienen Buchstaben, die das Wort Großneffe ergaben, davor ein Punkt und danach ein Rufzeichen.
„Gut!" sagte ich. „Sehr gut. Machen wir das so."
Sie riß das oberste Blatt von ihrem Notizblock und vertiefte sich in die Reinschrift, während ich mich erneut in die Bewegung vertiefte, die sich, von ihrem wippenden Fuß ausgehend, nach oben fortsetzte, bis in ihre Hüften. Als sie den Text fertig

geschrieben hatte, schob sie ihren Block etwas nach rechts und bedeutete mir, ihn durchzulesen; ich starrte auf das Blatt und heftete meinen Blick auf das Geschriebene; was ich sah, ergab keinen Sinn; hilflos starrte ich auf die Zeilen, die vor meinen Augen in Wörter zerfielen, welche auf und ab wippten, spöttisch und herausfordernd, bar jeglichen Sinnes, als hätte jemand sie ausgehöhlt: feinsäuberlich das Innere herausgeschnitten und achtlos auf einen Haufen geworfen.

„Stimmt etwas nicht?"

„Ja. Nein. Stimmt."

Aurelia sah mich mißtrauisch an.

„Stimmt", wiederholte ich und nickte heftig. Sie nahm ihren Block und wandte sich zur Tür.

„Was spielst du eigentlich so?" fragte ich hinter ihr.

„Meinen Sie auf dem Klavier?"

„Kann ich mich hinsetzen?" Ich deutete auf einen alten, hölzernen Drehstuhl.

„Ja, ja, natürlich."

Ich setzte mich, verschränkte die Arme im Nacken und drehte mich einmal im Kreis. Es knarrte und quietschte. Unschlüssig stand das Mädchen im schwarzen Kittel vor mir, strich sich das dunkle Haar aus dem Gesicht, sah zur Seite.

„Schule der Geläufigkeit."

„Und sonst?"

„Sonatinen."

„Welche?"

„In so einem grünen Heft."

„Hellgrün?"
„Ja, hellgrün."
„Aha. Und sonst?"
Sie steckte ihren Block in eine Tasche ihres Kittels und strich sich die Haare mit den Fingerspitzen beider Hände sorgfältig hinter die Ohren. Sie trug winzige goldene Ohrringe, die wie Vergißmeinnicht aussahen, nur schimmerten die winzigen Blütenblätter rot, nicht hellblau.
„Sonst nichts", sagte sie unsicher.
„Wann machen wir die erste Stunde?"
Sie hob die Schultern.
„Ausnahmsweise bin ich den Rest der Woche hier, wegen Großtante Stephanie." Ich beschloß es, während ich es aussprach. „Wann hast du denn Zeit?" An dieser Stelle hatte ich das Gefühl, es sei angebracht nachzudenken (jeder hätte an dieser Stelle nachgedacht), und so machte ich (ohne sie mit Gedanken zu füllen) eine entsprechende Pause, ehe ich fragte: „Morgen vielleicht?"
„Morgen nachmittag, habe ich keinen Unterricht, aber … aber, könnte ich nicht … ich habe schon so lange nicht geübt, und …"
Ihr schwarzer Kittel war vorne von oben bis unten durchgeknöpft. Ihre Füße steckten in schwarzen Gymnastiksandalen.
„Das macht nichts. Kommst du zu mir? Sagen wir um – drei?"
Wieder hob sie die Schultern und nickte dann.
Ich beschrieb, wie unser Haus aussah, unser Garten und unser Gartenzaun und unser Gartentor und unser Klingelknopf; ich erklärte ihr, wie sie dorthin kam, in allen Einzelheiten, so, als

wüßte ich nicht, wie oft sie diesen Weg schon gegangen war; ich schärfte ihr ein, sämtliche Noten mitzubringen, aus denen sie je gespielt hatte; ich vergewisserte mich, daß sie die Kranz-Schleifen rechtzeitig in die Gärtnerei bringen würde; ich ließ mir noch einmal den Text zeigen; ich fragte sie über ihren Stundenplan aus; ich dachte laut darüber nach, wann und wie wir die Klavierstunde regelmäßig darin unterbringen würden.
„Dann hätten wir ja alles besprochen", sagte ich schließlich und drehte mich noch einmal elegant auf dem Drehstuhl, der unwillig quietschte und knarrte und stockte, während ich krampfhaft überlegte, was es noch zu sagen hätte geben können. Es gab nichts.
„Also dann ...", war alles, was mir noch einfiel.
Auf dem Weg zur Haustür kam uns Aurelias Mutter entgegen.
„Na, habt ihr alles besprochen?"
„Ja", sagte ich, „alles."
„Auch die Klavierstunden?"
„Ja, auch die Klavierstunden. Aurelia kommt gleich morgen nachmittag zu mir."
„Da bin ich aber froh, wissen Sie, es wäre ewig schade gewesen, wenn sie aufgehört hätte, sie spielt schon so schön ..."
„Mama!"
Ein Hauch von rosa Röte überzog Aurelias Gesicht.
„Nein, wirklich, sie spielt wirklich schön; mein Mann sagt immer ..."
Aurelia war inzwischen knallrot angelaufen. Ihre Hände hielt sie in den Taschen ihres schwarzen Kittels vergraben.

„Ich bin total aus der Übung."
Ich sah sie aufmunternd an.
„Das werde ich ja morgen hören."
„Auf Wiedersehen, und vielen Dank!" sagte Aurelias Mutter herzlich.
„Also, bis morgen dann, morgen um drei", sagte ich zu Aurelia. Sie nahm ihre rechte Hand aus der Kitteltasche und reichte sie mir; sie war klamm und kalt.
„Bis morgen", sagte sie.
Ich könnte jetzt einfach sagen: ich war glücklich. Doch das käme einer schamlosen Untertreibung meines Zustandes gleich. Sagen wir vielleicht so: ich fühlte mich zum Bersten, als ich nach Hause ging. Und ich ging natürlich nicht, es war nicht dieses einfache Gehen; es war auch kein Schweben, nein, ich schwebte nicht auf Wolken; schon gar nicht wäre es im mindesten treffend zu sagen: ich ging wie auf Wolken, das wäre ja wattig und unbestimmt gewesen. Nein, nichts von alldem könnte auch nur annähernd die Art und Weise beschreiben, in der ich mich von Aurelia fort und heimwärts bewegte. Ich federte. Ja, das war es wohl. Jemand hatte eine Sprungfeder in mir angebracht, die meinem Gang nach außen hin etwas ungewohnt Elastisches und Bestimmtes verlieh und mich innen drinnen aufs äußerste in alle Richtungen dehnte und spannte. Ich federte also gleichsam (beinahe berstend), ich barst also beinahe (gleichsam federnd) heimwärts.
„Das hat aber lange gedauert. Hast du die Sache mit den Kränzen erledigt?"

„Ja.“ Ich versuchte mich zu erinnern, wie die Kränze ausgesehen hatten. „Ich habe schwarze Schleifen bestellt“, sagte ich schließlich „und –“ platzte es aus mir heraus, „und Aurelia kommt morgen zu ihrer ersten Klavierstunde.“
„Aurelia?“
Meine Mutter war ohne Zweifel überrascht, und ihr Überraschtsein war zweifellos ehrlich; doch was bedeutete das schon? Es bedeutete keineswegs, daß sie einfach vergessen hatte, mir von dem Gespräch mit Aurelias Mutter zu erzählen; ihr ehrliches Überraschtsein bedeutete nur: sie hatte gerade in dem Augenblick, in dem ich den Namen aussprach, nicht an das Mädchen gedacht; es bedeutete vielleicht: sie hatte gerade im Augenblick davor an das Mädchen gedacht; es bedeutete vielleicht sogar: sie hatte schon seit Wochen und Monaten an nichts anderes gedacht als an dieses Mädchen und daran, mir das Gespräch zu verschweigen. Ihr ehrliches Überraschtsein war möglicherweise ein Überraschtsein darüber, daß ich etwas aussprach, woran sie seit Wochen und Monaten dachte, ohne es auszusprechen; möglicherweise hatte ich meine Mutter soeben dabei ertappt, wie sie sich bemühte, das Nichtausgesprochene durch Nichtaussprechen am Sein zu hindern.
„Ach“, rief sie ehrlich überrascht aus, „ich hatte ganz vergessen, dir von dem Gespräch zu erzählen. Aber warum warst du eigentlich dort?“
„Wegen der Schleifen.“
„Ja, aber die hätte doch auch die Gärtnerei bestellen können.“
„Ja, hätte sie.“

„Ich wäre gar nicht auf so eine Idee gekommen."
Das glaubte ich ihr aufs Wort.
„Wird dir das nicht zuviel?"
„Was?"
„Auch noch Klavierstunden zu geben."
„Was heißt hier: auch noch?"
„Na wenn du meinst!"
Meine Mutter verschwand in der Küche. Anstatt ihr bedrückt dorthin zu folgen (wie ich es sonst getan hätte), um ihrem Tonfall auf den Grund zu gehen, um zu prüfen, ob sie unschuldig und gekränkt war (dann hätte ich sie trösten und mich mit ihr versöhnen können) oder ob sie sich schuldig und deshalb beleidigt fühlte (dann wäre nichts zu machen gewesen), anstatt ihr also bedrückt in die Küche zu folgen, federte ich nach oben in mein Zimmer. Vorsichtig ließ ich mich auf mein Bett nieder, behutsam näherte ich meinen Kopf dem weichen, weißen Kissen; meine Stirn war kaum erst weich und weiß versunken, meine Augen hatten sich eben erst schwarz geschlossen, als Aurelia in mir explodierte, all meinen Sicherheitsmaßnahmen zum Trotz; mit voller Wucht knallte sie von innen gegen meine geschlossenen Augen, in ihrem schwarzen Kittel, der sich durch den Aufprall von ihrem Körper löste, ebenso wie die schwarzen Wollstrumpfhosen sich von ihrem Körper lösten und die schwarzen Gymnastiksandalen von ihren Füßen; und sonst war da nichts gewesen; nein, da war erstaunlicherweise nichts sonst gewesen, was sich hätte lösen müssen; sie stand da, als wäre nichts passiert, nur eine Armeslänge und

eine Handbreit von mir entfernt, vor dem quietschend knarrenden Drehstuhl in ihrer Alchimistenstube; lächelnd; frierend; das heißt, ich stellte sie mir frierend vor; natürlich konnte ich es nicht mit absoluter Gewißheit sagen; weder daß, noch wie sehr sie frieren mochte; und obwohl es vieles gab, das ich sie hätte fragen können, viel Unklares, ja Unerklärliches, stellte ich ihr nur diese eine Frage, neben welcher mir alle anderen Fragen dieser Welt unendlich unwichtig erschienen. Frierst du sehr? fragte ich, und sie nickte.

„Es zieht tatsächlich nicht", bemerkte der Sänger (zufrieden), hielt seine Nase in den nicht vorhandenen Luftstrom (genüßlich) und lehnte sich zurück (entspannt).

„Möchten Sie noch etwas? Kaffee?"

Bedauernd schüttelte ich den Kopf.

„Einschlafprobleme. Und Sie?"

„Verschleimt die Stimmbänder."

„Sagen Sie, gibt es überhaupt etwas, was Sie dürfen, als Sänger? Ich meine, etwas garantiert Unschädliches?"

Er starrte zur Decke. „Fällt mir gerade nichts ein. Und Sie? Was dürfen Sie alles nicht, von Berufs wegen?"

Ich starrte auf das weiße Tischtuch. „Da gibt es vieles." Ich nahm, während ich weiter auf die weiße Fläche starrte, einen himbeerroten Fleck wahr. „Im Prinzip alles, was meine Finger, meine Hände und Handgelenke belastet oder überanstrengt. Also, alten Frauen schwere Einkaufstaschen abnehmen, zum Beispiel … oder Hochgebirgsklettern … oder Tennisspielen … oder … äh …"

Der Sänger (er hatte mitgedacht, so wie Sie aller Wahrscheinlichkeit nach mitgedacht haben) und bemühte sich, ernst zu bleiben (vergeblich, so wie Sie sich jetzt vielleicht vergeblich bemühen, ernst zu bleiben).

„Sehen Sie – das", sprach er aus, was ich (noch) nicht gedacht hatte und nicht ausgesprochen hätte (weil ich nicht gewußt hätte, wie), „– das darf ich! Na sagen wir", schränkte er ein, „im Prinzip darf ich es …"

„Gehen wir?" fragte ich, nach einer Pause, zu der ich mich zwang, doch immer noch etwas zu schnell, wie mir schien.

Der Sänger gab dem Kellner ein Zeichen und verlangte die Rechnung. Er winkte ab, als ich nach meinem Plastiksackerl greifen wollte.

„Ich übernehme das."

„Danke."

„Keine Ursache." Er fischte den Garderobenzettel aus seiner Brieftasche.

Wir traten vor das Lokal. Mich fröstelte ein wenig. Ich vergrub beide Hände in den Manteltaschen. Auf der Stelle überlief es mich heiß. Mein Sackerl. Ich hatte mein Plastiksackerl vergessen. Eine hastige Entschuldigung murmelnd machte ich kehrt. An unserem Tisch hatten bereits ehemals Wartende Platz genommen (nur im äußersten Notfall würde ich dort unter den

Tisch kriechen und nachsehen, womöglich war es umgefallen, sehr wahrscheinlich war es umgefallen). Die Theke war von einer ununterbrochenen Menschenkette verbarrikadiert. Ich postierte mich dahinter. Sobald jemand zufällig zur Seite trat, zwängte ich mich durch, bekam einen roten Kopf und erregte so die Aufmerksamkeit eines Barkeepers, der Kinn und Augenbrauen freundlich fragend in meine Richtung hob. Nein, er hatte mein „plastic bag" nicht gesehen. Er deutete (mit Kinn und Augenbrauen) in Richtung Garderobe. Die Garderobiere (der ich, wie Sie sich vielleicht erinnern, meine Habseligkeiten nicht hatte anvertrauen wollen) überreichte mir nun mein Sackerl mit einem strahlenden Lächeln, das nicht den leisesten Hinweis darauf trug, ob es über den Inhalt des Sackerls Bescheid wußte. Ich war so sehr damit beschäftigt, erleichtert zu sein, daß ich in die falsche Richtung ging. Plötzlich stand ich vor einer Tür mit dem bekannten Zeichen für „Men's room". Beinahe ohne zu zögern öffnete ich die Tür, so, als wäre es von Anfang an meine Absicht gewesen, genau diese Tür zu finden. Ich schloß mich in einer Kabine ein. Die Gegenstände in meinem Plastiksackerl hatten an und für sich nichts Merkwürdiges an sich; jeder Gegenstand für sich betrachtet war genaugenommen ein stinknormaler Gegenstand. Obwohl, bei der Familienpackung Kondome war ich mir gar nicht mehr so sicher, in einem Land, in dem es als obszön galt, das Wort „Toilette" in den Mund zu nehmen. (Mir fiel ein, daß ich unbedingt das Ablaufdatum überprüfen mußte. Wenn ich sie nun doch einmal brauchen sollte … wenn meine Zeit irgendwann doch gekommen wäre … und dann, ausgerechnet dann, wäre ihre Zeit abgelaufen … stellen Sie sich einmal die Situation vor, bildlich; andererseits, falls es ein Problem gäbe, in einem bestimmten Punkt, dann ließe sich daraus unter Umständen eine ausgesprochen originelle und brauchbare Ausrede basteln: Verdammt, da haben die mir heute doch glatt abgelaufene Gummis angedreht, tut mir echt leid, verdammt.) Das Absonderliche liegt selten in den Gegenständen selbst, nur in ihrer Anordnung und in der Art, wie jemand sie in dieser besonderen Anordnung wahrnimmt. Eine Stimmgabel, zum Beispiel, die zufällig neben einer Familienpackung (möglicherweise) abgelaufener Kondome zu liegen kommt, gewinnt, betrachtet durch die Augen einer Garderobiere, die nie zuvor einer Stimmgabel ansichtig geworden ist, wohl eine vollkommen unerwartete Bedeutung.

Draußen vor der Tür begrüßte mich der Sänger mit einem betont unauffälligen Husten.

Es war noch nicht eigentlich ein Husten, ein Hüsteln eher, ein Räuspern, ein Wegräuspern von etwa fünf Minuten Ärger und Ungeduld aus einem Hals, der sich etwa fünf Minuten (länger war ich bestimmt nicht weg gewesen) ungeduldig über mein Wegsein geärgert hatte.

„Es zieht.“ Er sprach mit künstlich gedämpfter Stimme, beinahe flüsternd.

„Tut mir leid.“

„Sie finden allein zu Ihrem Hotel?“

„Ich denke schon, ja sicher.“

„Also dann. Wir sehen uns morgen um zehn." Er räusperte sich noch einmal (diesmal kam es einem echten Husten ziemlich nahe) und ging. Ich blieb noch eine Weile stehen, denn ich mußte ja in die selbe Richtung. In einigem Abstand folgte ich ihm, bis ich ihn endlich aus den Augen verlor.

Die Spannung, unter welcher ich den ganzen Abend über gestanden hatte, spürte ich erst jetzt, als sie nachließ, als sie einer unerquicklichen, unbefriedigenden Müdigkeit wich, die mich nicht daran zu hindern vermochte, die Geschäfte, die auf meinem Weg lagen, eins nach dem anderen zu betreten, nur um sie wieder zu verlassen; die unbefriedigende Müdigkeit nahm zu; ich wollte nichts sehen und schon gar nichts kaufen; eine durch ohrenbetäubendes Licht erzwungene Aufmerksamkeit trieb mich hinein, ließ mich umherirren, zwang mich, Gegenstände, die mich nicht interessierten, in die Hand zu nehmen, durch sie hindurchzusehen; sie trieb mich zwanghaft hinaus und wieder hinein; ich sehnte mich nach streng geregelten Öffnungszeiten; wieder wurde ich auf die Straße getrieben; in einiger Entfernung sah ich ein Mädchen, eine junge Frau, war sie überhaupt jung? Grauer Mantel. Dunkles, halblanges Haar, schlank, ungefähr Aurelias Größe, nein, sie war etwas größer, oder waren es die hohen Absätze? Aurelia würde niemals hohe Absätze tragen. Jedenfalls hatte die Frau, deren Alter und Größe ich nicht abschätzen konnte, eine Art sich zu bewegen, die verdammt nach Aurelia aussah, ungefähr so, nein, exakt so, verdammt; ich meine, in fünfzehn Jahren konnte sich so allerhand verändern, doch der Gang? Sie ging schneller als die anderen. Leuchtete sie? Nein. Sie wurde beleuchtet, die Frau-die-Aurelia-hätte-sein-können; Aurelia hätte geleuchtet, von sich aus; sie hatte immer geleuchtet; ich bemühte mich, schneller zu gehen, hellwach-benommen; vielleicht war sie an mir vorbeigegangen, während ich durch eines dieser bescheuerten Geschäfte irrte, direkt an mir vorbeigegangen; nein, sie wäre direkt an mir vorbeigegangen, wäre ich, verdammt nochmal, auf dem verdammten Gehsteig geblieben; in meinen Seiten begann es zu stechen; sie leuchtete doch, die Frau-die-Aurelia-hätte-sein-können; oder? Nun hörte ich mich keuchen; aus meinem Keuchen schloß ich, daß ich rannte; das Stechen in meinen Seiten nahm schmerzhaft zu; mein Herz hämmerte einen hohlen Raum mitten in mich hinein. Plötzlich sah ich sie nicht mehr, die Frau-die-Aurelia-hätte-sein-können; der hohle Raum mitten in mir füllte sich mit brennender Enttäuschung.

Demnächst würde es an der Haustür klingeln. Es konnte nicht mehr allzu lange dauern.

Ich spielte in meinem Zimmer Klavier; das Fenster hatte ich sperrangelweit geöffnet; ich wagte nicht, mich in der Nähe des Fensters aufzuhalten, gar durch den Feldstecher hinauszusehen, auf die schmale Straße, die sich vom Friedhof auf unser Haus zuschlängelte; Aurelia sollte mich spielen hören, wenn sie kam, sollte beeindruckt sein, sollte fühlen, sie unterbräche

mich bei etwas ungeheuer Wichtigem; meine Mutter würde Aurelia öffnen und nach mir rufen. Ich spielte Fortissimo-Stellen, mit voller Absicht; um mich in die Lage zu versetzten, weder die Türglocke noch das Rufen meiner Mutter hören zu können; es mußte echt wirken. Ein heftiges Klopfen an der Tür ließ mich zusammenfahren. Meine Mutter rief mich zum Telephon. Aurelias Mutter. Schon während ich die Treppe hinunter zum Telephon lief, wußte ich, was dieser Anruf bedeutete: sie würde nicht kommen.
„Sie kann nicht kommen."
(Nein, es war nicht Aurelias Mutter, die das sagte – ich sagte das ins Telephon. Aurelias Mutter sagte hingegen:)
„Ich wollte fragen, ob es Ihnen etwas ausmacht, wenn Aurelia eine Stunde später kommt."
„Ja, ich meine nein, es macht mir nichts aus. Sie meinen, sie kommt dann also um vier?" Hauptsache, sie kommt überhaupt. Hauptsache, sie kommt überhaupt.
„Herbi?" (Das war meine Mutter.) „Ich an deiner Stelle würde das nicht durchgehen lassen. Wenn dieses Mädchen nicht pünktlich ist, und das schon beim ersten Mal! Sie stiehlt dir nur deine kostbare Zeit ..."
Ich verschwand nach oben in mein Zimmer. Ein heftiger, kühler Windstoß empfing mich. Ich schloß das Fenster, legte mich ins Bett und schloß die Augen. Eine Stunde. Verschob sich ein Ereignis, so machte eben diese Verschiebung das Ereignis unverrückbar, unverrückbarer jedenfalls, als es zuvor gewesen war; die Verschiebung beraubte das Ereignis jeglichen

Spielraums; vorher hätte Aurelia vier Minuten vor drei kommen können oder fünf Minuten nach drei. Nun würde sie um vier kommen, und zwar um vier Uhr Punkt. Ich konnte unmöglich vorgeben, in etwas ungeheuer Wichtiges vertieft zu sein; unmöglich vorgeben, nicht genau zu wissen, wann genau sie auftauchen würde; die Verschiebung nahm mir die imaginäre Berechtigung, einen imaginären Spielraum mit etwas ungeheuer Wichtigem zu füllen. Da war kein Spielraum mehr. Also stellte ich mir eine ebenso sinnlose wie konzentrationsraubende Aufgabe: meine gesammelten, aufgespießten Schmetterlinge memorieren, mit fest geschlossenen Augen (ohne auf die gegenüberliegende Pinwand zu blinzeln); in der richtigen Reihenfolge (das heißt genau in der Reihenfolge, in der ich sie gefangen hatte und aufgespießt, in Reih und Glied) mitsamt ihren lateinischen Bezeichnungen, von links oben nach rechts unten.

Zwei Zitronenfalter, Gonepteryx rhamni, ein männliches Exemplar, zitronengelb, und ein Weibchen, von zartem, mattem Grün; ein Kleiner Fuchs, Aglais urticae, rotbraun; ein Kleiner Kohlweißling, Pieris rapae, männlich, weißliche Flügel, dunkel bestäubt, ein dunkler Fleck oben, zwei unten; ein Großer Fuchs, Nymphalis polychloros, Geschlecht ungewiß, orangebraun mit schwarzen Flecken; noch ein Kleiner Kohlweißling, weibliches Exemplar, zwei dunkle Flecken oben, zwei unten; ein Schwalbenschwanz, ein ausgesprochenes Prachtexemplar von einem Schwalbenschwanz; Papilio machaon, leuchtend blasses Gelb mit tiefschwarzer Zeichnung, zwei kreisrunde Flecken, zwei kreisrunde knallrote Augenflecken mit blauschwarzem Rand; schon als Raupen waren Schwalbenschwänze wunderschön; im Gegensatz zu vielen anderen, schwarzbraunen, borstigen, unansehnlichen Raupen ließ die Raupe des Schwalbenschwanzes schon die kommende Schönheit des Falters ahnen, gelbgrün und glatt, mit schwarzen Gürteln auf jedem Glied, jeweils von sechs gelbroten Tupfen unterbrochen; schade, einerseits, daß ich keine Raupen gesammelt hatte; es wäre mir, andererseits, pervers erschienen, Raupen daran zu hindern, sich in Schmetterlinge zu verwandeln, indem ich sie aufspießte. Hätte ich Raupen überhaupt aufspießen müssen? Ich muß gestehen, ich wußte gar nicht, wie Raupen zu präparieren waren, vielleicht legte man sie in Essig ein. Im Geiste listete ich den achten Falter von links oben auf, ein schönes Exemplar eines Tagpfauenauges, Inachis io (wahrscheinlich ein Weibchen, wegen seiner beträchtlichen Größe); in allen Einzelheiten versuchte ich, sein Bild in mir wachzurufen, ich versuchte es mit aller Gewalt, da sahen mich zwei kreisrunde Flecken auf der Oberseite seiner Hinterflügel an; daran war grundsätzlich nichts Ungewöhnliches – unzählige Schmetterlinge haben diese seltsame Angewohnheit, ihre winzigen unscheinbaren Augen auf ihre Flügel zu projizieren, in überdimensional vergrößerte Schein-Augen; in blicklose Augen-Attrappen; selbst für den Schlaf hatten sie vorgesorgt; selbst wenn sie schliefen, zusammengeklappt, prangte da, auf der Unterseite ihrer Flügel noch ein blickloses Paar von Augenattrappen; ich weiß nicht, ob diese toten, aufgespießten

Schmetterlingsaugen schliefen oder wachten, jedenfalls waren diese hier nicht blicklos; sie blickten mich an, die riesigen leblosen Flügelaugen-Attrappen, schlafend oder wachend, daran bestand kein Zweifel; sie starrten mich an, zwei schwarzblau glänzende Pupillen, weißlich gelb umsäumt, weit auseinanderstehend, eindringlich und traurig zugleich; obwohl sie doppelt leblos hätten sein müssen (was könnte lebloser sein als getötete Attrappen), war Leben in ihnen, sie wölbten sich aus den hauchdünnen Flügeln, rollten jeder kleinsten Bewegung meines inneren Auges hinterher; ich war chancenlos; sie straften meinen Versuch, ihnen zu entkommen, straften ihn, indem sie sich verdoppelten; und je mehr ich mich anstrengte, sie loszuwerden, desto mehr von ihrer Sorte wölbten sich mir entgegen, eindringlich, traurig, und wie mir schien: mit stummem Vorwurf.

Was blieb mir anderes übrig, als mein Experiment frühzeitig abzubrechen? Von der Stunde, die unerträglich lang vor mir lag, waren erst wenige Minuten vergangen. Ich setzte mich ans Klavier. Die Beethoven-Sonaten legte ich beiseite. Ich begann ein Stück aus Schumanns „Papillons", das ich gerade zu üben hatte, auswendig zu lernen. Als ich auf meine Uhr sah, zeigte sie fünfnachvier.

Ich stand auf und trat ans Fenster. Als ich mich umdrehte, stand Aurelia vor mir, nur ein paar Schritte von mir entfernt, an der Tür. Wie war sie nur unbemerkt ins Zimmer gekommen? Sie stand wohl schon geraume Zeit dort. Fünf Minuten, exakt, nehme ich an. Warum nur hatte meine Mutter mich

nicht unterbrochen? Das tat sie doch sonst immer.
„Schön", sagte Aurelia. „Was haben Sie da gespielt?"
„Schumann."
Sie nickte, und mir schien, als hätte ich ausgesprochen, was sie gerade gedacht hatte. Immer noch stand sie an der Tür.
„Komm."
Ich drehte den Klavierhocker höher, zwei oder drei Drehungen nur. Das Mädchen war kaum kleiner als ich. Ich zog, als sie sich zum Klavier gesetzt hatte, meinen Schreibtischstuhl neben sie. Soviel ich mich erinnern kann, ließ ich sie zunächst ein paar Tonleitern und Akkordzerlegungen spielen; sehr wahrscheinlich tat ich das; sie hatte ganz zarte Hände, ganz schlanke Finger; beinahe etwas größer als meine eigenen; sie hatten noch die Möglichkeit zu wachsen; sehr wahrscheinlich würden sie noch etwas wachsen.
„Wie alt bist du eigentlich genau?"
„Dreizehn."
„Ah."
Als ich eine Bewegung machte, um ihre Handhaltung zu korrigieren, zuckte sie zusammen.
„Wie lange lernst du schon Klavier spielen?"
„Seit ich zur Schule gehe."
„Und warum?"
Sie hob die Schultern, ohne mich anzusehen.
„Ich weiß nicht. Einfach so."
„Macht es dir Spaß?"
„Manchmal."

Ich ließ sie nun etwas aus ihrem grünen Sonatinenalbum aussuchen und spielen. Die Haltung ihrer Hände war tatsächlich katastrophal. Ich fühlte ihre Nervosität; ich sah sie, ich hörte sie, ich spürte sie körperlich. Sie hatte ihre Finger nicht unter Kontrolle. (Ihre Bluse war weiß und zu eng; ihr Rock war kariert und ebenfalls zu eng.) Trotzdem spielte sie mit beachtlicher Geläufigkeit. (Ihre weiße Strumpfhose rutschte hinten über ihre Fersen nach vor und stand vorne über ihre Zehen hinaus; meine Mutter hatte ihr keine Hausschuhe angeboten.) Es schimmerte golden auf dem Rücken ihrer Hände, übersät von feinen Goldstaubspuren; es schimmerte golden zwischen ihrer Nase und ihrer Oberlippe.
„Was spielst du am liebsten?"
Sie blätterte in einem dicken roten Sammelalbum.
„Das."
Sie spielte Schumanns „Träumerei". Bis heute kann ich nicht sagen, was es war. Jedenfalls vergaß ich ihre Handhaltung, ihre mangelhafte Technik und ihre rutschenden Strumpfhosen. Ich hörte einfach zu.
„Du bist begabt", hörte ich mich sagen, als sie geendet hatte. Seltsamerweise schien sie sich nicht besonders zu freuen über diesen Satz, über den sie sich hätte freuen müssen.
„Das habe ich nur so selbst gelernt. Als meine Klavierlehrerin schon tot war."
„Hast du noch etwas nur so selbst gelernt?"
„Das."
Sie zeigte auf Beethovens „Für Elise", das abgedroschenste,

unerträglichste aller Klavierübungsstücke aller Zeiten. Und abermals brachte sie mich dazu, einfach nur zuzuhören.
„Vielleicht liegt es daran, daß du schon so früh begonnen hast, mit dem Klavierspielen", dachte ich laut, „das ist es, bestimmt ist es das."
Aurelia saß da und schwieg. Ich hatte mir eine Reihe von Übungen ausgedacht, die ich ihr aufschrieb, für zu Hause; dann ging ich sie mit ihr durch. Aurelia erschien mir sehr konzentriert, nicht mehr so nervös; als ich wieder einmal ihre Handhaltung korrigieren wollte, zuckte sie erneut zusammen. Sie sah mich an und merkte, daß ich irritiert war. Sie lachte.
„Meine tote Klavierlehrerin hat mir immer einen Bleistift auf die Hände gelegt, damit ich sie gerade halte; eigentlich war es kein Bleistift, es war ein Stab mit so einem kleinen Kopf an einem Ende, mit einem Gesicht draufgemalt; den haute sie mir auf die Finger, wenn der Stab herunterfiel." Aurelia verzog das Gesicht. „Sie nannte ihn Pipifax."
„Ein Wunder, daß sie so spielt, wie sie spielt, ein Wunder, daß sie überhaupt noch spielt", dachte ich, leise diesmal; ich wußte nicht recht, was ich laut dazu hätte sagen sollen.
„Du spielst gerne Schumann, oder?"
„Ja." Etwas zögernd fügte sie hinzu: „Und Beethoven. Beethoven ist mein Lieblingskomponist."
„Willst du etwas von Beethoven hören?"
Sie nickte. Wir tauschten die Plätze. Ich spielte den ersten Satz der Mondscheinsonate. Ich konnte fühlen, wie Aurelia mir zuhörte; sie war aus meinem Kopf geklettert, hatte sich neben

mich gesetzt und hörte mir zu; ihr Zuhören erfüllte mich mit einem Gefühl der Befriedigung, mit einem Gefühl des Glücks; ich wollte, daß es blieb; es mußte bleiben.
Als ich zu Ende gespielt hatte, stand plötzlich meine Mutter neben uns.
„Es ist fünf nach fünf", sagte sie und stellte zwei Gläser Himbeerwasser auf dem Klavier ab.
„Danke", sagte Aurelia höflich lächelnd und stand hastig auf.
„Kannst du diese Woche noch einmal kommen?" fragte ich schnell, sobald meine Mutter verschwunden war.
„Freitag?"
„Da haben wir das Begräbnis von meiner Großtante Stephanie. Donnerstag?" Ich merkte, daß sie Donnerstag nicht konnte. „Es ist wichtig, weißt du, gerade am Anfang. Dann also am Donnerstag – sagen wir um drei."
Aurelia nickte stumm, packte die Noten in eine abgewetzte, beigefarbene Schultasche, holte eine rote Geldbörse hervor und sah mich fragend an. Geld. Mein Gott. Daran hatte ich nicht gedacht.
„Ich habe ganz vergessen, das mit deiner Mutter zu besprechen. Ich ruf' sie an und mach' mir das aus, O.K.?"
Während sie ihr Himbeerwasser austrank, betrachtete sie aufmerksam meine Schmetterlingssammlung.
„Komisch, andere Tiere hätten das nicht überlebt."
Unten, im Vorzimmer sah ich ihr zu, wie sie die unteren Enden ihrer verrutschten, verdrehten, nicht mehr ganz weißen Strumpfhosen in dunkelbraune Schuhe stopfte; sie mußte etwa

dieselbe Schuhgröße haben wie ich; von der halbgeöffneten Haustür sah ich ihr nach, wie sie langsam in Richtung Friedhof aus meinem Blickfeld verschwand.
„Und, wie ist es gelaufen?"
Meine Mutter stand im Vorzimmer; ich drehte mich endlich um schloß und die Haustür.
„Was gelaufen?"
„Mit dem Mädchen, die Klavierstunde."
„Na wie soll es schon gelaufen sein."
„Kommt sie wieder?"
„Aurelia?"
„Ja, wer denn sonst!"
„Donnerstag."
„Diesen?"
„Welchen denn sonst!"
Aurelia kam am Donnerstag. Und danach kam sie jeden Freitag. Jeden Freitag um fünf. Ich stellte meinen Stundenplan so um, daß ich um halb fünf Uhr zu Hause sein konnte, am Freitag. Ich lebte für diese Freitage. Aurelia machte Fortschritte. Ich machte keine. Die Szene auf dem Friedhof ließen wir (als hätten wir einen heimlichen Schwur geschworen, darüber ewiges Stillschweigen zu bewahren) unerwähnt. So unerwähnt, daß dann und wann leise Zweifel in mir hochstiegen. Hatte ich Aurelia tatsächlich an mich gezogen, im Arm gehalten, minutenlang, und ihren Duft in mich hineingesogen? Es mußte wohl so gewesen sein, denn ich erkannte ihn wieder, den Duft von damals in dem Duft, der nun meine Freitag-

Nachmittage erfüllte. Manchmal, wenn ich mich (unnötigerweise) so über Aurelia beugte, daß ich sie (zufällig) berühren mußte, ganz leicht, damit es niemandem auffiel, dann verstärkte sich dieser Duft ins Unerträgliche, beinahe Schmerzhafte. Es war derselbe Duft minus Buchsbaum. Mein Freitagnachmittagsduft war frei von Buchsbaum. Es war reiner Mädchenduft. Allerdings rief er in mir seltsamerweise Buchsbaumduft wach, ohne daß ein solcher im mindesten in der Luft gelegen wäre. (So wie reiner Buchsbaumduft – ganz ohne Mädchen – reinen Mädchenduft in mir wachrief.) Mädchenduft. Man weiß es, wenn man ihn zum ersten Mal riecht. Man erkennt ihn grundsätzlich daran: er kann unmöglich von einem Mann stammen. Mehr läßt sich dazu nicht sagen. Vielmehr: ich glaube nicht, daß es die Sache viel klarer machen würde, wenn ich mehr dazu sagen würde.

Aurelia, wie gesagt, machte Fortschritte, in gewisser Weise. In gewisser Weise, andererseits, machte sie keineswegs Fortschritte. Sie machte Rückschritte.

Ihre Nervosität ließ nicht nach. Im Gegenteil. Ich hatte den Eindruck, ihre Nervosität verschlimmerte sich in dem Maß, in welchem ihre Geläufigkeit zunahm. Es war eine seltsame Nervosität. Nicht so eine, wie ich sie hatte, wie jeder sie hat. Eine, die sich legt, sobald man sich konzentriert und versenkt; ich spürte, wie etwas in ihr aussetzte und etwas anderes die Stelle dieses Etwas einnahm, wenn sie mir ein Stück vorspielen sollte. Es geschah augenblicklich und verklang mit dem letzten Ton; wie ein gehetztes Tier saß sie da; als wäre eine

(starke) Bewegung in ihr plötzlich blockiert, während eine andere (ebenso starke) Bewegung sich gegen ihren Willen unkontrolliert abspulte; sie drohte über ihre eigenen Finger zu stolpern; es passierte nur gelegentlich, das Stolpern, doch der Raum war so unerträglich voll von der Möglichkeit des Stolperns, daß für nichts sonst Platz blieb.
Eine Weile tat ich erfolglos so, als würde ich das Stolpern nicht bemerken. Dann versuchte ich (erfolglos), sie über die Ursachen des Stolperns auszufragen. Bei all dem lobte ich sie. Ich nützte jede erdenkliche Gelegenheit, sie zu loben. Auf Gelobtwerden reagierte sie sehr empfindlich. Empfindlich ablehnend, empfindlich mißtrauisch. Freudlos.
Mein Loben erwies sich als besonders erfolglos, erfolgloser als alles, was ich sonst noch versuchte. Ich lobte sie weiter und hoffte, es würde am Ende von selbst vergehen, das Stolpern, mit der Zeit. Die Berechtigung für mein Loben und Hoffen schöpfte ich erstens: aus zwei jahrhundertelang bewährten Sprichwörtern (Lob spornt an, die Zeit heilt alles); und zweitens: aus einem eines Freitag nachmittags verpaßten Zug; der (von mir) verpaßte Zug machte mich zu einem zufälligen, absichtslosen Zuhörer. Ich stand (zuspätgekommen) unter meinem eigenen, weit offenen Fenster und lauschte meinem eigenen Klavier, welches (sich unbelauscht wähnend) ein Thema mit Variationen von Ludwig van Beethoven spielte.
Es stolperte nicht.
Das (tatsächliche) freitägliche Nichtstolpern verflocht sich in meinem Kopf mit der (angeblichen) sprichwörtlichen Wirkung

von Zeit und Lob. Das Geflecht war zwar äußerst abstrakt. Dafür aber wasserdicht. Absolut wasserdicht. In dem Geflecht aus Zeit und Lob und Hoffnung konnte ich mich in vollkommener Sicherheit wiegen. Es bestimmte mein Tun. Und natürlicherweise auch meines Tuns unentbehrliches Gegenspiel: mein Lassen.

Ich hatte von diesem Moment an, von dem Moment an, als ich absichtsloser Zeuge des Nichtstolperns wurde, eine Mission zu erfüllen, die meinen vollen Einsatz, meine volle Konzentration erforderte. Und so konnten die heimischen Singvögel (denen ich nicht weniger lästig erschienen sein mußte, als sie mir erschienen waren) schließlich aufatmen, und sich fortan glücklich schätzen, ihren unheimlichen Beobachter los zu sein. Und die Schmetterlinge? Ließ ich Schmetterlinge sein. Anders als die Ornithologie jedoch behielt die Lepidopterologie für mich stets einen symbolischen Wert. Über die Schmetterlinge, die lebenden wie die toten, breitete sich ein nachsichtiger Schleier durchaus angenehmer nostalgischer Gefühle. Beinahe zärtlich waren sie, die Gefühle, die ich nun für meine aufgespießten Schmetterlinge hegte und pflegte, besonders an Freitagnachmittagen; an Freitagnachmittagen zwischen fünf und sechs hegte und pflegte ich für meine aufgespießten Schmetterlinge Gefühle, die nur mit dem vergleichbar sind, was man beim Betrachten von Kinderphotos angesichts eines inzwischen erwachsenen Menschen fühlt; ein früherer, fremder Zustand, eine Art fremde Verwandtschaft, ja – durch all das Fremde hindurch spürte ich etwas Verwandtes; etwas

spürbar Gemeinsames lag in all dem, was meine feinsäuberlich aufgespießten Schmetterlinge von meiner freitagnachmittäglich klavierspielenden Aurelia so offenkundig unterschied.
An einem Freitagnachmittag im Juni, zwischen zwei Geläufigkeitsübungen, sagte meine Aurelia unvermittelt:
„Und soll ich im Herbst wieder kommen?"
Ferien, mein Gott.
„Natürlich kommst du wieder."
Auf das „tür" von „natürlich" legte ich ein unnatürlich barsches Gewicht. Barsch und gewichtig hing es in der Luft. Aurelia sah mich an und spielte weiter, während mich eine traurige Gewißheit überfiel; ich war keinen Schritt weiter gekommen; die Klavierstunden waren bislang immer noch das einzige, was uns verband.
Dabei wäre es falsch zu sagen, ich wäre ihr nicht näher gekommen. Manchmal kam ich ihr sogar verdammt nahe. Doch sie blieb immer gleich weit weg. Vielleicht war es auch genau umgekehrt. Vielleicht war ich es, der weit weg blieb, während sie mir immer näher kam. Schwer zu sagen. Fest steht, daß es sich um eine geometrische Unmöglichkeit handelte: die Entfernung blieb, während sie in der einen Richtung stetig abnahm, in der anderen Richtung konstant. Meine Verwunderung darüber hielt sich allerdings ins Grenzen. Die Sache mit Raum und Zeit hatte meine Aurelia nie so genau genommen. Das Nebeneinander, oder vielleicht sollte ich besser sagen: das Miteinander? Nein – das Durcheinander scheinbar unvereinbarer Zustände gehörte in Aurelias Fall zum Alltag.

Ihr Alter, zum Beispiel. Natürlich fanden sich gewisse Anhaltspunkte, die Schlüsse auf ihr tatsächliches (biologisches) Alter zuließen. Das heißt, genaugenommen waren es nur zwei Anhaltspunkte: ihre eigene ihr Alter betreffende Aussage, welche nur und ausschließlich durch die (ebenfalls von ihr stammende) Erwähnung der Tatsache erhärtet wurde, daß sie die dritte Klasse des Gymnasiums besuchte. Doch abgesehen von diesen (mehr als dürftigen) Anhaltspunkten gab es nichts, wodurch sich ihr Alter hätte bestimmten lassen. Sie hätte auch neunzehn sein können oder neunundzwanzig. Sie sah nicht aus wie neunzehn oder neunundzwanzig (wie ich mir Neunzehn- oder Neunundzwanzigjährige vorstellte), nein, doch sie sah auch nicht aus wie dreizehn; ihre Art zu sprechen, die auf ihre Art zu denken und zu fühlen schließen ließ, war nicht die einer Neunzehn- oder Neunundzwanzigjährigen (wie ich mir eben Neunzehn- oder Neunundzwanzigjährige vorstellte), nein; doch es war auch nicht die einer Dreizehnjährigen; Aurelia war weder frühreif noch war sie altklug, und sie war auch nicht alterslos. Die Frage ihres Alters wollte sich einfach nicht stellen, denn sie hatte – verwirrend gleichzeitig – jedes Alter. Und dann die Sache mit ihrer Anwesenheit und Abwesenheit. Ich meine damit nicht die bekannte Erscheinung einer an die Wirklichkeit grenzenden Vorstellung der Anwesenheit von jemandem, der tatsächlich abwesend ist; oder die eindeutige geistige Abwesenheit von jemandem, der körperlich anwesend ist; Aurelia konnte zur gleichen Zeit, körperlich wie geistig, ganz und gar anwesend sein und ganz und gar abwesend.

Ich legte dieses unnatürlich barsche Gewicht auf „tür" in dem Satz „Natürlich kommst du wieder" – und meine Aurelia verschwand augenblicklich und spurlos.
Sie sah mich an; sie spielte weiter; sie sprach mit mir; sie lächelte; sie hörte sich aufmerksam meine Einwände an; sie spielte alles noch einmal und korrigierte die Fehler, auf die ich sie aufmerksam gemacht hatte, so gut sie es eben konnte; sie bedankte sich höflich bei meiner pünktlich herbeigeeilten Mutter für das bereitgestellte Himbeerwasser; sie schrieb den von mir vorgeschlagenenen Termin für die nächste Klavierstunde nach den Ferien in ihre Noten; sie trank das pünktlich herbeigeeilte Himbeerwasser; sie antwortete auf meine belanglosen Fragen.
Und bei all dem war sie nicht da.
Wieder einmal hatte ich sie verscheucht; wieder einmal legte sie unsichtbare Flügel an, Schmetterlingsflügel oder Engelsflügel, etwas sehr Zartes, Buntes, jedenfalls, (gewiß keine Vogelflügel) und verschwand; das einzige äußere Zeichen ihrer Abwesenheit war die Abwesenheit ihres Leuchtens: wieder einmal hörte das Leuchten auf, das normalerweise von ihr ausging, es verschwand mit ihr von der Bildfläche; mit an Sicherheit grenzender Wahrscheinlichkeit war es noch da, innen, doch außen konnte ich es nicht mehr sehen; sie hatte sich der Außenwelt entzogen und befand sich an einem Ort, an welchen ich ihr nicht folgen konnte, vielleicht auch sonst niemand.
Ihr Verschwinden erfüllte mich mit zorniger Verzweiflung; ich ließ sie Stücke ankreuzen, die sie in den Ferien zu üben hatte,

mehr als sie je schaffen konnte; sie würde es gerade nicht schaffen; ich wußte das, zumindest spürte ich es; es war nicht das erste Mal; vielleicht wollte ich sie bestrafen, für ihre abwesende Anwesenheit; vielleicht wollte ich sie mit Gewalt zurückholen, von dort, wo sie war. Ich wollte sie sanft schütteln, wie eine Glühbirne, deren unvermutetes Erlöschen man hoffnungsfroh als Wackelkontakt deutet, als gewitterbedingten Stromausfall. Aurelia mußte wieder leuchten. Es blieb nicht mehr viel Zeit. Ein paar Augenblicke, mehr nicht. Aurelia legte wie immer das Geld aufs Klavier. (Ich sah wie immer nicht hin.) Aurelia wandte sich zum Gehen.

„Warte …"

Ich machte zwei Schritte. Ich riß meinen Schallplattenschrank auf. Ohne nachzudenken griff ich hinein.

„Da."

Ich hielt Aurelia eine Schallplatte hin. Es war eine neue Aufnahme der beiden letzten Klaviersonaten von Beethoven. Meine Mutter hatte sie mir zu meinem einundzwanzigsten Geburtstag geschenkt.

„Meine Lieblingsplatte."

Aurelia sah mich fragend an.

„Sie gehört dir."

„Warum?" fragte Aurelia und leuchtete wieder. Ich war erleichtert und konnte nicht denken.

„So", sagte ich (dämlich, aber glücklich), und zuckte mit den Schultern, „einfach so."

„Danke."

Wie immer folgte mein Blick dem Mädchen durch die halb geöffnete Haustür. Aurelia leuchtete. Sie würde sich nicht umsehen. Sie sah sich niemals um. Sie leuchtete und sah sich nicht um. Plötzlich sah sie sich um und winkte mir zu, meine Schallplatte fest unter den Arm geklemmt. Als sie hinter der Friedhofsmauer verschwand, leuchtete sie immer noch.

Vielleicht war die Frau-die-Aurelia-hätte-sein-können in eines der grell beleuchteten Geschäfte geirrt, (so wie ich in eins nach dem anderen geirrt war), weil sie einfach umherirrte (wie ich einfach umherirrte). Vielleicht. Immerhin war es nicht auszuschießen. Ich irrte weiter; die Geschäfte, eins nach dem anderen, saugten mich ein und spuckten mich angewidert aus; nur faßte ich jetzt keine Gegenstände mehr an; nur war es nicht mehr die unbefriedigte Müdigkeit, die mich zum Hakenschlagen zwang; es war die Enttäuschung, die mich zwanghaft weitertrieb, hinein und hinaus, die Enttäuschung, die brannte, mitten in mir. In den Hohlraum (mitten in mir), den mein enttäuschtes Herz mit Brennen gefüllt hatte, kurz nach dem unvermittelten Auftauchen und dem ebenso unvermittelten Verschwinden einer absurden Möglichkeit, schlich sich ein Funke Hoffnung; der hoffende Funke hätte das enttäuschte Brennen entfachen müssen; nur war ich müde, so müde, unendlich müde.

Ich taumelte in ein Schallplattengeschäft am Times Square; beinahe gedämpftes Licht empfing mich hier, eingebettet in beinahe Ruhe; (automatisch) bestieg ich die Rolltreppe, die mich (automotiv) abwärts trug.
Ein Softpopsong, der das Obergeschoß erfüllte, vermischte sich (während die Treppe mit mir langsam abwärts rollte), allmählich mit einer Opernarie, die sich nach und nach aus dem Popsong herausschälte; mein Blick glitt ziellos suchend über niedrige Regale mit hunderten (tausenden?) bunten Quadraten; kaum eine Menschenseele, die sie beachtet hätte.
Keine Spur von einer Frau-die-Aurelia-hätte-sein-können.
Jemand stand an einem Bildschirm und tippte etwas in eine Tastatur; er wandte mir dem Rücken zu; ich blieb am Ende der Rolltreppe stehen; er drückte Tasten, um nach einer Weile aus einem Schlitz einen schmalen bedruckten Zettel zu ziehen, den er kurz überflog; diesen Vorgang wiederholte er; zwanzigmal (dreißigmal?); schließlich warf er das Paket schmaler bedruckter Zettel in einen Papierkorb neben dem Computer. Zielsicher schlenderte er auf eines der Regale zu; leise klappernd blätterte er eine CD-Reihe durch, griff eines der bunten Quadrate heraus und vertauschte es mit dem vordersten, sichtbarsten in der Reihe; diesen Vorgang wiederholte er, an verschiedenen Stellen, zehnmal (zwanzigmal?); er war so in seine Arbeit vertieft, daß er mich nicht bemerkte; vorsichtig näherte ich mich dem Computer; es war ein Such-Computer für Kunden; ein beliebiges Stichwort lieferte eine Liste aller zugehörigen und in diesem Geschäft verfügbaren oder bestellbaren CDs; die Titel

ließen sich einzeln ausdrucken; der klappernd Blätternde hatte seinen Mantelkragen hochgeschlagen; er trug eine Sonnenbrille (zwei schwarze, leicht gewölbte, leicht abgerundete Rechtecke); ich bückte mich und faßte mit einer Hand rasch in den Papierkorb; ich erwischte das Zettel-Paket; alle Zettel trugen ein und denselben Suchbegriff, fett gedruckt; ich steckte die Zettel in mein Plastiksackerl; der klappernd Blätternde beendete sein klapperndes Blättern, trat einen Schritt zurück, sein Werk betrachtend, die Hände hinter dem Rücken verschränkt; unter seinem hochgeschlagenen, anthrazitfarbenen Mantelkragen blitzte weinrot ein Schal; er schlenderte (zielsicher) zur Rolltreppe; ich klapperte die Stellen ab, an denen er geblättert und getauscht hatte; überall prangte – sorgfältig und systematisch an die vorderste Stelle gesetzt – das Konterfei des Sängers, welcher sich nun in die Richtung seiner (nach oben gerichteten) Nase tragen ließ, ohne mich bemerkt zu haben und ohne mich zu bemerken.

Meine soeben noch unendliche Müdigkeit fand ein jähes Ende. (Ein warnendes Beispiel dafür, sehen Sie, welche Vorsicht doch geboten ist, beim Umgang mit endgültigen Begriffen dieser Art, ich hoffe, Sie zumindest lernen etwas daraus.) Ich war beinahe vergnügt; die Wahrnehmung dieser anderen Obsession ließ mir meine eigene Besessenheit in etwas milderem Licht erscheinen; ich fühlte mich weniger allein; beinahe vergnügt nahm ich eine der (systematisch sorgfältig) an die vorderste Stelle plazierten CDs aus einem Regal und wandte mich an den für die musikalische Berieselung des Untergeschoßes zuständigen Angestellten; ich ersuchte ihn, die CD für mich zu spielen; ich hatte nicht vor, sie mir anzuhören; mich vergnügte die bloße (nackte) Vorstellung, daß ich eine Obsession unterstützte; gewissermaßen vergnügte mich auch die Vorstellung, daß der Obsessive meiner Unterstützung nicht beiwohnte, nicht beiwohnen konnte, und sich stattdessen (vermutlich) auf dem Weg ins Hotel befand (nichtsahnend); und hinzu gesellte sich das allgemein menschliche Vergnügen, welches es bereitet, etwas zu wissen von einem Menschen, der nicht weiß, daß man es weiß. Während ich, beinahe vergnügt, auf der Rolltreppe nach oben fuhr, erklangen die ersten Takte des Wanderns eines Müllersburschen; seltsam zufrieden, ließ ich die Stimme des Sängers zurück, in einem riesigen menschenleeren Raum, ungehört; rasch vermischte sich die schmeichelrauhe Stimme mit den Heavy-Metal-Tönen aus dem Obergeschoß, die mich auf die Straße spuckten.

Der absurde Hoffnungsfunke, den die Frau-die-Aurelia-hätte-sein-können in mir entzündet hatte, war verglüht, desgleichen die Enttäuschung in dem Hohlraum mitten in mir, der nun keiner mehr war, weil er sich wieder mit dem gefüllt hatte, was sich dort normalerweise befand. Ich fühlte mich reif für das beigefarbene Zimmer (mit dem als Vogelnistkasten getarnten Klimagerät in der Fensterscheibe und dem lauernden Kaffee-Ersatz-Zubereitungs-Set), zu welchem mich ein verdächtig knarrender Lift von der Größe eines (aufgestellten) Doppelsarges bringen würde. Das brennende Gefühl der Enttäuschung über die Gerade-Nicht-Begegnung mit einer Frau-die-

Aurelia-hätte-sein-können war rasch und spurlos verschwunden und einer gespannten Vorfreude gewichen.
Die einzige Hürde, die ich noch zu nehmen hatte, würde darin bestehen, von mir selbst ungesehen an dem Spiegel vorbeizukommen, der vermutlich immer noch fast die ganze Wand bedeckte, von der Tür bis zum Fernsehapparat (um Größe vorzuspiegeln, mir oder dem Zimmer selbst, um Belebtheit vorzutäuschen, um unvermeidlichen Selbstgesprächen künstlich einen Anflug von Natürlichkeit zu geben, um den Anschein trauter Zweisamkeit zu erzeugen). Die Hürde war, wenn ich ehrlich bin, keine wirkliche Hürde, hatte ich doch die Kunst, Spiegeln auszuweichen, mich an Spiegeln vorbeizuschwindeln, mich in Spiegeln zu übersehen, zu höchster Vollkommenheit entwickelt; ich beherrschte sie (ohne mir jetzt schmeicheln zu wollen) meisterhaft; besonders, wenn es sich um Spiegel handelte, die mir bekannt waren oder um vorhersehbare Spiegel; Spiegel in mir unbekannten Badezimmern, zum Beispiel; Badezimmerspiegel waren beinahe zu hundert Prozent vorhersehbare Spiegel – in ihrer Existenz als solcher ebenso wie in ihrer konkreten Positionierung: immer war einer da, immer hing er am gleichen Ort; reine Routinesache also; sobald ich ein Badezimmer betrete, konzentriere ich den Blick des einen Augenwinkels (links oder rechts, je nach dem) auf die Oberkante des Waschtisches, über welchem der Spiegel unvermeidlicherweise zu hängen pflegt; der Rest meines Blickes erfaßt, geübt suchend, die Dusche (Duschkabine oder Badewanne mit Dusche, mit oder ohne Vorhang); ich drehe den

Wasserhahn auf (Badewassertemperatur, eher heiß); ich warte, bis der Raum von Wasserdampf erfüllt ist; die Wartezeit hängt vom Raumvolumen ab, von der Durchflußmenge pro Zeiteinheit und von der Temperatur des Wassers; der Einfluß der genauen Position des Spiegels im Raum ist erfahrungsgemäß ebenso zu vernachlässigen, wie seine genauen Maße zu vernachlässigen sind; sobald ich dann vor den Waschtisch trete (üblicherweise warte ich eine Minute länger als notwendig, um sicher zu sein), ertränkt der Wasserdampf wunderbar unrettbar mein Spiegelbild.

Ich nahm den kürzesten Weg zum Hotel. In meinem Zimmer machte ich kein Licht; es war nachthell; vorsichtig geradeaus blickend schob ich mich zwischen Bett und Spiegel zum Fenster; ich zog an einer Schnur; die Jalousie knallte auf den Vogelnistkasten; augenblicklich setzte ein dumpfes Brummen ein; Licht fiel nur mehr rechts und links des Nistkastens ein; ich zog mich aus; dem Spiegel kehrte ich trotzig den Rücken zu; meine Kleidung warf ich achtlos über den geöffneten, unausgepackten Koffer; das Kissen hinderte den Kopf federnd am Einsinken; er wehrte sich, der Kopf, versuchte erneut zu versinken, das Kissen federte zurück, erbarmungslos; der Kopf kämpfte einen aussichtslosen Kampf, der ihn ermüdete, ohne ihn zur Ruhe kommen zu lassen; indessen entspann sich, in eben diesem ruhelos sich ermüdenden Kopf, traumwach meine Lieblingsphantasie, welcher ich mich, von dem Moment an, als der Funke Hoffnung einer wahrhaftigen Begegnung mit Aurelia erloschen war, entgegengefreut hatte.

Phantasie mit Variationen. Im allgemeinen begann ich damit, meine Phantasie zunächst vorsorglich und mit größter Sorgfalt an einer Begegnung zu befestigen; manchmal war die Begegnung mit Aurelia zufällig, manchmal gespielt zufällig, manchmal sehr kompliziert geplant; in jedem Fall ließ ich sie (die Phantasie, die Begegnung, Aurelia, Aurelia mit diesem Mann, mit mir also – ganz wie Sie wollen) im Bett enden. (Das wird Sie jetzt wohl nicht besonders überrascht haben – ich habe auch, wenn Sie sich erinnern, niemals behauptet, es handle sich um eine besonders originelle Phantasie.) Es sei denn mein vorzeitiges Einschlafen hinderte meine Phantasie daran, sich bis zu diesem Punkt zu entspinnen. Das geschah vor allem dann, wenn ich die Befestigungsphase (zufällige, zufällig gespielte oder sehr kompliziert geplante Begegnung) wegließ, weil ich es umständehalber eilig hatte, zum eigentlichen Punkt zu kommen. Meist rächte sich meine Phantasie für die unvorsichtige und unzulässige Hast. Meine Phantasie hing, unbefestigt, in der Luft; ich war gezwungen, sie die ganze Zeit über mit Gewalt festzuhalten (mit beiden Händen, wenn Sie so wollen, und was das bedeutet, brauche ich Ihnen wohl nicht näher zu erläutern). Wann immer ich die Sache mit der Begegnung wegließ, zeigte sich unerbittlich ihre außerordentliche Wichtigkeit für die Variationen des eigentlichen Themas: sie lieferte den Stoff. Wie sollte ich Aurelia ausziehen, wenn ich nicht wußte, welche Kleidungsstücke ich ihr in welcher Reihenfolge auszuziehen hatte; wenn ich zuvor nicht minutiös festgelegt hatte, zu welcher Jahreszeit, bei welcher Witterung, um welche

Uhrzeit, an welchem Ort und bei welcher Gelegenheit wir uns begegnet waren; an welchem Ort wir uns daher im entscheidenden Augenblick befanden und welche Kleidungsstücke sie folglich überhaupt trug; wie sollte ich Aurelia berühren, sie streicheln, sie küssen, wenn ich nicht wußte, welche Stelle an welchem Punkt der Phantasie freigelegt sein konnte; es war doch auch nicht gleichgültig, durch welches Material hindurch ich sie berührte, streichelte, küßte; rauh oder glatt; ob ich eine weiße Seidenbluse aufknöpfte, Knopf für Knopf oder einen schwarzen Pullover hochschob; ob ihr BH sich vorne oder auf dem Rücken öffnen ließ; ob er Träger hatte oder nicht; ob sie überhaupt einen trug, unter der weißen Seidenbluse oder unter dem rauhen Baumwollpullover; enge lange Röcke mußte man in jedem Fall ausziehen; wo genau befand sich der Reißverschluß? Seitlich, hinten in der Mitte? Vorne? Oder waren es Knöpfe? Den Reißverschluß öffnete ich langsam oder mit einem Ruck; die Knöpfe immer langsam, vorsichtshalber, dann fiel es nicht auf, wenn ich mich ungeschickt anstellte; ein langer, enger Rock, der hinten geknöpft war, erforderte einen BH, der sich gleichfalls hinten öffnen ließ (trägerlos, am besten), und einen Pullover, den ich rasch hochschieben konnte; ein langer weiter Rock oder ein kurzer weiter oder ein kurzer enger, der sich dehnte, vereinfachte die Sache und machte sie spannend zugleich, weil er bis zum Schluß offen ließ, ob Aurelia ihn anbehielt; ich konnte zusehen, wie sich alles entwickelte und es einfach darauf ankommen lassen.

All das könnte den Eindruck erwecken, es handle sich um

etwas, das ich auf Knopfdruck abrufen konnte. Das konnte ich bedauerlicherweise nicht, nein. Leider.

Meine Phantasie durfte, bei aller dichterischen Freiheit, den Boden der Realität auf keinen Fall ganz verlieren. Sonst funktionierte sie nicht. Nur wenn sie in einer möglichen Wirklichkeit einen Angelpunkt fand, gelang es meiner Phantasie, mich einzufangen; nur wenn es mir gelang, Fäden von Wirklichkeit hineinzuspinnen, so hauchdünn sie auch sein mochten, konnte meine Phantasie mich fesseln; nur wenn sie einer wirklichen Möglichkeit nahe kam, gelang es ihr, mich zu durchdringen, sich in mich zu versenken.

Mit den Jahren wurde es immer schwieriger, meine Phantasie mit lebensnotwendigen Nährstoffen zu versorgen; der Boden der Wirklichkeit war ausgelaugt; Enttäuschungen wie die mit der Frau-die-Aurelia-hätte-sein-können waren ausgesprochene Glücksfälle.

Während mein Kopf sich vergeblich abmühte, sich in mein Kissen zu versenken, versenkte meine Phantasie sich mühelos in Aurelia, füllte sie und mich, uns beide, restlos aus, mit an Wirklichkeit grenzender Eindringlichkeit.

Ich begegne ihr am Times Square, direkt vor dem Virgin Megastore. Eine kühle Nacht im April. Ich bin ein berühmter Pianist. Mein Bild hängt in der Auslage, in Überlebensgröße. Ich bin nicht groß, aber schlank. Interessante Erscheinung. Hintergründiges Lächeln. Sie kommt mir entgegen. Sie trägt einen kurzen, grauen Mantel. Sie läuft geradewegs in mich hinein. Oh, sagt sie und lächelt, sorry. Da erkennt sie mich. Ihr Lächeln vertieft sich. Hallo, sagt sie nur. Ihr Gesicht, direkt vor meinem, leuchtet. Hallo, sage ich, und nehme es behutsam in meine Hände. Meine Lippen berühren die ihren. Sie sind so weich. Und kühl. Sie werden warm, auf meinen. Ich schlinge meine Arme um sie. Sie ist so zart. Ich öffne den losen Gürtel ihres Mantels. Ich umfasse ihre Taille, mit beiden Händen. Ganz leicht kreist meine Zunge auf ihren Lippen. Langsam sauge ich mich an ihrer Unterlippe fest. Plötzlich lasse ich Aurelia los. Ich nehme ihre Hand. Wir sprechen kein Wort. Es ist nicht weit zu meinem Hotel. Marriot Marquis. Die Rezeptionistin nickt mir lächelnd zu. Wir nehmen den gläsernen Lift. Mein Zimmer ist cremefarben. Durch die hellen, halbdurchsichtigen Gardinen fällt schwaches Licht. Ich stehe mit dem Gesicht zum Spiegel, der die Wand bedeckt. Ich hebe ihren Mantel über die Schultern nach hinten. Er fällt zu Boden. Sie trägt eine weiße Bluse, die sich glatt anfühlt, wie Seide, und leuchtet, im Halbdunkel. Ich befreie die Seide aus dem kurzen, grauen, rauhen Faltenrock. Im Spiegel sehe ich meinen Händen zu, wie sie unter die weiße Seide gleiten, über den seidigen Rücken streichen. Ich presse meine Hände auf ihren rauhen Faltenrock und streiche ihn nach oben. Meine tastenden Finger versuchen zu fassen, was darunter ist, ein kleines Stück Stoff, sie stoßen auf keinen Widerstand. Beim nächsten Nach-Oben-Streichen wird der spitzenbesetzte Rand von Strümpfen sichtbar, grau. Noch einmal streiche ich den Rock nach oben, etwas fester, etwas energischer; den Bruchteil eines Augenblicks sehe ich, daß das Ende der Strümpfe sich in nackter

Haut fortsetzt. Nichts sonst. Ich bin überrascht. Irritiert. Unmöglich. Wo, wann und wie hat sie ihr blütenweißes Etwas mit den Zacken rundherum ausgezogen? Und warum? Sie trägt es doch immer. Und ich war die ganze Zeit über bei ihr. Im Lift, als ich mit dem Drücken des richtigen Knopfes beschäftigt war? Da sitzt sie schon auf der Kommode vor dem Spiegel. Ich höre, wie ihre Schuhe zu Boden fallen. Kurzerhand klappe ich ihren Rock hoch. Ich seufze vor Erleichterung. Es ist da, das blütenweiße Etwas mit den Zacken rundherum. Meine Phantasie hat mir einen Streich gespielt. Langsam öffne ich die Knöpfe ihrer Bluse, taste nach dem Verschluß ihres weißen BHs. Nein, er ist nicht weiß, er ist durchsichtig, grau. Wie die Strümpfe. Und er läßt sich vorne nicht öffnen. Verdammt. Gott sei Dank sitzt sie vor diesem Spiegel. Ich schiebe ihre Bluse hinten hoch; ich kann den Verschluß im Spiegel sehen. Es ist keiner von den komplizierten. Gott sei Dank. Mit einer einzigen eleganten Bewegung könnte ich ihn öffnen, mühelos. Doch es gefällt mir, angezogen. Es glänzt seidig, vorne. Meine Lippen streichen leicht darüber. Es fühlt sich gut an. Vielleicht später. Ich schlinge ihre Beine um mich. Ich hebe sie auf und lege sie aufs Bett. Ich knie mich vor sie hin. Gleich werden meine Hände auf dem blütenweißen Etwas liegen. Die vier Finger der einen Hand werden unter den gezackten Rand des Etwas gleiten, ebenso wie die vier Finger der anderen Hand; gleich werden meine Finger die Zacken nach oben zerren, bis ich keine Zacken mehr sehe, kein weißes Etwas, nur mehr etwas Schwarzes, das sich in zwei Teile spreizt, mich blendet, in der Dunkelheit. Ich muß mich ausziehen. Ich habe keine Zeit mehr, mich auszuziehen. Gerade habe ich noch Zeit, die blütenweißen Zacken nach oben zu zerren. Während mein Kopf sich senkt, blendet mich der schmale weiße Streifen, der im Schwarz verschwindet. Ich sehe nichts mehr.

Ich wachte ganz plötzlich auf. Erst dachte ich, mein eigenes Schreien hätte mich aufgeweckt. Doch jemand stand neben meinem Bett und rüttelte mich heftig. Ich hörte auf zu schreien. In meinem Zimmer war es stockdunkel.
„Herbi! Um Gottes Willen! Ist alles in Ordnung mit dir? Hast du schlecht geträumt?"
Ganz im Gegenteil, hätte ich sagen können. Reflexartig wanderte meine Hand unter der Bettdecke abwärts. Sie ertastete etwas Klebriges.
„Du bist ja ganz naß."
Ich spürte die besorgte Hand meiner Mutter auf meiner Stirn.
„Du wirst doch kein Fieber haben."
„Alles in Ordnung, Mama, ich habe nur geträumt."
„Quält dich etwas? Hast du Probleme? Ist es das Studium? Doch nicht etwa ein Mädchen? Am besten, du gehst unter die Dusche."
„Gute Idee, Mama."
„Ich mache inzwischen dein Bett."

„Mama! Ich bin zweiundzwanzig!"
„Also gut ..."
Unschlüssig stand sie an der Tür.
„Wenn du noch irgend etwas brauchst ..."
„Ja, Mama, dann schreie ich."
„Dann also – gute Nacht ..."
„Gute Nacht."
Erschöpft lag ich eine Weile so da, die Augen fest geschlossen. Ich fühlte mich schwer und zerschlagen. Ich konnte mich nicht überwinden aufzustehen. Ich versuchte, noch etwas von dem Traum zu erhaschen, der mich zum Schreien gebracht hatte. Mist. Ich war zu plötzlich aufgewacht. Aufgeweckt worden. Mist. Er war noch in mir, der Traum, schemenhaft; da blitzte ein Bruchstück auf, klar und deutlich, dort noch eines; es gelang mir nicht, beides zu einem größeren, haltbaren Stück zu verbinden; so sehr ich mich konzentrierte, ich bekam weder das eine noch das andere zu fassen, schon gar nicht beide zusammen. Ich gab es auf. Mein Wecker tickte lautstark. Seine Leuchtziffern zeigten zwei Uhr fünfundzwanzig. Ich hatte ihn fünf Minuten vorgestellt, damit ich morgens fünf Minuten länger schlafen konnte. Also war es erst zwei Uhr zwanzig. Ich schleppte mich ins Badezimmer. Meinen Pyjama knüllte ich in die Waschmaschine, ohne einen (wie ich aus langjähriger Erfahrung wußte) zum Scheitern verurteilten Versuch unternommen zu haben, den klebrigen Fleck auszuwaschen. Meine Mutter würde kein Wort darüber verlieren. Sie hatte all die Jahre kein Wort darüber verloren. Wenn sie es überhaupt be-

merkte. Wäre das Klima in unserer Gegend nicht so ungünstig, hätte sie wahrscheinlich, um für den süßlichen Geruch eine ganz natürliche Erklärung finden zu können, schon vor Jahren eine Akazie vor dem Badezimmerfenster gepflanzt. (Hätte unser Badezimmer ein solches.) Eine Akazie von der ganzjährig blühenden Sorte. (Gäbe es eine solche.) Oder eine Zimmerakazie. Eine Badezimmerakazie. (Wäre jemand auf die Idee gekommen, eine solche zu züchten.)

Geduscht, gekühlt, trocken, wälzte ich mich im Bett, schlaflos. Ich trat an das offene Fenster und lehnte mich hinaus. Frühsommernachtsschwüle. Ich war einen Tag früher nach Hause gekommen als sonst. Ich erwartete Aurelia zu ihrer vorletzten Klavierstunde vor den großen Ferien. Den letzten Sommer hatte ich nur mit Mühe überstanden, ohne Aurelia. Diesmal wollte ich ihr einen Vorschlag machen. Würde sie ihn annehmen? Konnte sie ihn ablehnen? Es war harmlos. Doch es könnte die großen Ferien immerhin um zwei Wochen verkürzen. Ungefähr. Wenn sie meinen Vorschlag annahm. Sollte ich es gleich zu Beginn sagen? Nein, wahrscheinlich besser am Ende. Oder ungefähr in der Mitte. Oder doch am Anfang? Irgendwann schlief ich doch ein.

Als ich am nächsten Morgen erwachte, hatte ich immer noch keine Antwort auf meine wichtige Frage gefunden.

Schon die Art und Weise, wie Aurelia den kurzen Weg von unserem Gartentor bis zur Haustür ging sagte mir: heute war sie unbeschwerter als sonst.

„Du bist sicher froh, daß du jetzt bald neun Wochen keine

Schule hast", sagte ich (hoffnungsvoll), gleich nachdem ich ihr geöffnet hatte.
Aurelia sah mich verwundert an.
„Warum? Wie kommen Sie darauf?"
„Nur so."
„Ich gehe", sagte sie, „sehr gern zur Schule."
Das hatte ich so gut wie befürchtet, denn ich hatte es gewußt.
„Aha", sagte ich, als hätte ich es nicht gewußt, als hätten wir nie darüber gesprochen, als hätte sie es nie zuvor erwähnt, als wäre ich ganz und gar ahnungslos, „das ist ja sehr schön für dich." Und ich fügte hinzu, als ob es mir gerade erst eben eingefallen wäre: „Na, dann haben wir ja heute unsere vorletzte Stunde, oder?"
„Ja", sagte Aurelia, so fröhlich, daß es mir einen Stich gab. „Ja", wiederholte sie, strahlte über das ganze Gesicht und drehte sich den Klavierhocker zurecht.
Sie spielte mir die ersten beiden „Waldszenen" von Schumann vor. Sie stolperte weniger als sonst. Viel weniger. Beinahe gar nicht.
„Sehr gut", lobte ich sie, als sie geendet hatte.
Ausnahmsweise reagierte sie auf mein Lob mit einem entspannt leuchtenden Gesicht.
„Und was ist mit dem dritten Stück? Hatten wir nicht letztes Mal gesagt, du machst bis heute die ersten drei Stücke?"
Aurelias Gesicht erlosch. Sie blickte auf ihre Hände, die noch auf den Tasten lagen. Sie sagte nichts. Ich sagte nichts.
„Dann machst du eben bis nächste Woche vier. So", fuhr ich

dann fort, „und jetzt spielst du noch einmal das erste, da waren ein paar Sachen …“
Aurelia stolperte wieder, sie stolperte hoffnungslos. Ich hatte nicht anders gekonnt. Warum hatte ich nicht anders gekonnt? Instinktiv versuchte ich, durch Loben zu reparieren, was ich angerichtet hatte. Ich machte es schlimmer. Mühsam schleppte die Stunde sich dahin. Wir sprachen nicht viel.
„Machen wir Schluß für heute.“ Es war erst fünf Minuten vor sechs. „Wahrscheinlich hast du viel zu tun, kommende Woche“, sagte ich, als hätte ich selbst nie eine Schule besucht und nie die letzte Woche vor Schulschluß erlebt. „Also, es genügt, wenn du die nächsten zwei Stücke übst, bis zum Freitag. Sie sind ja ziemlich schwer.“
„Ja“, sagte Aurelia und lächelte ein wenig. „Wenn das Wetter weiter so schwül bleibt …“
Es dauerte eine Weile, bis der Satz in mein Bewußtsein sickerte; ich war noch damit beschäftigt, über die Sinnlosigkeit meiner Bemerkung von vorhin nachzudenken. Immerhin hatte ich nicht „für die Schule“ gesagt oder so etwas. Oder hatte ich es doch gesagt?
„Wie jetzt – schwül bleibt …?“
„Die Leute sterben wie die Fliegen, wenn es so schwül ist.“
„Schwül … ja, genau das wollte ich sagen“, beeilte ich mich zu sagen, „du hast sicher eine Menge zu tun, bei diesem Wetter. Es ist ja wirklich zum Sterben schwül. Kranzschleifen drucken und so, oder?“
Sie stand nur einen halben Schritt von mir entfernt. Erst jetzt

bemerkte ich, daß ihr dunkles Haar an diesem Tag besonders golden schimmerte; und sie hielt die Hände auf dem Rücken versteckt, was sie immer tat, wenn sie Reste von Goldstaub unter den Fingernägeln hatte. Wo blieb meine Mutter mit dem Himbeerwasser?

„Warte einen Augenblick", sagte ich hastig zu Aurelia, und öffnete die Tür. „Mama! Wolltest du uns nicht Himbeerwasser bringen?"

„Wolltet ihr denn welches?" rief meine Mutter von unten zurück.

„Du wartest hier, ja?"

Aurelia nickte. Als ich mit zwei gefüllten Gläsern zurückkam, hatte sie sich nicht von der Stelle gerührt.

„Setz dich doch." Auf die beiden Schalensessel deutend drückte ich ihr ein Glas in die Hand. Ich nippte an meinem Saft. Ich hatte zu viel Sirup hineingetan. Sehr viel zu viel. Es schmeckte scheußlich.

„Was wirst du in den Ferien so machen?"

„Ach, nichts Besonderes."

„Fährst du weg?"

„Nein."

„Also es ist so ...", begann ich.

Aurelia nippte an ihrem Saft. Sie verzog keine Miene.

„... ich habe da ein kleines Problem, und ich dachte ... ich dachte, du könntest mir vielleicht helfen."

„Ich?"

„Es ist nämlich folgendes. Ich spiele im August bei einem

Opernprojekt. Also, ich spiele den Cembalopart." Ich räusperte mich. „Es ist eine selten gespielte Oper ... ... eine so gut wie gar nicht gespielte Oper ... so selten gespielt, daß es gar keine gedruckten Noten für die einzelnen Instrumente gibt, nur so eine Art Buch, in dem alle Stimmen untereinander stehen ... du weißt schon, Partitur, ja ... mit dir hat es eigentlich gar nichts zu tun ... es ist nur so, man hat mich gebeten, die Stimmen für die einzelnen Instrumente zu kleben ... ich meine auszuschneiden und richtig zusammenzukleben ... und da dachte ich ... ich dachte, du ... du ... du könntest mir vielleicht beim Kleben helfen, beim Ausschneiden und beim Kleben ... natürlich nur, wenn du nichts anderes zu tun hast, meine ich ... selbstverständlich würdest du ..."

Ein himbeerrotes Glas bewegte sich vor meinem Gesicht langsam hin und her. Es wurde von einer Hand gehalten.

„Wie bitte? Hast du was gesagt?"

„Von – wem – ist – die – O – per – und – wie – heißt – sie."

„Acis und Galatea. Händel. Georg Friedrich."

„Und wie lange dauert das?"

„Die Oper?"

„Das Kleben."

„Oh, das kommt ganz darauf an."

„Worauf?"

„Wie oft und wie lange wir arbeiten. Und wie schnell." Ich überlegte. „So ein bis zwei Wochen vielleicht."

„Gut."

„Heißt das ja?"

„Ja."
„Gut." Großartig, wunderbar. Mein Gott. „Das ist sogar sehr gut." Ich griff nach ihrem Glas, das noch immer zu dreiviertel voll war. „Laß ihn einfach stehen. Schmeckt scheußlich, oder?" Aurelia lachte.
„Sie haben es wohl ein bißchen zu gut gemeint, mit der roten Farbe."
„Unerfahrenheit, wenn ich ehrlich bin. Es war mein erstes Mal." Verdammt. Ich spürte, wie mein Gesicht die Farbe des Himbeersaftes annahm, und eine etwas höhere Temperatur als dieser. Ich sah Aurelia von der Seite an. Nein, sie schien keinerlei Schlüsse zu ziehen. Ihr Gesicht hatte nichts von seiner sommersprossigen Blässe verloren. Hastig erhob ich mich aus dem unbequemen Schalensessel. „Wir sehen uns dann ja noch am nächsten Freitag, da können wir alles weitere besprechen." Ich wußte nicht, wohin mit dem Himbeersaft. Als ich mich im Vorzimmer von ihr verabschieden wollte, hatte ich die Gläser immer noch in der Hand. Ich trug sie in die Küche. Meine Mutter kam aus dem Wohnzimmer. (Zufall?)
„Ah, grüß dich Gott!"
„Grüß Gott."
„Wie geht's?"
„Danke."
„Jetzt hast du ja bald Ferien."
„Ja."
„Wie schön für dich! Du bist ja noch so jung. Mein Sohn hat ja praktisch nie Ferien. Ich sage immer zu ihm: Herbi, sage ich zu

ihm, du übernimmst dich. Eines Tages wird dir das alles zu viel, du wirst sehen. Das Studium, das Klavierüben, die Konzerte und alles. Jetzt hat er auch noch dieses Klaviertrio. Und zu alldem noch die Klavierstunden ... na ja, wenn man so jung ist wie du ..."

Ich kam aus der Küche. Aurelia verabschiedete sich höflich, aber eilig. Meine Mutter nahm eine Haltung ein, welche darauf schließen ließ, daß sie im Vorzimmer stehenzubleiben gedachte. Ich schloß hinter Aurelia die Haustür; dann schloß ich die Tür links neben der Haustür (von innen) und schob den Riegel vor. Durch das kleine Fenster sah ich noch, wie Aurelia die letzten Schritte zum Gartentor trottete, das Tor vorsichtig hinter sich zumachte und dann, als wäre sie von einer schweren Last befreit, in Richtung Friedhof lief; sie wippte auf und ab, so schien es mir, beim Gehen, in ihrem blauen Sommerkleid, auf und ab; es raschelte beim Gehen, das blaue Kleid, unten bedeckte es nicht ganz ihre Knie, und oben war es geformt wie ein großer Schmetterling mit einem kleinen Schmetterling in der Mitte; zwei ausgebreitete Flügel, und dazwischen, in der Vertiefung so eine Art Schleife; ich hatte nicht herausfinden können, ob es eine Attrappe war oder eine echte Schleife, eine, die tatsächlich etwas zusammenhielt, etwas, das auseinanderfallen würde, wenn man an einem Ende der Schleife zog.

Ich zog an dem weißen Emailgriff an der Kette, die mit dem Spülkasten verbunden war, und während dieser sich (dumpf rauschend) entleerte, beschloß ich, mir ein Auto zu kaufen.

Meine Mutter saß indessen, nichts ahnend, im Wohnzimmer

auf dem Sofa. Ich blieb etwas unschlüssig an der Tür stehen.
„Das Opernprojekt, Mama, du weißt schon ..."
„Ja?"
„Ich habe Aurelia gebeten, mir beim Schneiden und Zusammenkleben zu helfen; Gott sei Dank hat sie Zeit; ich wüßte gar nicht, was ich sonst getan hätte, ich wäre doch nie rechtzeitig fertiggeworden; üben muß ich ja auch noch."
„Aber Herbi, ich hätte dir doch helfen können!"
„Aber Mama, das geht doch nicht! Wie stellst du dir das vor. Das Haus, der Garten – du hast auch so mehr als genug zu tun. So etwas hätte ich nie von dir verlangt!"
„Ja, wenn du meinst, ich kann so etwas nicht."
„Das habe ich nicht gesagt."
„Aber gedacht wirst du es haben." Sie sprach, ohne die Stimme am Ende der Sätze abzusenken, auf einer Tonhöhe; die Hände hielt sie im Schoß gefaltet, die Schultern gebeugt und den Blick nach unten gerichtet.
„Nein. Ich habe es auch nicht gedacht."
Sie seufzte tief und schweigend und ging in die Küche. Ich folgte ihr und verwarf den Gedanken, ihr von dem Auto zu erzählen, das ich kaufen wollte. Ich berührte sie leicht an den Schultern.
„Mama, ich ..."
„Ist schon in Ordnung, nur momentan ...."
In Ordnung war gar nichts, und nichts war momentan; der momentan außerordentliche Zustand würde noch Stunden anhalten, möglicherweise das ganze Wochenende. Die Luft würde durchzogen sein von unsichtbaren Fäden, die unsere

Blicke in die Irre leiten würden, kreuz und quer, in denen unsere Worte sich verfangen würden, ausweglos; ich würde um ganz normale Fröhlichkeit bemüht sein, um ganz normale Freundlichkeit, um ganz normale Besorgtheit; doch sobald dieser Zustand uns beide umfing, war ich seltsam unfähig, mich an den normalen Zustand zu erinnern; es erschien mir plötzlich schwierig, ja unmöglich, das Leben an den richtigen Stellen zu betonen und an den richtigen Stellen nicht zu betonen. (Sehe ich ihr in die Augen, normalerweise, wenn ich sie ersuche, mir den Zucker herüberzureichen? Lächle ich normalerweise dabei? Lege ich eine Betonung auf „bitte", normalerweise?) Die Bedeutung der Worte würde bedeutungslos sein, vereinnahmt von der Bedeutsamkeit der Betonungen. Das Wochenende würde erfüllt sein von Betonungen; von unrichtigen Betonungen, auf die, erschrocken, unrichtige Unbetonungen folgten; getrennt durch unrichtige Pausen, zu kurz oder zu lang; ich würde ihrer im selben Augenblick gewahr werden: der falschen Betonung ebenso wie der falschen Pause, und es würde genau diesen einen Augenblick zu spät sein.

Zu einem Zeitpunkt, den ich weder bestimmen oder beeinflussen konnte oder vorhersehen, würde sich der normale Zustand wieder einstellen, zwischen meiner Mutter und mir. Die gespannten Fäden würden verschwunden sein, unsere Blicke würden aufhören, sich darin zu verfangen, ebenso wie unsere Worte, deren Bedeutung ihr ursprüngliches Gewicht wiedererlangen würde. Irgendwann würde ich aufgehört haben, neben mir zu stehen, mir selbst lauschend, mir selbst zusehend. Ich würde in mich zurückgekehrt sein. Doch ich würde nicht wissen, wann und warum dies geschehen war. Denn der normale Zustand würde dadurch eintreten, daß ich das Bewußtsein verlor.

Ich verschwand in meinem Zimmer, um zu üben. Der außerordentliche Zustand, der ursprünglich nur den Raum zwischen meiner Mutter und mir erfaßt hatte, weitete sich aus. Ich spürte, wie er sich nun in mir ausbreitete, ohne daß ich es hätte verhindern können. Hilflos sah ich meinen Fingern zu, wie sie Tasten niederdrückten, schwarze und weiße, ich sah mich Pausen machen, Akzente setzen ... Nicht Musik war es, was meine Hände hervorbrachten; es war nicht ich; es war nur Schau-Spiel.

Ich konnte nichts dagegen tun.

Erst mehr als eine Woche später sollte ich den Zustand der Bewußtlosigkeit wiedererlangen; meine Bewußtlosigkeit sollte eine Stufe höchster Vollkommenheit erreichen, wie ich sie nie zuvor erlebt hatte.

Am Freitag kam Aurelia zu ihrer letzten Klavierstunde vor den großen Sommerferien. Ich erlebte sie noch unbeschwerter als beim letzten Mal; ich achtete darauf, ihre Unbeschwertheit nicht durch unbedachte Worte oder Handlungen zu stören. Beinahe übermütig spielte sie Schumanns „Waldszenen", Nummer eins bis vier. Sie stolperte kaum merklich, nur ein winziges bißchen. Sie trug Jeans und eine blütenweiße Bluse; ihre Haare hatte sie hinten oben zu einem unbeschwert wippenden Roßschwanz zusammengebunden, mit einer Spange in Form eines kleinen roten Schmetterlings. Ich hatte höchstpersönlich trinkbares Himbeerwasser bereitgestellt. Wir saßen in den Schalensesseln. Wir besprachen die Einzelheiten des Ausschneide-und-Klebe-Projekts. Montag früh? Neun Uhr? Montag früh, neun Uhr. Ihr Roßschwanz mit dem roten Schmetterling wippte. Die Stiegen hinunter ins Vorzimmer, den kurzen Weg zum Gartentor und immer weiter.

„Herbi? Ich werde euch den großen Tisch im Wohnzimmer freimachen, zum Ausschneiden und Kleben, meine ich – da habt ihr genug Platz und genug Licht, da könnt ihr euch so richtig ausbreiten!"

In der Stimme meiner Mutter schwang verdächtig vorsätzliche Munterkeit. Etwas in dieser Art hatte ich erwartet. Ich war vorbereitet.

„Nein", sagte ich und drückte ihr die leeren Gläser in die Hand, „nein, das geht nicht, das geht wirklich nicht. Wir müssen das in meinem Zimmer machen. Wie ich das sehe, werden wir auch den Fußboden brauchen, weißt du; es ist ziemlich viel Material, und ich kann das Geschnipsel nicht jeden Tag wegräumen ... das Licht wäre im Wohnzimmer natürlich viel besser – na ja, es geht eben nicht anders." Bedauernd seufzend schüttelte ich den Kopf. „Leider."

„Hoffentlich schadet das deinen Augen nicht."

„Ja, hoffentlich." Ich seufzte noch einmal (eine Sekunde lang war ich tatsächlich besorgt um mich). „Ich fange dann schon einmal an, meinen Schreibtisch abzuräumen. Vielleicht übe ich auch noch ein wenig."

„Soll ich dir ein belegtes Brot bringen?"
Ich schüttelte den Kopf.
„Danke, ich habe keinen Hunger." Ich verzog mich in mein Zimmer.
Ich verbrachte das Wochenende freudig pochenden Herzens. Es pochte in meinen Händen, die feinsäuberliche Stöße von Kopien und leerem Papier auf meinem Schreibtisch anordneten, in Schubladen nach Klebstoff und Scheren wühlten, Sitzgelegenheiten nach oben schleppten, und wieder nach unten, weil sie nicht paßten; es pochte in meinen Schläfen, in meine Schädeldecke hinein und durch meine Gedanken, die sich sorgfältig einen Arbeitsorganisationsablaufplan zurechtlegten; es pochte in meiner Kehle, wo es die Durchlässigkeit für jegliche Aufnahme von Nahrung oder Flüssigkeit erheblich erschwerte; in meinen Fingern pochte es, die stundenlang Acis und Galatea übten; in meiner Stimme pochte es, sobald ich diese erhob, was ich sicherheitshalber weitgehend unterließ; es pochte in meinen Augen, wenn ich sie schloß, um Aurelias Bild wachzurufen, wie sie auf dem Fußboden kauern würde, neben mir; und während es in meinen Augen pochte (in meiner Stimme, in meinen Fingern, in meiner Kehle, in meinen Händen), pochte es unentwegt zwischen meinen Beinen.
Die Nacht von Sonntag auf Montag wälzte ich mich, pochend erregt, ohne Schlaf zu finden. Noch immer war es schwül, unerträglich, zum Sterben schwül. Die Methode, ein Klavierstück, das ich schlecht auswendig konnte, im Kopf durchzuspielen, funktionierte ebensowenig wie der Trick mit dem

minutiösen, monotonen Aufzählen sämtlicher Exemplare meiner Schmetterlingssammlung; immer wieder flatterte ein Mädchen dazwischen; und doch gelang es mir nicht mehr, ein klares Bild des Mädchens wachzurufen; vielleicht war es das Pochen in mir, das ihre Konturen flimmern ließ, vor meinem inneren Auge; vielleicht war es ihre übergroße Nähe, die sie verschwimmen ließ; so nahe war sie schon, nur mehr ein paar Stunden lagen zwischen ihr und mir.

Als ich das nächste Mal auf meinen Wecker sah, leuchteten seine Leuchtziffern nicht mehr; achtuhrzwanzig; ich sprang aus dem Bett und verlor, weil außen keine Sekunde Zeit war und in mir drinnen kein Millimeter Raum für Gedanken irgendwelcher Art, mein Bewußtsein; verlor es so nachhaltig, daß mir von dem, was in den nächsten Tagen geschah, nur eine schleierhafte Erinnerung geblieben ist; nur schleierhaftes Stückwerk, solange, bis mein Bewußtsein wieder über mich hereinbrach.

Ein Schleier aus Lachen, aus Reden, aus ernsten Worten, aus Plaudern, aus Papier, aus klebrigen Händen, aus Notenlinien, aus einem Glas Himbeersaft, das sich im richtigen Augenblick scherzend über den Tisch ergießt, die Arbeit eines Tages in Kichern ertränkend; ich spiele Klavier und singe dazu, Sopran, Alt, Tenor, Bariton; o ruddier than the cherry, o sweeter than the berry, o nymph, more bright than moonshinenight; Aurelia kauert auf dem Boden; belustigt bewunderndes Lachen entschlüpft ihrer halboffenen weißen Bluse, ohne Ärmel; eine Zeile der Cellostimme ist unauffindbar; sie kriecht vor und zurück, in ihrem blauen Schmetterlingskleid; nackte Füße; Rascheln; ich kann zwei kleine Hügel sehen, von dort oben, wo ich sitze, am Klavier, kleine, vorwitzige braune Gipfel blitzen auf blassen Hügeln, einen Moment unbewacht von einem pflichtvergessenen Schmetterling; ein Schmetterling in ihrem Haar, Schmetterlinge in meinem Bauch, Schmetterlinge in meinen Beinen, dazwischen überall nichts als Schmetterlinge; lächelnde Abschiede, zwischen Tür und Angel; bis morgen; nachts ein Schleier glücklicher Erschöpfung und keine Spur von Bewußtsein; meine Mutter hinter einem Schleier von hastigem Frühstück verschwunden; Schulgeschichten, Internatsgeschichten, Lieblingsspeisen; ein belegtes Pausenbrot verschwindet zwischen weichen Lippen; Essiggurkensaft tropft in einen Spalt, zwischen blasse Hügel; eine Zunge hält sich im Zaum; schmerzhaftes Ziehen, gelöst von einem Scherz; konzentriertes Geräusch einer Schere; atemloses Warten auf eine Zungenspitze, die jeden Moment, gespannt zwischen roten Lippen auftauchen muß; Plaudern, Lachen, leicht, unbeschwert; zwei Stühle, die einander näherrücken, eine Stirn, die eine andere berührt; schwüle Hitze; eine Schweißperle zieht bedächtig eine breite, mattglänzende Spur von einem dunklen Härchen bis zu einem Ellenbogen; ich auf dem Boden kniend, das Mädchen am Schreibtisch sitzend; kurze Hosen schieben sich zwischen zwei langen Beinen faltig zusammen; zwei kleine Pölsterchen, wenn ich genau hinsehe; ich sehe genau hin; das Mädchen klebt eine Zeile Noten aufs Papier; mein Blick klebt auf den kleinen Pölsterchen; das Mädchen fragt mich etwas, ich sage etwas; wir sollten eine Pause machen; dringend; der Boden ist mit Papier übersät; und die Schalensessel; ich hole belegte Brote und Orangensaft aus der Küche; meine Mutter fragt mich etwas, ich sage etwas; ich komme zurück, Aurelia sitzt auf dem Bett, auf meinem Bett; ist ja sonst nichts frei; wir wollen nicht auch noch Orangensaft über das Papier gießen; das Tablett schwankt gefährlich zwischen uns auf dem Bett; ich stelle es auf den Boden, klirrend und rutsche näher, automatisch; sie trägt einen weißen BH unter ihrer weißen Bluse; große, aufmerksame Augen, als meine Lippen sich den ihren nähern. Ich umarme sie, ganz fest, und presse meine Lippen auf die ihren. Bett. Es ist überall weich, unter mir. Ganz fest an mich gepreßt liegt Aurelia mit mir auf meinem Bett.

Ihre Lippen sind nicht weich; vielleicht, weil ich meine so fest auf ihre presse; ich stelle mich ungeschickt an, bestimmt stelle ich mich ungeschickt an, sonst wären ihre Lippen weicher; sie wäre weicher; ich wünschte, sie wäre so weich, wie sie immer war. Sie löst ihre Lippen von meinen und biegt ihren Kopf zurück. Ganz leicht streicht sie über meine Wangen.

„Du erdrückst mich", flüstert sie.

Ich löse mich von ihr, und ich fange an, ihre Bluse zu öffnen, während Aurelia mir aufmerksam zusieht. Die Tür meines Zimmers ist nicht abgeschlossen; der Schlüssel steckt, doch nein, ich kann sie nicht abschließen, ich kann sie unmöglich abschließen.

„Ich liebe dich, Aurelia", flüstere ich, und weiß, noch während ich es sage: es ist der falsche Moment.

„Ich weiß", sagt Aurelia und lächelt.
Meine Hand zittert, als ich sie in Aurelias Bluse gleiten lasse. Mein Herz pocht so heftig in mir, daß ich nicht mehr sicher bin, ob nicht ich es bin, der pocht. Hinter meinem Verlangen, meine Hand weiter auf Entdeckungsreise gehen zu lassen, lauert die Angst, meine Mutter könnte hereinkommen; ich lasse sie nicht zu. die Angst; meine Hand liegt auf einem flachen, weichen, warmen Stück Haut und wagt sich nicht weiter nach unten. Statt dessen drücke ich meinen Körper wieder fest an ihren, dort, wo meine Hand sich nicht hinwagt; dort, wo meine Hand jetzt zu liegen kommt, stößt sie auf rauhen Stoff, doch darunter muß es warm und weich sein, weich und fest; wäre es doch ein Rock, ein Kleid; ich muß auf der Stelle aufhören; der Schleier verdichtet sich; wenn ich jetzt nicht aufhöre, genau an dieser Stelle, dann passiert etwas; der Schleier ist undurchdringlich geworden; warum ist es nicht ein Kleid, ein Rock ...
„Deine Mutter."
Mit einem Ruck setzte ich mich auf.
„Deine Mutter könnte jeden Augenblick zur Tür hereinkommen."
Schlagartig und schmerzhaft endete der Zustand meiner Bewußtlosigkeit. Ich starrte das Mädchen an, das noch immer auf meinem Bett lag und konnte es einfach nicht glauben. Ich starrte sie an, wie sie ruhig ihre Bluse zuknöpfte, wie die zwei weiß verschleierten Hügel verschwanden, wie sie sich aufsetzte, neben mich, wie sie ein wenig von mir abrückte und die Bluse in ihre Shorts stopfte.
Gerade eben hatte sie unsere Gläser mit Orangensaft vom

Boden aufgehoben, als meine Mutter (ohne angeklopft zu haben, wie mir schien, doch ich will nicht ausschließen, daß das Klopfen meines Herzens ein Klopfen meiner Mutter übertönt hatte) in der Tür stand.

„Ihr habt ja noch gar nichts gegessen!"

„Ich mache", sagte Aurelia ernsthaft, „gerade eine Diät."

Dem ungläubig mißtrauischen Blick meiner Mutter begegnete das Mädchen mit einem zufriedenen Strahlen, das so etwas wie: Man merkt es schon, nicht wahr? ausdrückte. Aurelias Geistesgegenwart gab mir Zeit und machte mir Mut.

„Du stehst auf der ersten Violine, Mama."

„Dann nehme ich das Tablett gleich mit."

Meine Mutter verschwand.

Ich legte meinen Arm um Aurelia, die eingehend das leere Glas betrachtete, das sie zwischen ihren Händen drehte.

„Sie hat die Gläser nicht mitgenommen."

„Ja."

„Ich muß jetzt gehen."

„Nicht … noch nicht …"

Ich zog sie an mich. Ich küßte sie, vielmehr versuchte ich sie zu küssen, während ihre Lippen versuchten, sich wegzudrehen und meine Lippen versuchten, der Drehung zu folgen. Sie sah auf die Uhr.

„Ich muß jetzt gehen."

„Wir müssen die Arie noch zu Ende machen."

„Ich habe aber versprochen, um fünf zu Hause zu sein, es ist schon fünf vorbei."

„Und ich muß die fertigen Stimmen am Montag abgeben."
Aurelia sagte nichts mehr und setzte sich zum Schreibtisch. Sie war unruhig. Ich dachte an nichts anderes, als daß ich sie noch einmal küssen mußte. Als wir fertig waren, versuchte ich es. Sie war nicht weich. Sie entwand sich mir.
„Erinnerst du dich, damals, im November, auf dem Friedhof, als dein Großvater gestorben ist?"
Aurelia runzelte die Stirn und nickte stumm. Ich kramte in einer Lade meines Schreibtisches. Ich hielt ihr ein Kuvert hin, das ein Päckchen Photos enthielt.
„Ich habe sie für dich gemacht. Zur Erinnerung."
Aurelia blätterte sie durch. Frontal von vorne; schräg von hinten; von links; von rechts; auf nächster Nähe; aus einiger Entfernung; im Ganzen; im Detail; die Weihwasserschale; die trauernden Tauben; die golden eingravierten Namen der Grabbewohner; Aurelias Tante Aurelia, wie sie im Alter von etwa drei bis vier Jahren die Hände gefaltet hielt, einem Engel gleich, der meiner Aurelia zum Verwechseln ähnelte. Nicht ganz. Der Blick meiner Aurelia war nie so fromm gewesen, nie so entrückt; jetzt hing er auf der verwaisten, silbrig-grau verwitterten Bank; er ruhte dort sehr lange; so lange ruhte Aurelias Blick auf dieser Bank, die sich wohl immer noch in Gemeindeeigentum befand, daß meine Nerven sich spannten.
„Freust du dich?"
Sie sah mich an, seltsam prüfend, forschend.
„Ja, natürlich freue ich mich. Danke."
„Ist etwas?"

Aurelia schüttelte den Kopf. Der Abschied von Aurelia im Vorzimmer war kurz und verlegen förmlich. Sie hielt den Kopf gesenkt, als sie zur Tür hinausging, den kurzen Weg zum Gartentor; sie hob ihn nicht; als ich sie hinter der Friedhofsmauer aus den Augen verlor, hatte sie ihn noch immer nicht gehoben.

Nach etwa einer halben Stunde fruchtlosen Umherirrens im Central Park, auf der Suche nach einem bestimmten Buchsbaumbusch (dem einzigen, vielleicht, im ganzen Central Park) in der Nähe einer bestimmten Parkbank, gab ich auf und setzte mich schließlich dort hin, wo ich gerade stand; der Pappbecherkaffe, den ich in einem Coffeeshop in der Nähe des Hotels gekauft hatte, war inzwischen kalt geworden, gerade so kalt, daß sich seine vormalige Wärme noch erahnen ließ; die Zuckerschnecke wand sich in ihrer Papiertüte und schnitt dunkle, hämische, klebrig-fette Grimassen durch das hellbraune Tütenpapier.

Die Tatsache, daß ich den Buchsbaumbusch, auf dessen Suche ich mich in aller Herrgottsfrühe begeben hatte, um vielleicht einen frischen, aromatischen Zweig zu pflücken, bereits zum zweiten Mal nicht wiederfinden konnte (und auch sonst keinen Buchsbaumbusch), wertete ich als sicheres Zeichen dafür, daß die Frau-die-Aurelia-hätte-sein-können nicht Aurelia

gewesen sein konnte. (Ich weiß; Sie haben recht, ja, Sie haben zweifellos recht – doch so funktioniert meine Beweismethode eben, und glauben Sie mir: es ist im jahrelangen Selbstversuch erfolgreich erprobt, nun sogar in Amerika!)
Ich trank den (vormals warmen) Kaffee und bereitete dem (klebrig-fetten hämischen) Grinsen der Zuckerschnecke ein brutales Ende. Sie nahm Rache; sie hinterließ ihre ekelhaften Spuren auf mir, auf meinem Mund, auf meiner Nasenspitze, auf meinem Kinn, auf meinen zu klein geratenen Händen. Ich überlegte, ob sich in meinem Plastiksackerl so etwas wie ein Spurenbeseitiger befinden konnte; das Erfrischungstuch von meinem letzten Flug, zum Beispiel; nein, das Erfrischungstuch konnte sich nicht in meinem Plastiksackerl befinden, denn ich hatte es (wie schon so oft) nicht mitgenommen; stattdessen führte ich jetzt einen frischen Zahnstocher und Pfefferundsalzundzucker (in einem neuartigen Kompaktpäckchen) mit mir. Ich haßte Erfrischungstücher. Also begab ich mich mit klebrigen Händen zur Probe in die Carnegie Hall.
Acht Minuten zu früh traf ich im Großen Saal ein. Der Sänger erwartete mich bereits. Ungeduldig. Er hustete leise und sah auf die Uhr. Immerhin tauschten wir ein knappes „Hallo“ aus. Ein schlaksiger blasser Jüngling saß neben dem Klavier. Der Umblätterer. Umblätterer schienen grundsätzlich blaß und schlaksig zu sein. Ich konnte ihm unmöglich die Hand geben. Ich beschränkte mich auf ein freundliches Nicken und legte mein Plastiksackerl aufs Klavier. Als ich im Begriff war, mich zu entfernen, um meine Hände von den Klebespuren zu befreien,

sah der Sänger wieder auf die Uhr und hustete, diesmal etwas lauter. Ich hatte einige Mühe, in dem Gewirr von Gängen hinter der Bühne einen Ort mit Waschbecken und Seife zu finden. Am Ende blieben immer noch vier Minuten, um mich einzuspielen, während der Sänger wieder hustete und wieder auf die Uhr sah.
„Können wir endlich anfangen."
Ich sah meinerseits auf die Uhr (sie zeigte elf Uhr Punkt) und hustete.
„Wie Sie wollen. Anfang?"
„Ja, Anfang."
Seine Intonation bewegte sich an der Untergrenze. (Das war – für den Fall, daß Sie noch nie mit Sängern zu tun hatten – eine beschönigende Umschreibung für: er sang zu tief.) Es mochte an der frühen Morgenstunde liegen, vielleicht auch an seiner Gereiztheit, jedenfalls beunruhigte es mich nicht weiter, denn es war sonst nicht seine Art, zu tief zu singen.
„Das Klavier ist ja total verstimmt, hören Sie das nicht?"
„Möglicherweise, ein bißchen, ja, jetzt, wo Sie es sagen. Es wird sicher noch gestimmt, vor heute abend."
(Es hat keinen Sinn, glauben Sie mir, sich auf Diskussionen mit entnervten Sängern einzulassen. Tun Sie das niemals. Das einzige, was Sie tun können, ist, beruhigend auf sie einzuwirken, sehr behutsam allerdings, eher beiläufig und nebenbei, ganz unbetont, denn die leiseste Wahrnehmung einer betont beruhigenden Absicht verschlimmert erfahrungsgemäß nur den Zustand. Ich bin an solche Zustände gewöhnt, in gewisser Weise habe ich sogar gelernt, sie zu verstehen. Man stelle sich einmal

vor, so etwas Unzuverlässigem wie seiner eigenen Stimme ausgeliefert zu sein, auf Gedeih und Verderb. Vor zweitausend ebenso erwartungsvollen wie erbarmungslosen Zuhörern zu stehen, ohne sicher sein zu können, ob die Stimme nun anspringen wird oder nicht und wenn ja, dann wie. Ich meine, am Klavier, da schlage ich eine Taste an, und – peng, der Ton ist da. Alle Töne sind einfach da, es sei denn, jemand hat einen Sabotage-Anschlag verübt oder sich einen dieser spätpubertären Scherze erlaubt, die einen Original-Bösendorfer in ein Original-Saloon-Klavier verwandeln: ein Stück Transparentpapier über die Saiten gelegt zum Beispiel oder eine dünnes Kettchen. Zu Studienzeiten hatten wir das gelegentlich mit abgerissenen WC-Spülungsketten praktiziert. Das ist unangenehm, für den Pianisten, gewissermaßen auch für den WC-Besucher, ja, doch leicht zu beheben. Und die Töne sind trotz allem da, wenn auch vorübergehend in etwas ungewohnter Klangfarbe. Für die grundsätzliche Verfügbarkeit der Töne hat die Klavierfabrik gesorgt; Sie müssen nicht das geringste dazu tun, außer sie im richtigen Moment in der richtigen Reihenfolge zu treffen. Aber die Stimme? Stellen Sie sich einmal einen beliebigen Ton vor. O.K. Und jetzt versuchen Sie einmal, ihn zu treffen. Und zwar pianissimo. Sicher, Sie sind kein Sänger, werden Sie sagen. Nur, ich sage Ihnen – das Prinzip ist bei Sängern nicht anders. Manchmal stelle ich mir vor, für Sänger muß Singen so ähnlich funktionieren wie Sex: wie lustvoll auch immer es sein mag, die Angst vor diesem winzigen, unbedeutenden Restrisiko, diese Angst werden wohl auch die

Besten und Erfahrensten nicht los, in gewissen Momenten.)
„Na, hoffentlich stimmt es dann auch."
„Die haben hier einen der weltbesten Klavierstimmer, soviel ich weiß."
„Das sagen Sie."
Er zog ein Taschentuch hervor und wischte sich den Schweiß von der Stirn. Es war nicht besonders warm im Saal. Er hatte erst ein Lied gesungen. Ich fing an, mir Sorgen zu machen.
„Machen wir weiter."
„O.K. Ich nehme an, Sie wollen das meiste ohnehin nur ansingen."
„Glauben Sie etwa, ich singe das komplette Programm an einem Tag zweimal?"
„Nein, glaube ich eben nicht."
„Warum sagen Sie dann ‚ich nehme an'?" fuhr er mich an.
Etwa drei Augenblicke später entschuldigte er sich. Zwei Augenblicke hatte er gebraucht, sich dazu durchzuringen. Es fiel ihm auch dann nicht gerade leicht.
„Tut mir leid", sagte er widerwillig und wischte sich mit dem Taschentuch übers Gesicht, „ich bin wohl etwas nervös."
„Haben Sie Fieber?"
„Nein … es ist nur … ich fühle mich nicht ganz auf der Höhe, körperlich."
„Hören tut man's nicht."
Ich weiß nicht, ob es mir gelungen war, den Sänger zu beruhigen. Er sagte nichts darauf und wischte sich noch einmal über die Stirn. Der blasse Umblätterer hatte unseren Wortwechsel interessiert verfolgt. Bei Liederabenden umzublättern, ist keine

große Kunst. Man braucht nur den Text mitzulesen. Trotzdem nutzte ich die Gelegenheit, mit dem blaß-schlaksigen Jüngling die heiklen Umblätterstellen sehr genau durchzugehen, wann er genau blättern sollte und vor allem: wann nicht.

Ich spürte, wie sich Schweißperlen bildeten, auf meiner Stirn, zwischen meiner Oberlippe und meinen Nasenlöchern. Gleich würden meine Hände sich mit einem dünnen feuchten Film überziehen, und ich würde ausrutschen, auf den Tasten. Ich spielte auswendig, schon eine ganze Seite lang spielte ich ganz und gar unfreiwillig aus dem Gedächtnis eine Abfolge von Noten, sehr dicht gedrängten, sehr lauten Noten, von welchen ich betete, sie mögen die richtigen sein. Die Seite, die vor mir aufgeschlagen war, hatte ich bereits zwei Minuten zuvor gespielt. Aurelia hat in die falsche Richtung geblättert. Rückwärts. Der Strich. Sie hat die gestrichene Wiederholung nicht richtig verstanden. Ich habe ihr die Stelle doch erklärt, einmal, zumindest. Oder zweimal? Oder etwa doch nicht? Ich sehe sie an, beschwörend, und werfe den Kopf nach rechts, einmal, zweimal, um ihr die Richtung anzudeuten. Sie ist verstört, wirr, panisch. Die Richtung allein genügt nicht mehr. Wieviele Seiten muß sie weiterblättern? Drei, vier? Sie hat keine Ahnung, sie kann gar keine Ahnung mehr haben. Die Cellistin sieht beunruhigt zu mir herüber, während die

Geigerin nichts zu bemerken scheint und unbeirrt weiterspielt. Da steht Aurelia plötzlich auf, mit einem Ruck, beugt sich nach vor, zögernd, verstellt mir die Sicht, sekundenlang; ihre Finger, zwischen die sie, aufs Geratewohl, ein paar Blätter nimmt, zittern, gehorchen ihr kaum; rasch wendet sie die Blätter und setzt sich auf ihren Stuhl, ebenso plötzlich, wie sie aufgestanden ist. Der Stuhl quietscht. Es ist zu weit. Ich weiß nicht, wie und wann und warum ich die Noten gespeichert habe, die ich nun abspule. Und in welchem Teil meines Körpers. Nicht in meinem Kopf jedenfalls, nicht in meinem Kopf; nicht in meinem Kopf, denn mein Kopf fühlt sich leer an, vollkommen leer; aus einem vollkommen leeren Kopf quellen Noten hervor. Ich spüre, wie sich die Katastrophe nähert, unausweichlich. Aus dem linken Augenwinkel nehme ich Aurelia wahr; starr vor Entsetzen, die Augen weit aufgerissen, die Hände in den blauen Samt ihres Rocks gekrampft; durchhalten, irgendwie muß ich durchhalten, nur irgendwie durchhalten ... und plötzlich: Wiedererkennen. Was aus meinem leeren Kopf quillt ist das, was vor mir in den Noten steht; Schweiß rinnt aus meinen Achselhöhlen, rechts und links die Seiten hinunter bis in den Hosenbund; beinahe versagen mir die Finger, vor Erleichterung. Aurelia hingegen löst sich nicht aus ihrer Erstarrung. Ich nicke ihr kurz zu, beruhigend, sie blättert weiter, wir sind wieder synchron.
Zu Beginn der Pause verschwand Aurelia spurlos. Am Ende tauchte sie wieder auf. Sie hielt die Augen niedergeschlagen und sah mich kaum an. Mit einer Hand zerknüllte sie

krampfhaft ein weißes Taschentuch. Zum Reden blieb uns keine Zeit, wir mußten wieder auf die Bühne. Nach der Pause verlief das Konzert ohne Zwischenfälle.

Als ich Aurelia im Auto nach Hause brachte, blieb sie stumm.

„Ist ja nichts passiert."

„Ich mache so etwas nicht mehr. Nie mehr."

„Natürlich machst du es wieder."

„Nein."

„Du wirst mich doch wegen so einer Lappalie nicht im Stich lassen. Ich kann nicht spielen, wenn du nicht dabei bist, das weißt du genau."

„Ich kann doch auch nur zuhören. Im Publikum, meine ich."

„Das ist nicht dasselbe."

Aurelia sagte nichts mehr. Ich fuhr das Auto an den Straßenrand, stellte den Motor ab und rutschte zu ihr hinüber. Monatelang hatte ich nach einem Auto mit Lenkradschaltung gesucht, mit durchgehender vorderer Sitzbank; es war nicht leicht gewesen, den Ford Consul aufzutreiben. Ich legte meinen Arm um Aurelia und drehte ihren Kopf zu mir. Ich drückte meinen Mund auf ihren Mund und schloß die Augen. Als ich sie wieder öffnete, eine ganze Weile später, begegneten sie einem weit aufgerissenen dunklen Blick. Aurelias Spitzenbluse kratzte ein wenig unter meinen Händen. Ich verschaffte mir Zugang zu der samtweichen Haut darunter und strich sanft darüber.

„Na, machen wir morgen unseren Ausflug, Aurelia?"

„Ich kann nicht."

„Warum nicht?"
„Weil ich nicht darf."
„Warum nicht?"
„Ich darf eben nicht." Aurelia knöpfte die beiden obersten Knöpfe ihrer Bluse zu. „Und jetzt muß ich nach Hause."
„Aber, Aurelia … du willst doch auch mit mir zusammen sein, jede Minute, die ich kann. Rede noch einmal mit deiner Mutter", beschwor ich sie, „sie läßt sich sicher umstimmen, wenn du es richtig machst." Ich hatte alles genau geplant. Eine kleine Besichtigung einer kleinen gotischen Kirche als Vorwand, weil Aurelia gotische Kirchen so mochte, Spazierengehen zum Einstimmen, Picknick am Waldrand, auf einer Wiese in der warmen Junisonne, auf einer großen, flauschigen Decke.
Enttäuschung keimte in mir auf, während ich spürte, wie Aurelia ihre unsichtbaren Flügel anlegte.
„Ich hab' schon mit ihr geredet. Sie erlaubt es nicht."
Weg war sie. In meine Enttäuschung mischte sich Verzweiflung. Und Wut.
„Und was ist mit mir? An mich denkst du wohl überhaupt nicht. Was meinst du, wie es mir dabei geht? Du mit deinem ewigen Ichkannnichtichdarfnichtichkannnicht!"
Aurelia sagte nichts mehr. Purer Trotz. Warum eigentlich? Sie war doch kein kleines Mädchen mehr. Sie mußte doch wissen, was sie tat. Ich verstand gar nichts mehr. Seit Ostern war nichts mehr so wie vorher. Um genau zu sein: seit dem Moment, als ich Aurelia das Radio geschenkt hatte. Warum um alles in der Welt hatte sie sich nicht darüber gefreut?

Das muß doch furchtbar teuer gewesen sein … Freust du dich denn gar nicht? Oja, doch, aber … Ja, natürlich war es teuer, aber ist doch egal, was es gekostet hat, wir heiraten doch sowieso, wenn du die Matura hast, sind ja nur mehr drei Jahre – nächstes Jahr könnten wir uns verloben, was meinst du? Also, meinetwegen betrachte es als ein etwas verfrühtes Verlobungsgeschenk, wenn es dich beruhigt.
Sie hatte sich trotzdem nicht gefreut. Und sie leuchtete nur mehr selten, seither. Dieses verdammte Radio. Dabei hatte sie dringend eines gebraucht. Da war ich mir ganz sicher. Ich hatte ihr auch ein Monatsprogramm dazu geschenkt und alle Radiosendungen angestrichen, die sie sich anhören mußte.
Ich rutschte zurück auf die Fahrerseite und ließ den Motor an.
„Du rufst mich am Montag an? Zwischen halb acht und dreiviertel acht."
„Ja."
„Am Abend."
„Ja."
„Um acht muß ich zu einer Probe, vergiß es bitte nicht wieder."
„Nein."
„Am Freitag kommst du in die Klavierstunde."
„Ja."
„Und nach der Klavierstunde hören wir noch ein bißchen Musik. Erkläre das deiner Mutter. Nicht, daß du wieder sagst, du mußt gleich nach Hause."
„Ja."
Seltsam. Aurelia sprach kaum jemals meinen Vornamen aus.

Sie sagte nie: Ja, Herbert, oder: bis dann, Herbert, oder: Ach, Herbert! oder so etwas ähnliches, während ich selbst mich immer wieder zwingen mußte, Aurelias Namen nicht fortwährend auszusprechen. Frauen waren in dieser Hinsicht eben anders.

„Und Aurelia. Hast du deine Mutter schon wegen unserem Wochenende gefragt? Im Herbst?"

„Nein, noch nicht. Ich mach's schon irgendwann."

Ich hielt vor dem Haus ihrer Eltern. Aurelia öffnete die Autotür.

„Bekomme ich keinen Abschiedskuß?"

Rasch wandte sie sich zu mir; flüchtig streiften ihre Lippen meine rechte Wange.

„Liebst du mich überhaupt?"

„Ja, natürlich."

„Sag' es."

„Ja, natürlich liebe ich dich."

„Also dann, bis Montag abend."

Alles schien wieder ins Lot zu kommen.

Den Sonntag widmete ich nach langem wieder einmal meiner Mutter, die sich (obwohl sie Aurelia inzwischen ins Herz geschlossen zu haben schien, so sehr ins Herz geschlossen, daß sich manchmal Mißtrauen in mir regte) hocherfreut darüber zeigte, seit langen Wochen wieder einen ganzen Tag mit mir verbringen zu können.

Montag abend zwischen halb acht und acht vergaß Aurelia diesmal nicht, mich anzurufen. Pünktlich. Ich war dermaßen erleichtert darüber, daß ich ihr noch in der selben Nacht einen Brief schrieb, ihn aufs Hauptpostamt brachte, mit einem Expreß-Kleber versah und abschickte; so würde sie ihn möglicherweise schon am Dienstag um sechs Uhr morgens lesen können, wenn sie Glück hatte.

Am Mittwoch schickte ich ihr gleich einen zweiten Expreßbrief. Die Vorstellung, wie sie meinen Brief bereits vor dem Frühstück in Empfang nehmen, ihn noch im Bett lesen würde, beglückte und befriedigte mich zugleich; in meinen Gedanken an sie und in Gedanken an mich würde sie den Tag beginnen; sie würde den Brief in ihre Schultasche stecken und mit sich tragen, den ganzen Tag; vielleicht würde sie ihn noch einmal lesen, in der Lateinstunde oder in der Mittagspause; ein letztes Mal am Abend, kurz vor dem Einschlafen, ehe sie ihn ganz nah neben sich auf das Nachtkästchen legte oder unter ihren Kopfpolster, wo ich sie, sanft raschelnd, durch ihre Träume begleiten würde.

Am Freitag erschien Aurelia pünktlich zu unserer Klavierstunde. Sie schien alle Stücke geübt zu haben, die ich ihr aufgegeben hatte; doch sie stolperte. Ich zwang mich, das Stolpern zu überhören; seit einiger Zeit war es wieder stärker geworden seit – ja, seit Ostern, seit der Sache mit dem verdammten Radio; und während ich Aurelia zuhörte und da und dort zerstreut das eine oder andere einwandte, das eine oder andere Lob einwarf, dachte ich zum wiederholten Male darüber nach, was es mit diesem Radio auf sich haben könnte; die Sache mit dem Radio war mir nach wie vor unerklärlich, ganz und gar unerklärlich. (Ein weißes T-Shirt; sie trug ein weißes T-Shirt und nichts darunter.) Ihre Eltern vielleicht? Das wäre möglich. Ihre Mutter. Es war gut möglich, daß ihre Mutter sie gegen mich einnahm. Mir blieb wohl nichts anderes übrig, als mit ihrer Mutter zu sprechen. Das Wochenende im Herbst … sollte doch wohl besser ich mit ihrer Mutter … (unter ihrem Rock trug sie höchstwahrscheinlich …)

„Soll ich den Fingersatz hier so lassen?"

„Den was? Ja, kannst du so lassen, wenn du willst. Wir machen Schluß, für heute."

„Und was soll ich üben?"

„Üben? Üben, ja. Das nächste Stück natürlich."

„Es gibt kein nächstes."

„Tatsächlich? Haben wir schon alle durch? Na dann … nehmen wir eben nichts Neues dazu, mach' einfach alle noch einmal; das war schon ganz gut heute, aber es muß sich erst noch festigen, O.K.? Und versuch', weniger zu stolpern." Der Satz entschlüpfte mir, ungewollt, unbedacht. Aurelia sagte nichts darauf; ich war erleichtert.

Aurelia legte das Geld aufs Klavier. Ich drehte den Schlüssel im Schloß um. Einmal, zweimal. Ich öffnete das Fenster. Ich schloß die Fensterläden. Ich stellte den Plattenspieler an. Ich legte eine Platte auf. Ich zog Aurelia aufs Bett. Ich zog Aurelia an mich. Ich tauchte in ein angenehm schwebendes Halbhell, Halbdunkel. Dann schloß ich die Augen. Und endlich umgab mich die lichte Dunkelheit, welche mich hinter meinen Augenlidern voller Ungeduld erwartet hatte. Eine Weile lag ich ganz still da, meine Arme und Beine fest in Aurelias Arme und Beine verschlungen. Das mochte sie. Ich hörte ihr Herz gleichmäßig schlagen. Ich hatte das Gefühl, so verschlungen dazuliegen und Musik zu hören, war das, was sie am allerliebsten mochte; Küsse schien sie seltsamerweise nicht besonders zu mögen – vielleicht, weil sie noch so jung war? Sie würde schon auf den Geschmack kommen, sicher würde sie das, ihr fehlte einfach nur die Übung. Ich würde es weiter versuchen, denn Küssen gehörte zu jenen Dingen, die ich selbst am liebsten mochte, abgesehen natürlich von all jenen Dingen, die ich am liebsten getan hätte und nur deshalb nicht tat, weil ich sie auf keinen Fall tun durfte. Wann immer ich in Versuchung kam, es zu tun, hörte ich die Stimme meiner Mutter, die eindringlich warnende Stimme meiner Mutter, als sie zum ersten Mal (mit zwei Gläsern Himbeersaft und zwei belegten Broten) vor der versperrten Tür meines Zimmers stand. Nein, sie rüttelte nicht an der Tür. Nur ein leises Knarren der Treppe erst, dann ein ganz kleines, vergebliches Quietschen der Klinke ließ mich meine Mutter spüren, ihr Nahen erst, dann ihre Nähe. Sie rief nicht durch die versperrte Tür: Herbi, um Himmels Willen, Herbi, tut nichts Unüberlegtes! Nein, nichts dergleichen. Sie sagte gar nichts. Doch der Gedanke, den sie im Kopf hatte, minutenlang, während sie vor meiner versperrten Tür stand, schlich sich durchs Schlüsselloch, (durch welches ihr Auge nicht sehen konnte, weil der Schlüssel steckte, weil es drinnen stockdunkel war und weil sie ein Tablett mit zwei Gläsern Himbeersaft und zwei belegten Broten vor sich balancierte) direkt in meinen Kopf. Und kaum war Aurelia gegangen, kaum hatte meine Mutter Aurelia herzlich, ja geradezu liebevoll verabschiedet, war der Gedanke auch schon ausgesprochen. Sie ist ein nettes Mädchen, deine Aurelia, ich habe gar nichts gegen sie, du mußt mir glauben, aber sie ist noch keine sechzehn, Herbi. Du weißt hoffentlich, was das bedeutet. Und denk an dein Studium, deine Karriere; Aurelia ist auch nicht das einzige hübsche Mädchen auf der Welt, du hast noch dein ganzes Leben vor dir. Verpfusche dieses Leben nicht, um Himmels Willen. Tu' nichts, was du hinterher bereuen könntest. Sie ist noch nicht sechzehn!

So ließ ich die Spitzen sanfter Hügel wieder ungeküßt; ich deckte sie mit beiden Händen zu und küßte eine Zungenspitze; so ließ ich das blütenweiße Etwas, das sich unter einem kurzen Rock verbarg, wieder ungezerrt, nach oben wie nach unten; so lagen meine Hände am Ausgangspunkt möglichen Tuns, untätig; so ließ ich dunkle, krause Haare wieder unberührt; so krallte ich meine Finger ersatzweise in dunkle, glatte; so ließ ich mein hartes Pochen, das fordernd und verständnislos gegen die Tür seines unbequemen Gefängnisses stieß, wieder unerhört; ich würde mich mit ihm im Badezimmer einschließen, wenn Aurelia gegangen war.

„Ist das Brahms?"

„Kennst du es? Haben wir es schon einmal gehört?"

„Nein."

„Wie kommst du dann darauf, daß es Brahms ist?"

Aurelia schwieg eine Weile.

„Wenn es mich ein bißchen an Beethoven erinnert und unmöglich Beethoven sein kann, dann ist es Brahms", murmelte sie, „normalerweise."

Ich spürte etwas Seltsames. Es fühlte sich an wie winzige Stiche einer Stecknadel, die sich in meine Eingeweide bohrte. Ich war außerstande, das Gefühl zu benennen. Eifersucht? Eifersucht auf wen oder was? Nein, Eifersucht konnte das Gefühl unmöglich heißen.

„Es ist Brahms. Toll, wie du das schon erkennst."

Aurelia sagte nichts mehr. Sie atmete gleichmäßig. War sie etwa eingeschlafen? Vorsichtig berührte ich ihre Augenlider. Angenommen ... nur einmal angenommen, sie schlief tatsächlich ... Ich löste mich behutsam von ihr und drehte sie von der Seite auf den Rücken. Sie schien vollkommen entspannt.

„Aurelia?" flüsterte ich.

Ich bekam keine Antwort. Mein Herz klopfte plötzlich sehr heftig. Angestrengt lauschte ich den regelmäßigen Atemzügen des Mädchens. Ihr T-Shirt schimmerte hell, in der Dunkelheit. Ich strich ihr das Haar aus dem Gesicht. Sie rührte sich nicht. Dornröschen, dachte ich. Obwohl ich Dornröschen blond in Erinnerung hatte, dachte ich: Dornröschen, als ich der schlafenden Aurelia das dunkle Haar aus dem Gesicht strich; vielleicht, weil ich mir in diesem Augenblick wünschte, sie würde hundert Jahre schlafen, und mit ihr der ganze Hofstaat.

„Aurelia", flüsterte ich ein zweites Mal, und als sie wiederum nicht antwortete, ließ mein Mund, hastig, bevor mein Mut Zeit und Gelegenheit hatte zu schwinden, ließ also mein Mund nichts an Aurelia ungeküßt, meine Hand nichts ungezerrt, nichts unberührt; heftige, vorsichtige, flüchtige Berührungen waren es und Küsse, die sich nirgends lange aufzuhalten wagten, aus Angst, entdeckt zu werden. Nur das fordernde, verständnislose Pochen meines unbequemen Gefangenen blieb weiterhin unerhört; das Pochen wurde heftiger und immer unerträglicher, so heftig und so unerträglich schließlich, daß ich, mit einem Kuß, wie es sich gehörte (obwohl längst keine hundert Jahre vergangen waren), Dornröschen weckte, nachdem ich sorgfältig ihre Kleider geordnet und die Hitze meines Gefangenen ein wenig abgekühlt hatte, durch eisige Gedanken. Mit einem Ruck setzte Aurelia sich auf. Ich knipste das Licht neben meinem Bett an. Das Mädchen blinzelte.

„Du mußt nach Hause, Aurelia."

„Warum?" Sie gähnte.

„Es ist schon spät."

„Habe ich lange geschlafen?"

„Nein, nur ein paar Minuten. Gehen wir morgen in das Konzert?"

„Ja."

„Und was ist mit Sonntag?"

„Da muß ich lernen."

Jetzt ging das schon wieder los. Lernen. Aurelia sagte es in diesem aufreizend munteren Tonfall. Keinerlei Bedauern.

„Es tut dir wohl überhaupt nicht leid."

„Aber wir gehen doch morgen abend in das Konzert."

„Was hat das mit Sonntag zu tun?" Aurelia stellte meine Geduld auf eine harte Probe. „Morgen rede ich mit deiner

Mutter, wegen unserem Wochenende im Herbst, morgen abend, wenn ich dich abhole."
„Ich rede schon mit ihr."
„Das sagst du schon seit Wochen. Mir wird das langsam zu bunt. Nein, ich spreche selber mit ihr. Und zwar morgen."
Am nächsten Abend erschien ich absichtlich fast eine viertel Stunde zu früh, um Aurelia abzuholen. Ich wartete mit ihrer Mutter in der Küche, bis sie fertig umgezogen war. Ich erzählte ihr von den außerordentlichen Fortschritten, die ihre Tochter beim Klavierspielen machte, von ihrer hohen Musikalität und Begabung.
„Ich wollte mich ohnehin bei Ihnen bedanken. Ich finde es sehr großzügig von Ihnen, Aurelia immer eine Doppelstunde zu geben, wo sie doch nur eine Stunde bezahlt", sagte Aurelias Mutter.
„Ich ... äh ... ja", stammelte ich.
„Keine falsche Bescheidenheit. Erst gestern habe ich zu meinem Mann gesagt ... wir waren etwas besorgt, wissen Sie, weil sie wieder einmal so spät nach Hause kam, doch sie hat uns dann die ganze Geschichte erzählt."
Wie konnte sie nur so etwas erfinden? Was genau überhaupt hatte sie da erfunden?
„Nun ja", sagte ich, „ich finde, ja, so ein außergewöhnliches Talent muß man unbedingt fördern, ja fördern muß man so etwas, ganz genau." Sie hätte mich wenigstens warnen können, mein Gott. „Und weil wir gerade davon sprechen – im Herbst spiele ich mit meinen beiden Triopartnerinnen ein

Konzert. Meinen Sie, Sie könnten Ihrer Tochter gestatten, wieder für mich umzublättern? Ich könnte natürlich auch jemand anderen ... aber wissen Sie, so etwas ist sehr wichtig für Aurelias musikalische Entwicklung."
„Natürlich darf sie das. Warum denn nicht? So etwas hat sie doch schon öfter gemacht. "
„Nun, das Konzert ist in Wien." Ich hielt einen Moment inne. „Es ist ein Wochenende, das heißt, ein Freitag abend, und ich dachte, ich könnte ihr so einiges zeigen, wenn sie schon einmal dort ist, musikalische Sehenswürdigkeiten und so etwas. Konzertsäle, Oper ... Beethovens Wohnhäuser ... ja, ich dachte, wenn Sie nichts dagegen haben, könnte Aurelia übers Wochenende mit mir nach Wien fahren."
Aurelias Mutter sah mich überrascht an, während ich mich bemühte, meinem Gesicht einen sachlich-amtlichen Ausdruck zu verleihen und meine Stimme daran zu hindern, das lautstarke Pochen in meinen Ohren übertönen zu wollen.
„Es wäre natürlich mit keinerlei Kosten für Sie verbunden, Aurelia könnte in der Wohnung ... äh ... wohnen, in der ich mein Zimmer habe, es gibt dort noch ein Zimmer ... ich würde das selbstverständlich mit meinem Vermieter besprechen, und ich glaube nicht, daß er etwas dagegen hat, und – ja."
Ich spürte den Blick, der abwägend auf mir lag, und vermied es, ihm direkt zu begegnen.
„Wenn Sie mir versprechen, gut auf Aurelia aufzupassen."
„Sie haben mein Wort."

„Gut."
„Heißt das, sie darf?"
„Ja."
Das Pochen in meinen Ohren endete mit einem Paukenschlag.
„Also, dann", fuhr Aurelias Mutter fort, in die Stille, die schlagartig in meine Ohren eingekehrt war, nun halb zu Aurelia gewandt, welche (in ihrem dunkelblauen Faltenrock) die Küche betrat, „wünsche ich euch einen schönen Abend. Das Konzert wird nicht allzu lange dauern, vermute ich. Um zehn spätestens bist du wieder zu Hause, ja?"
Aurelia nickte.
„Sie hat ja gesagt, deine Mutter", platzte es aus mir heraus, kaum daß wir im Auto saßen, „wegen unserem Wochenende, du weißt schon."
„Ich weiß", sagte Aurelia, und ich wußte nicht, ob sie meinte, daß sie von der Zustimmung ihrer Mutter gewußt hatte oder ob sie gewußt hatte, was ich meinte. Dann sagte sie nichts mehr. Als ich sie ansah, von der Seite, schien sie ein wenig zu lächeln. Freute sie sich? Es war nicht auszuschließen. Doch wenn sie sich freute, dann tat sie es jedenfalls nicht hier neben mir, sondern an irgend einem anderen Ort, sehr weit entfernt von dem, an welchem wir uns gerade aufhielten
Im Konzert legte ich meine linke Hand auf ihren Faltenrock. Sie schob sie mir zurück. Sie war unruhig. Sie rutschte auf ihrem Holzstuhl nach vor. Er knarrte leicht, auf dem schwarz und weiß gewürfelten Steinboden. Sie rutschte zurück. Schon wieder knarrte er. Sie verschränkte die Arme vor der Brust.

Sie faltete die Hände auf ihrem Schoß, um sie im nächsten Augenblick auf ihren Sitz zu stützen, links und rechts. Sie beugte sich vor, dann wieder zurück. Abermals knarrte der Stuhl. Der Konzertbesucher in der Reihe vor uns drehte sich mißbilligend um. Ich sehnte die Pause herbei. Endlich erhob sich der Pianist und verbeugte sich. Das Publikum applaudierte begeistert.

„Er ist toll, nicht wahr?"

Aurelia schwieg eine Weile.

„Ja, aber er ist nicht echt."

„Was soll das heißen – nicht echt?"

„Ich weiß nicht. Er wirft immer diese Blicke zum Himmel und wartet, daß sie jemand auffängt. Gott, wahrscheinlich."

„Dann sieh' eben nicht hin. Mach' die Augen zu."

„Das hab' ich probiert; da werd' ich kribbelig; da kriege ich Angst, daß er aufhört."

„Aufhört?!"

„Ja, aufhört. Er bleibt dauernd stehen, wenn er diese Blicke wirft."

„Er bleibt doch nicht stehen."

„Kann schon sein … aber es geht auch nichts weiter."

„Wie erklärst du dir dann, daß er nicht immer noch spielt?"

Ich wußte genau, was sie meinte. Es hatte mich einfach nicht gestört. Ich war wütend. Nicht, weil Aurelia es als störend empfand, wie der Pianist ständig aus dem Metrum fiel, nein. Ich glaube, ich war wütend, weil es mich nicht gestört hatte.

„Am besten, wir gehen."

„Wenn du es dir gerne zu Ende anhören …"
„So, wie du auf deinem Sessel hin- und herwetzt, kann ich das Konzert sowieso nicht genießen."
„Aber …"
„Und die anderen Konzertbesucher auch nicht", fügte ich (unnötigerweise?) hinzu.
„Was sollte das übrigens mit den Klavier-Doppelstunden, die ich dir angeblich gratis gebe? Du hast mich wirklich in eine unmögliche Situation gebracht", fuhr ich sie an, sobald wir im Auto saßen. „Wenn ich etwas nicht vertrage, dann ist es die Unwahrheit, das weißt du genau. Also?"
„Ich mußte doch irgendwie mein ständiges Zuspätkommen erklären."
„Hättest du nicht die Wahrheit sagen können?"
Aurelia schwieg.
„Daß wir uns lieben und heiraten werden, wenn du die Matura hast?"
„Nein, weil …"
„Nein weil was?"
„Nichts."
Ich verlangsamte das Tempo und bog in einen Feldweg ein. Ich bog immer in diesen Feldweg ein, wenn wir uns auf dem Heimweg von einem Konzert befanden. Der Grasstreifen, der die beiden Fahrrinnen voneinander trennte, raschelte an der Unterseite des Autos. Ich konnte nur im Schrittempo fahren.
„Irgendwann werden wir einmal hängenbleiben. Mit allen vier Rädern in der Luft."

Ich ignorierte das Zittern in Aurelias Stimme. Ich liebte sie. Ich war wütend. Ich liebte sie und war wütend. Langsam näherten wir uns dem Wald. Ich ließ den Wagen ein Stück hineinrollen und stellte den Motor ab.

„So kann das nicht weitergehen, Aurelia."

„Was?"

„Was, was, was", äffte ich sie nach. Ich fühlte mich erschöpft. Ich fing an zu zittern. Ich ließ meinen Kopf auf das Lenkrad fallen. Das Mädchen saß stumm da. Es machte mich wahnsinnig, wie sie einfach nur da saß, vor sich hin starrte und nichts sagte. Verstand sie denn gar nichts? Ich flüsterte (zischend?): „Du denkst immer nur an dich. Wie stellst du dir das eigentlich vor? Glaubst du wirklich, ein Künstler kann arbeiten, wenn er jemanden um sich hat, der immer nur an sich denkt? Ja? Glaubst du das wirklich?" Ich lachte (höhnisch?). Und immer noch sagte das Mädchen nichts. Am liebsten hätte ich sie geschüttelt.

„Bring' mich bitte nach Hause. Bitte."

„Ich kann nicht." Ich war elend, schwach; außerstande, einen Gedanken zu fassen; leise (stöhnend?) flüsterte ich: „Siehst du nicht, in welchen Zustand du mich gebracht hast?"

Aurelia sah auf die Uhr. Wie konnte sie nur auf die Uhr sehen, in so einem Moment? Wie konnte sie mir das antun?

„Ich krepiere hier, und du weißt nichts anderes zu tun, als auf die Uhr zu sehen."

„Bitte, ich will nach Hause. Es ist gleich zehn."

„Wie kann man nur so herzlos sein." Mein Kopf rollte auf

dem Lenkrad hin und her. Die Hupe ging los. Ich schrak zusammen. Ich schrie das Mädchen an. „Auf die paar Minuten wird es doch nicht ankommen, oder?"

„Fährst du jetzt, bitte?"

„Versprich' mir, daß wir uns in Zukunft öfter sehen."

„Ja, aber bitte fahr' jetzt."

Sie sagte nur „ja", damit ich losfuhr.

„Du sagst nur ja, damit ich losfahre."

„Nein."

„Du lügst. Ich will, daß du ja sagst, weil du mich liebst. Sag, daß du mich liebst."

„Ich liebe dich. Aber bitte fahr jetzt."

Sie sagte nur „Ich liebe dich", damit ich losfuhr.

„Du sagst nur ‚Ich liebe dich' , damit ich losfahre."

„Nein."

„Du lügst schon wieder."

„Nein."

In meinem Kopf herrschte Leere; alles, was drinnen gewesen war, war draußen; ich war außer mich geraten; ich hörte, wie der Motor aufheulte; ich hörte das knarrende Quietschen des Getriebes, wie beim Einlegen eines Ganges; ich spürte, wie mein Fuß das Gaspedal voll durchtrat; die Räder schienen keinen Halt zu finden, auf dem weichen Waldboden; plötzlich schoß der Wagen rückwärts; Gras raschelte pochend auf Metall; dann: Stille. Der Wagen fuhr nicht mehr. Ich war wieder bei mir. Hellwach. Unterdrücktes Schluchzen.

„Ich m-m-uß um zehn U-uhr zu H-hause sein."

„Das kriegen wir schon hin."
„W-wie denn, i-in fünf Mi-nu-ten?"
„Aber ja."
Ich stieg aus. Ich umkreiste den Wagen. Er saß auf der Grasnarbe fest. Wie fest? Vielleicht war es gar nicht so fest. Ein Rad hatte keine Bodenhaftung. Schieben. Vielleicht half Schieben. Doch in welche Richtung? Ich öffnete die Wagentür. Aurelia saß da und schluchzte immer noch.
„Komm, Aurelia, steig' aus, wir müssen schieben", sagte ich.
„I-in welche Ri-chtung?"
„Zurück in den Wald natürlich", sagte ich, einer Eingebung folgend, und die wilde Entschlossenheit, die ich in meiner Stimme hörte, verlieh mir wilde Entschlossenheit. Wir schoben. Der Wagen schaukelte vor und zurück, immer heftiger vor und zurück, und plötzlich, beim Zurückschaukeln, löste er sich von der Stelle, an der er festsaß und saß nicht mehr fest, sondern rollte, auf allen vier Rädern, zurück auf den Waldweg. Ich war vollkommen verblüfft.
„Na siehst du", sagte ich und nahm die immer noch schluchzende Aurelia fest in meine Arme, „ich habe es dir ja gleich gesagt."
Konzentriert, ganz vorsichtig, manövrierte ich den Wagen, rückwärtsfahrend, auf dem Feldweg. Als wir zurück auf der Hauptstraße waren, lächelte Aurelia wieder. Ihre Augen waren rot und verschwollen, vom Weinen. Mit dem Rücken ihrer schmutzigen Hand wischte sie sich über Mund und Nase. Ihre Stimme krächzte.

„Das hat vielleicht blöd ausgesehen, dieses Rad in der Luft. Ich dachte, wir kommen dort nie wieder weg."
Ich fühlte mich schwach; aufgeweicht; als hätten sich sämtliche Knochen in mir aufgelöst; meine Hände schmerzten vom Schieben; meine Handflächen brannten. Ich fuhr den Wagen an den Straßenrand. Ich stellte den Motor und die Scheinwerfer ab. Das Lächeln in Aurelias Gesicht erlosch. Sie sah auf die Uhr.
„Keine Angst, ich fahre gleich weiter. Nur eine Minute."
Ich hörte sie tief Luft einsaugen und wartete vergeblich auf ein Ausströmen.
„Schon gut, ist ja schon gut."
Ich ließ den Motor wieder an, und Aurelia atmete aus.

* * *

Der Sänger, ein wenig erschöpft zwar, doch zugleich ein wenig wütend, atmete heftig ein und blies die Luft (ungläubig den Kopf schüttelnd) ebenso heftig wieder aus, sodaß seine Backen sich aufblähten (wie die Backen des personifizierten Windes in guten alten Kinderbücher sich aufblähen). Er sah auf die Uhr.
„Geben wir's auf. Es bringt nichts."
Ich nickte und begann meine Noten einzupacken.
„Ab sieben bin ich da, falls Sie noch etwas brauchen."
„Das wird nicht nötig sein, danke trotzdem." Und mit einem Grinsen fügte er hinzu: „Und vergessen Sie Ihren Talisman

nicht – was war es doch gleich? Ein Buchsbaumzweig? Vielleicht bringt er mir ja auch Glück. Ich habe das Gefühl,Glück werde ich heute abend durchaus nötig haben."

„O.K., bis heute abend dann."

Ich verließ den Konzertsaal und machte mich auf den Weg in mein Hotel. (Auch mir konnte etwas Ruhe nicht schaden.) Ein Frühlingsgefühl regte sich in mir, ein bißchen zaghaft, als ich, von überraschend milden Luftmassen eingehüllt, durch den sonnigen Mittag spazierte. Der Duft von sich erwärmender Erde lag in der Luft, obwohl von Erde weit und breit keine Spur zu sehen war; er wurde wohl von zentraler Stelle gesammelt, der erdwarme Duftüberschuß des Central Parks, und in alle New Yorker Nasen – echte oder nur durchreisende New Yorker Nasen – sorgfältig verteilt, Prise für Prise, um die perfekte Illusion eines Frühlingstages auf dem Land zu erzeugen. Auf diese Art und Weise hatte mich, vor dem Portal meines Hotels angekommen, jegliche Lust auf meinen beigen Schuhkarton im vierten Stock (so jemals eine solche Lust in mir gewesen sein sollte) endgültig verlassen, und ich beschloß, die Ruhe, die mir nicht geschadet hätte, auf später zu verschieben, und wenn schon nicht auf später, dann an einen anderen Ort.

Kein bestimmtes Ziel vor Augen, nur mit der sehr unbestimmten Vorstellung von etwas Eß- und Trinkbarem im Kopf, ging ich die sechsundvierzigste Straße entlang in Richtung 6th Avenue (nein, ich schlenderte nicht, ich lief nicht, ich stapfte nicht, ich schritt auch nicht kräftig aus – ich ging einfach, ganz

normal, auch wenn Ihnen das jetzt unpräzise erscheinen mag); immer wieder begegnete ich einer ihrer baldigen Entleerung harrenden, leicht überquellenden Mülltonne, an die sich (hoffnungsfroh) der eine oder andere prall gefüllte, dunkelgraue Plastiksack lehnte; hätte ich in dieser Stadt keine Aufgabe gehabt, (wäre ich als gemeiner Tourist hier) – die Tonnen und Säcke wären mir vollkommen fremd gewesen; ihr Anblick hätte mich gestört; ich hätte ihr Bild insgeheim kritisch aufgehoben, zusammen mit einer imaginären Bildunterschrift, welche gemäßigte Entrüstung ausdrückte; Entrüstung, die deshalb gemäßigt ausfiel, weil sie dem Gefühl meiner eigenen Nutzlosigkeit in dieser Stadt entspringen würde, das ich nur ungern zugegeben hätte. So jedoch hatte ich hier sehr wohl eine richtige Aufgabe zu erfüllen, eine richtig wichtige Aufgabe sogar, welche die ungeleerten Mülltonnen auch ein wenig zu meinen ungeleerten Mülltonnen machte und ihnen einen gewissen Sinn verlieh, wenn auch nur vorübergehend: sie symbolisierten und unterstrichen die Sinnhaftigkeit meines Hierseins ebenso wie sie im anderen Fall dessen Sinnlosigkeit symbolisiert und unterstrichen hätten.
Auf der Suche nach gar nichts sah ich blicklos in Auslagen, bog ich nach einer Weile in die 5th Avenue ein; wandte ich mich vorsorglich von einer dunklen Glasscheibe ab, die mein Bild zurückwerfen hätte können; dachte ich daran, wie es wäre, Aurelia zu begegnen; schreckte ich vor einem Spiegel an der Fassade eines Herrenmodegeschäftes zurück, der mich sehr unvermutet ausschließlich mit dem mittleren Teil von mir

konfrontierte (ein hinterhältiger Bauchspiegel); dachte ich daran, wie es wäre, Aurelia zu begegnen; bog ich, nach einer weiteren Weile, in eine andere Straße ein; fand ich mich plötzlich in der Lobby eines Hotels wieder. Sie war angefüllt mit dunkler Enge und geschäftiger Ruhe von Wartenden; die einen warteten auf ihre Taxis, die anderen darauf, daß die einen ihre Taxis bestiegen und endlich abreisten, die Zimmermädchen ihre Zimmer machten, die Rezeptionisten die Schlüssel zu ihren Zimmern herausrückten, daß sie endlich ankommen konnten.

Ich verließ die Eingangshalle und betrat einen Raum, der unmittelbar dahinter lag; hier war es noch dunkler, geradezu düster und beinahe leer; ich setzte mich auf ein Sofa von undefinierbar gelbem Samt, abgewetzt, abgewohnt; an eines der runden Holztischchen, von denen nur wenige besetzt waren; ich begann zu warten (angesteckt durch die Wartenden in der Eingangshalle); während ich wartete, studierte ich die kleine Karte der Imbisse und Getränke, entschied mich für ein Sandwich und Tee und wartete darauf, daß ein Kellner meine Wünsche aufnahm; es zog ein wenig, hinter meinem Rücken; ich dachte an den Sänger, der sich hoffentlich bis zum Abend erholen würde und versuchte, den Gedanken, er könnte sich nicht erholen, durch andere Gedanken auszulöschen; immer wieder jedoch kroch er hervor, hartnäckig, schob sich aufdringlich zwischen die anderen; eine Uhr schlug dumpf die volle Stunde, als am anderen Ende des Raumes ein Mann erschien; er steuerte auf mich zu, sehr langsam, schleppend, gebeugt; er

war alt; je näher er kam, desto älter wurde er; die fahle, gelblichgraue Haut seines Gesichts glich der Farbe seiner spärlichen Haare; er fixierte mich aus hellen, wäßrigen Augen; (ich erwartete Türknarren, Kettenklirren, Fledermausschreie); er konnte unmöglich der Kellner sein; und doch trug er eine Hotellivree (grün-weiß gestreift) und fragte mich mit matter, heiserer Stimme nach meinen Wünschen; er schrieb nichts auf, nickte unmerklich, machte mühsam kehrt.
Mein Blick folgte dem alten Mann, bis er am anderen Ende des Raumes untergetaucht war; auf seinem Weg zurück traf er (mein Blick) einen anderen Blick, welcher meinen gesucht zu haben schien. Oder irrte ich mich? War es nur ein absichtslos umherschweifender Blick, der dem meinen aus purem Zufall begegnet war? Ich suchte ihn nun meinerseits absichtlich, doch da war er in ein Buch gerichtet, das auf einem Schoß lag, auf dem oberen von zwei übereinandergeschlagenen Beinen, um genau zu sein, in einem ausladenden Fauteuil. Gerade als mein Blick („hab ich's doch gleich gesagt es war Zufall") unauffällig zu meinem Tisch zurückkehren wollte, hob sich der andere. Diesmal bestand kein Zweifel: er richtete sich auf mich. Und er war grün. Der Grad meiner Erleichterung machte mir bewußt, wie groß meine Enttäuschung gewesen wäre, hätte mein Blick unerwidert umkehren müssen. Ja, es handelte sich um den Blick einer Frau, einer Frau jüngeren Alters, mit (sehr) hübschen Beinen; ihr Haar leuchtete rotbraun, ebenso wie die Sommersprossen in ihrem blassen Gesicht. Lächelte sie? Sie lächelte. Sie lächelte mich an. Mich. Ich war so überrascht, ja

überwältigt, daß ich möglicherweise zu lächeln vergaß, ich kann es nicht genau sagen. Ich schlug die Speisekarte auf, starrte sehr ernsthaft ein Sandwich an, eines mit Roastbeef, um mich zu beruhigen, denn, ja – ich war etwas unruhig; die Erkundungsflüge, auf welche ich meine Blicke unauffällig schickte, bestärkten mich in meiner Unruhe. Die Schuhe (keine amerikanischen Schuhe) reichten etwas höher hinauf als normale Schuhe, kreuz und quer verschnürt, wie ein Korsett; ihr Rock war gar nicht so sehr kurz, wie er grün war, von einem kräftigen, mittleren Grün, das mich (mittlerweile bereits leicht schmerzhaft) an die Familienpackung (Sie wissen schon, ich hatte noch immer nicht das Ablaufdatum überprüft) erinnerte, welche ich in meinem Plastiksackerl mit mir trug. Der greise Kellner, der mit meinem Tee und meinem Sandwich (vermutlich war es mein Tee und mein Sandwich) am anderen Ende der Raumes auftauchte, in Zeitlupentempo in meine Richtung schlurfte, gab meinem Blick die Berechtigung, erwartungsvoll, absichtlich und ausgiebig in die andere Richtung zu sehen; diesmal richtete ich meine Aufmerksamkeit auf die Lippen jüngeren Alters, erkundete ihre Form, ihre Weichheit; gleichzeitig fühlte ich (mehr als ich es aus einem halben Augenwinkel sah), die grünen Augen auf mir ruhen. Der Greis stellte das Sandwich vor mich auf den Tisch, Teekanne, Teetasse, Milch, Zucker, ein umfangreiches Sortiment von Teebeuteln; das würde mich eine ganze Weile beschäftigen, mich scheinbar natürlicherweise (nichts wirkt weniger natürlich als natürliche Gesten, bewußt natürlich ausgeführt) davon abhalten, den

Blick der grünen Augen zu suchen. Als sich mein Blick nach einer Zeitspanne, die mir angemessen erschien, abermals hob, stand der Greis vor der Frau jüngeren Alters, während diese etwas (ich nahm an, es war ihre Unterschrift) auf einen Zettel schrieb; der Greis nahm den Zettel in Empfang, die Frau packte das Buch in ihre Tasche, stand auf, bewegte sich auf mich zu; mit jedem Schritt wurde sie jünger; als sie an mir vorbeikam und mich anlächelte, war sie höchstens fünfundzwanzig. Mein Blick glitt hastig von ihren nicht-amerikanischen Schuhen aufwärts und blieb dort hängen, wo ihre grünen Rundungen von einer kleinen Schleife zusammengehalten wurden; den Bauch voller Schmetterlinge starrte ich mein aufgegabeltes Stück Sandwich an. Ich konnte unmöglich aufspringen und ihr nachlaufen. Oder wären Sie ihr etwa nachgelaufen? Gut. Sie wären. Auf jeden Fall, sagen Sie. Und was genau hätten Sie gesagt? Doch nicht: Entschuldigen Sie bitte, könnten Sie mir vielleicht eine Auskunft geben: Wie spät ist es eigentlich? Oder: Verzeihen Sie, das Buch, das Sie eben gelesen haben, in der Lobby – wo haben Sie es gekauft? Oder: Oh, entschuldigen Sie, würden Sie mir bitte helfen? Ich trage schon seit geraumer Zeit eine Familienpackung Kondome mit mir, und das Ablaufdatum ist ausgerechnet morgen, wenn ich mich nicht irre, es wäre doch wirklich zu schade – also, wenn es Ihnen nichts ausmacht …
Eine halbe Stunde später, auf dem Weg in mein Hotel, wünschte ich, ich hätte irgend etwas getan und irgend etwas gesagt, anstatt mit dem aufgegabelten Sandwich in der Hand einfach nur dazusitzen und gar nichts zu tun, gar nichts zu sagen.

Ich verordnete mir Bettruhe. In meinem Zimmer ließ ich die Jalousie herunter, um mich in Dunkel zu hüllen, so gut es ging, verkroch mich ins Bett, malte mir aus, was ich sagen hätte können und was tun. Allmählich entspannte ich mich. In meinem Kopf wie in meinem Körper entspann sich eine meiner Phantasien; eine meiner üblichen Phantasien, die, welch angenehm beruhigende Gewißheit, in der üblichen Weise enden würde. Als meine Phantasie sich jedoch bis zu jenem Punkt entsponnen hat, wo meine rechte Hand Aurelias dunkelbraunes krauses Haar berühren, sich in Aurelias krausem Haar (dunkelbraun) verfangen wird; kurz bevor ein Finger dieser Hand, vielleicht auch ein zweiter, sich in tiefere Tiefen vertiefen kann; da bekommt diese Hand, ganz unvermutet, einen Stromschlag, durch ein plötzlich warnendes Sicheinschalten meines Bewußtseins verursacht. Es ist die Farbe des krausen Haares, die mich irritiert; die, in welche sich meine rechte Hand plangemäß verfängt. Sie hält sich nicht an den Plan, die Farbe. Sie ist rot. Schlagartig dämmerte mir: ich bin im Begriff, mit einer wildfremden Frau zu schlafen. Ich fahre hoch, erschrocken, setze mich kerzengerade auf, verwirrt. Wo war Aurelia?

Zärtlich fuhr ich über glattes, dunkelbraunes Haar; es glänzte in der nachmittäglichen Septembersonne; ich konnte nicht das kleinste goldene Stäubchen darin entdecken, an diesem Ort, der so weit weg war von der Quelle des Goldstaubs und ihm zugleich so nah. Aurelia leuchtete. Ich war glücklich. Für alle Zeit und für die Ewigkeit wollte ich das Leuchten festhalten, das Glücksgefühl, mit welchem mich ihr Leuchten in diesem Augenblick erfüllte; in ein Fläschchen sperren wollte ich mein Glücksgefühl, sodaß ich es immer ansehen, immer bei mir tragen konnte; vielleicht ab und zu daran nippen. Ich bat Aurelia, sich vor den Brahms-Kopf zu stellen, damit ich sie photographieren konnte, zum hundertsten Mal an diesem Tag. Nein, lieber nicht Brahms. Wie wär's mit Johann Strauss, gleich links daneben? Nein, doch lieber Beethoven. Suchen wir Beethovens Grab, es muß hier irgendwo sein. Wir streiften durch den Zentralfriedhof, heiter, unbeschwert, fast ausgelassen; redeten über Gott, über die Welt und über den Tod, vergnügt und ernsthaft; Aurelia kannte sich aus, mit Friedhöfen; sie erklärte mir die Symbole auf den Grabsteinen; Tiere seien selten, bis auf die Tauben, die Boten ewigen Friedens; ab und zu fände man auch Schlangen, ohne Anfang, ohne Ende.

„Da! Schau, ein Schmetterling!"

Aurelia war furchtbar aufgeregt.

„Und was bedeutet so ein Schmetterling? Ein Schmetterling auf einem Grabstein, meine ich", fragte ich sie neugierig.

„Der Schmetterling ist die Seele, die den Körper verläßt, um frei zu sein. Nur der Körper bleibt zurück, die schöne Hülle, unbeseelt ..."

Ein Gedanke wollte mich denken, wollte sich in meinen Kopf drängen; ich stieß ihn zurück, mit aller Kraft. Wir fanden das

Grab, das wir suchten. Aurelia bestand darauf, mich zu photographieren. Sie behielt den Photoapparat, schoß ein Bild nach dem anderen. Grabsteine, Friedhofsbesucher, Inschriften ... es schien ihr großen Spaß zu machen; sie schien glücklich zu sein, so glücklich zu sein wie ich; so unbeschwert, wie ich sie nie zuvor erlebt hatte; ein durch und durch leuchtendes Wesen.

„Möchtest du meinen Photoapparat haben?"

„Haben?"

„Ich schenk' ihn dir."

„Das geht doch nicht. Du kannst mir doch nicht deinen Photoapparat schenken!"

„Ich wollte mir sowieso längst einen neuen kaufen", log ich, ohne mit der Wimper zu zucken.

„Wirklich? Na dann, wenn du meinst – ", sagte Aurelia, „danke."

„Komm, ich mach' noch ein Photo von dir."

Sie setzte sich an den Rand eines Grabes. Ich betrachtete sie durch den Sucher. Ein wenig nachdenklich saß sie da, ein wenig still und ein wenig verlegen, wie am Abend zuvor, nach unserem Konzert, im Gasthaus.

Aurelia hatte sich nicht verblättert, zur Erleichterung aller, und wir waren nach dem Konzert noch eine Kleinigkeit essen gegangen, mit den beiden Mädchen von meinem Klaviertrio. Die Geige und das Cello füllen den Rest des Abends mit Plappern; sie nehmen wenig Notiz von meiner Umblätterin; Aurelia ist ein wenig nachdenklich, ein wenig still und ein wenig verlegen. Schließlich fahren wir mit der Straßenbahn zu mir nach Hause. (Ich trage ihre Reisetasche. Aurelia ist mit dem Zug gekommen, sie hat darauf bestanden, mit dem Zug nach Wien zu fahren; ich habe keine Ahnung, warum, ich hätte sie viel lieber abgeholt, mit dem Auto, von zu Hause.) Das Licht im Stiegenhaus trifft uns grell und ungemütlich, ganz anders als in meinen Phantasien, und der Aufzug trägt uns schweigend hoch. Endlich fällt die Wohnungstür hinter uns ins Schloß. Wie in meinen Phantasien. Doch anders als in meinen Phantasien fühle ich mich jetzt seltsam; seltsam hilflos; seltsam unbeholfen; so allein mit Aurelia, so plötzlich, so mutterseelenallein, umgeben von Wänden, die taube Ohren haben und Türen, die taub und blind sind, und stumm. Es ist vollkommen still. Anders als in meinen Phantasien bin ich jetzt todmüde. Ein hochtonig vibrierendes Surren quert meinen Kopf, wie der endlose Draht einer Hochspannungsleitung. Es ist stockdunkel. Ich habe kein Licht gemacht. Ich bin zum Sterben müde. Ist jetzt der Zeitpunkt, Aurelia in die Arme zu nehmen? Zu küssen? Erwartet sie das von mir? Ich bin todmüde. Ist sie das auch? Ich taste nach dem Lichtschalter. Aurelia blinzelt. Anders als in meinen Phantasien sage ich jetzt: Komm, ich zeige dir dein Zimmer. Als ich die Reisetasche auf dem Bett abstelle, im Halbdunkel, mit einem Seufzer, entweicht mit meinem Atem auch meine Kraft und mit meiner Kraft mein Mut. Sie zu berühren erscheint mir in diesem Augenblick einer übermenschlichen Anstrengung zu bedürfen, deren ich nicht fähig bin. Schlaf gut, Aurelia, bis morgen. Soll ich dich wecken? Trinkst du Kaffee zum Frühstück? Sie nickt. Schlaf gut, Herbert.

Hat sie tatsächlich meinen Namen gesagt? Leise schließe ich erst ihre Tür, dann meine. Die Tür zu meinem Zimmer hat eine Milchglasscheibe. Ich mache kein Licht. Durch die Lamellen der Jalousien zwängen sich aufdringlich harte, weiße Neonstrahlen. Hastig entledige ich mich meines Smokings, achtlos werfe ich Kleidungsstücke über einen Stuhl, erleichtert schlüpfe ich ins Bett. Ich höre ein leises Geräusch, gleich darauf zischt ein Fluch durchs Vorzimmer; ich Idiot habe ihr das Badezimmer nicht gezeigt und das Licht nicht brennen lassen. Soll ich aufstehen? Nein, ich stehe besser nicht auf. Wasser rauscht. Sie hat das Badezimmer gefunden. Ich lausche angestrengt, bis ich nichts mehr höre; weil die Geräusche aufgehört haben; oder weil ich erschöpft eingeschlafen bin. Das schrille Rasseln meines Weckers holt mich aus einem schweren Schlaf; ein Schlaf ohne Träume, enttäuschenderweise, traumlos und menschenleer, denn auch Aurelia hat, wie es scheint, fest geschlafen, in mir, nur einen halben Millimeter unter meiner Haut, allerdings; sie erwacht in der Sekunde, in welcher ich erwache; hellwach klopft sie an meine Schädeldecke (von innen), streckt sich, reckt sich (unbekümmert), dehnt meine Haut, meinen Körper (ungeniert), bis er anschwillt; ich springe aus dem Bett und sperre mich im Badezimmer ein: mein rasierfertig eingeschäumtes Kinn im Spiegel betrachtend, kommt mir der Gedanke, ob dieses Kinn mit Bart nicht ungleich männlicher aussehen würde; ich könnte Aurelia mit einem Bart überraschen; vielleicht sollte ich das tun, eines Tages; jetzt aber schabe ich mir den Schaum aus dem Gesicht, um gleich darauf ebendort (wenn auch nicht überall) von neuem welchen zu verteilen (mit Hilfe meiner Zahnbürste); ich ziehe mich rasch an und laufe in die Bäckerei an der übernächsten Straßenecke; als ich zurückkomme, sitzt Aurelia in der Küche; ausgeruht und angezogen; außerdem hat sie den Tisch gedeckt. Na, gut geschlafen? Wunderbar. Kaffee? Ja. Frischer, warmer Semmelduft durchzieht den Raum; frische, milde Luftmassen ziehen am Fenster vorbei, verscheuchen die Erinnerung an die Müdigkeit, die Verlegenheit des Abends. Ich bin wieder Herr der Lage. Aurelia (ausgeruht und angezogen) streckt sich, reckt sich (unbekümmert); ihre weiße Bluse hat keine Ärmel; dunkle, weiche Härchen kommen zum Vorschein, als sie die Arme hebt, harmlose Härchen, dunkel und weich; rasch konzentriere ich mich auf die Zubereitung des Kaffees (zu spät). Komischer Spiegel, den du da im Badezimmer hast. Komischer Spiegel? Na, man sieht sich doch nur zur Hälfte. Man sieht sich nur zur Hälfte, tatsächlich? Ja, und zwar sieht man nur die untere Hälfte (sie lacht). Komisch, das fällt mir gar nicht mehr auf, äh ... das ist ... äh ... wohl so eine Marotte meines Vermieters. Sag' einmal, war das dein Ernst, mit den Friedhöfen? Du möchtest wirklich einen Friedhofsausflug machen? Ja, natürlich ist das mein Ernst, du hast Marmelade auf dem Kinn, nein, nicht so, deine Zunge ist nicht lang genug. Aurelia beugt sich über den Tisch und wischt mit einer Serviette die Marmelade von meinem Kinn; unser erstes Frühstück; ich werde mein ganzes Leben mit ihr frühstücken ... Das Geschenk! Nein, ich hebe es für morgen auf.

„Na, Aurelia, hast du jetzt endlich genug von deinem

Friedhofsausflug? Fahren wir zurück in die Stadt? Ich könnte einen Kaffee vertragen. Und Kuchen."

Aurelia sah mich an wie ein Kind bei seinem ersten Besuch im Wiener Wurstelprater: als wäre sie soeben der Hochschaubahn entstiegen oder einem dieser verrückten Gefährte, die sich furchtbar schnell im Kreis drehen; als hätte ich sie vor die Wahl gestellt, noch einmal Ringelspiel zu fahren oder aber eine Portion Zuckerwatte zu essen.

„Kaffee wäre nicht schlecht. Und Kuchen vor allem."

Wir bestiegen die Straßenbahn, Linie 71. Von der Endstation am einen Ende (Zentralfriedhof) redeten und scherzten wir (scherzten ernsthaft und redeten lächerliches Zeug) bis zur Endstation am anderen Ende (Schwarzenbergplatz). Ich nahm sie bei der Hand; langsam wanderten wir (Hand in Hand) in die Innere Stadt. Natürlich hatte ich einen genauen Plan, doch nun war ich mir nicht mehr sicher. War es besser, das Café mit den roten Plüschkuschelsofas zu nehmen (laut Plan) – oder die Konditorei mit den besseren Mehlspeisen?

„Eine Cremeschnitte hätte ich am liebsten", sagte Aurelia unvermutet, während sie aufmerksam die Auslage einer Buchhandlung betrachtete, „eine Vanillepuddingcremeschnitte."

Cremeschnitten also. Ein wenig später: ein Wiener Schnitzel (zu zweit), vom Kalb, mit Vogerlsalat. (Fehlte noch eine Fahrt im Fiaker, und das Firmungsprogramm wäre komplett gewesen. Vorausgesetzt, wir wären zuvor im Prater gewesen; und nicht auf dem Zentralfriedhof.)

„Bist du eigentlich schon gefirmt?"

„Nein."
„Dann werde ich dein Firmpate sein."
Aurelia verschluckte sich beinahe an einem Stück Schnitzel. Sie lachte. Was war denn daran so lächerlich? Es war doch die natürlichste Sache der Welt.
„Warum lachst du?"
„Das geht doch nicht."
„Warum sollte das nicht gehen?"
„Weil es nicht geht."
„Du liebst mich eben nicht."
„Was hat das mit meiner Firmung zu tun?"
„Alles hat mit allem zu tun."
Aurelia starrte auf ihr Glas Traubensaft und drehte es langsam in ihren Händen. Ich nahm einen Schluck von meinem Weißwein; wartete auf eine Entschuldigung, ein Einlenken wenigstens, ein Ich-werde-mir's-überlegen oder ein Ich-rede-mit-meiner-Mutter: warum sagte sie nichts? Merkte sie nicht, wie ihr zurückweisendes Verhalten mich kränkte? Nein, offensichtlich merkte sie es nicht. Wieder einmal. (Ich trank mein Glas in einem Zug leer.) Sie war eben doch noch sehr jung; manchmal vergaß ich, wie jung sie noch war; und dann ihre Eltern; sicher machte sie sich Sorgen, was ihre Eltern sagen würden, das tat sie immer; sie war nicht frei, zu wollen, was ich wollte; wäre sie frei, zu wollen, was ich wollte – sie würde es wollen, sicher würde sie das; wenn sie erst einmal wirklich mir gehörte, wenn sie erst einmal wirklich frei war; mit mir verheiratet; oder zumindest verlobt; wenn sie nur erst einmal

siebzehn war, vielleicht auch früher; nein, siebzehn, an ihrem siebzehnten Geburtstag würden wir uns verloben; wir würden vierhändig Klavier spielen; ein Jahr später die Hochzeit; das weiße Brautkleid, der weiße Brautschleier, die weißen Flügel ... Flügel? Warum trug Aurelia Flügel, um Himmels willen? Eine geflügelte Braut? Ich lachte, innerlich, und mein Lachen erleichterte mein Bemühen, mir nicht anmerken zu lassen, wie tief sie mich gekränkt hatte, als ich widerstrebend sagte: „O.K., lassen wir das mit der Firmung. Wir reden ein andermal darüber."
„Müssen wir nicht schon gehen?" Aurelia sah auf die Uhr. „Das Konzert fängt doch bald an, in fünfundzwanzig Minuten, oder? Ist es weit, von hier?"
Wir würden das Brahms-Requiem hören. Requiem. Der Gedanke traf mich zum ersten Mal. Schon wieder, an diesem Tag, waren wir im Begriff, uns dem Reich der Toten zu nähern. Komisch. Den ganzen Tag über hatte ich nicht daran gedacht. Ich hatte auch nicht daran gedacht, als ich die Konzertkarten kaufte. Ich kaufte Karten für das Brahms-Requiem, weil an diesem Abend im Goldenen Saal eben das Brahms-Requiem gespielt wurde. Ich hätte nicht einmal genau sagen können, wer die Solisten waren.
„Wir können da wirklich hingehen, so, wie wir sind?"
„Natürlich können wir das", beruhigte ich Aurelia, „mach' dir keine Sorgen, du siehst sehr hübsch aus."
„Meinst du?"
„Meine ich, ja. Komm, ich mache noch ein Photo von dir, vor dem Stephansdom. Stell' dich dort hin. Ja, so ist es gut."
Mir war kühl geworden. Ich verstaute meinen Photoapparat

(nein, inzwischen war es ihrer) wieder in meiner Supermarktplastiktragetasche und holte mein Sakko heraus; es war leicht zerknittert.
„Frierst du?"
„Nein. Was hören wir uns überhaupt an?"
„Brahms-Requiem. Hab' ich dir das nicht gesagt?"
„Nein."
„Kennst du es?"
„Nein."
Aurelia blieb seltsam stumm; kein einziges Wort sagte sie, den ganzen Weg durch die Kärntnerstraße bis zum Musikvereinsgebäude.
„Was denkst du eigentlich so die ganze Zeit?" fragte ich schließlich (während wir die rote Treppe zum Goldenen Saal emporstiegen), um ihr Schweigen zu brechen, das ich nicht mehr ertrug.
„Ach, nichts Besonderes", antwortete sie, und obwohl sie mich ansah, als sie antwortete, obwohl sie klar und deutlich antwortete, merkte ich – sie hielt sich wieder einmal an einem Ort auf, an den ich ihr nicht folgen konnte. Es war nicht so, daß ich das Gefühl gehabt hätte: meine Worte prallen an ihr ab. Nein, es fühlte sich so an: meine Worte dringen durch eine unsichtbare Wand, zerfallen in winzige Teilchen, lösen sich vollständig auf und verschwinden spurlos, aufgelöst, im Nichts, als wären sie nie gesagt worden.
Am Saaleingang kaufte ich ein Programm, auf Aurelias Reaktion lauernd, wenn sie den Goldenen Saal zum ersten Mal

sehen würde. Wir hielten kurz inne, eine Minute vielleicht, oben auf der Treppe, bevor wir die wenigen Stufen ins Parterre hinunterstiegen.

„Schön“, sagte das Mädchen an meiner Seite nur, „wunderschön“, sagte sie und leuchtete. Ich führte sie zu unseren Plätzen, im vorderen Drittel des Saales; einer meiner Professoren von der Hochschule nickte mir grüßend zu; er hatte mich noch nie gegrüßt.

„Das war ein Professor von der Hochschule“, sagte ich, „der hat mich noch nie gegrüßt.“

„Ja?“

„Das hat er nur deinetwegen getan.“

„Was.“

„Mich gegrüßt.“

„Blödsinn.“ Sie versank in ihren Stuhl, neigte den Kopf zurück und versenkte ihren Blick minutenlang in die goldene Decke.

„Da, gerade hat er sich wieder zu uns umgedreht.“

„Wer.“

„Mein Professor.“

„Doch nicht meinetwegen.“

Das Orchester begann auf das Podium zu strömen, schwarzweiß, dann die schwarzweißen Chormassen, schwarzglitzernd die Solistin, schwarzweiß der Solist, schwarzweiß der Dirigent; das Publikum (dezent bunt gemustert) applaudierte (bemüßigt), hustete und räusperte sich, angemessen lang, angemessen laut, gelangweilt zwar, dem Programm entsprechend

jedoch immerhin mit gebührlichem Ernst, feierlich.
Selig sind, selig sind, die da Leid tragen. Ich betrachte Aurelia von der Seite. Denn sie sollen getröstet werden. Aurelias Augen wandern ruhelos. Die mit Tränen säen, werden mit Freuden ernten. Aurelia rutscht ein wenig, vor und zurück. Sie gehen hin und weinen. Ich spüre, wie allmählich Ruhe in das Mädchen einkehrt. Sie gehen hin und weinen und tragen edle Samen. Aurelias Augen sind geradeaus gerichtet, ins Leere, scheinbar, und doch auf einen bestimmten Punkt. Sie gehen hin und weinen und kommen mit Freuden. Allmählich, während sie ruhiger wird, entfernt sich Aurelia. Und kommen mit Freuden. Immer weiter entfernt sich Aurelia. Und kommen mit Freuden und bringen ihre Garben. Aurelia ist weg. Diesmal aber, das fühle ich, hat sie einen Ort aufgesucht, an dem ich sie erreichen kann. Behutsam nehme ich Aurelias Hand in meine, tauche mit ihr in Worte, die Musik geworden sind.
Ich tauche auf, vor dem siebenten Abschnitt der Requiems, unfreiwillig aufgescheucht von Hustenden, Sichräuspernden, Aurelia weint. Ich drücke ihre Hand ein wenig fester; sie sieht mich nicht an; ein Obelisk blitzt durch meinem Kopf, weiß, zwei Tauben, eine Buchsbaumhecke, eine Bank, silbrig-grau; Applaus setzt ein; Aurelia wischt sich mit dem Handrücken übers Gesicht; ich reiche ihr ein Papiertaschentuch; sie sieht mich an und gleichzeitig durch mich hindurch: sie ist noch immer dort, während ich längst wieder zurück bin.
Konzertbesucher sehen Aurelia befremdet an (verstohlen von der Seite befremdet); sie hält die Augen gesenkt, läßt sich von

mir die rote Treppe hinunterziehen; dann, aus der Masse herausgeschält, der Masse entkommen, spüre ich, wie der linke Arm, den ich fest um das Mädchen gelegt habe, geschüttelt wird, von lautlosem Schluchzen. Ich halte den Atem an und bete, daß sie aufhört.

Was hast du. Ich weiß es nicht. Aber du mußt doch ... Nichts, es ist nichts. Aber du ... ich weiß es wirklich nicht. Ich will, daß sie endlich aufhört zu weinen. So hör' doch auf zu weinen, warum weinst du denn. Wenn ich es doch nicht weiß. Warum weinst du dann, bitte hör' auf zu weinen. Ich will ja aufhören, aber ich kann nicht. Verdammt, warum mußten wir uns ausgerechnet ein Requiem anhören. Ich weiß nicht, was ich tun soll. Ich lasse sie plötzlich los. Wir steigen in die Straßenbahn. Aurelia hört auf zu schluchzen. Ich weiß nicht, warum sie weint. Ihr zarter Körper, den ich dicht an meinen presse, zuckt noch eine Weile, dann ist sie ruhig, beinahe unnatürlich ruhig.

„Geht es dir jetzt wieder besser?"

Aurelia nickte stumm. Ihr Kopf lag auf meiner Schulter. Ich hielt sie weiter fest, mehr fiel mir nicht ein.

Das Licht im Stiegenhaus war grell, der Lift trug uns schweigend bis an die Tür der Wohnung, wo ich zur Untermiete wohnte. Und wieder fiel die Wohnungstür hinter mir ins Schloß. Und wieder fühlte ich mich seltsam, seltsam hilflos doch nicht hilflos müde, diesmal, nicht hilflos schwach, sondern hilflos stark, hilflos erregt. Aurelia stand stumm vor mir. Ich schob sie in ihr Zimmer; ich machte kein Licht, die Straßenbeleuchtung warf einen Lichtkegel durchs Fenster; wir setzten uns aufs Bett; ich ziehe ihr die Schuhe aus, die Jacke; du zitterst ja; frierst du? Komm, schnell ins Bett. Wo ist dein Pyjama? Ich knöpfe ihre weiße, ärmellose Bluse auf, ziehe sie über ihre Schultern, das weiße Hemd mit den dünnen Trägern über ihren Kopf; ihr weißer BH ist durchsichtig; ich kann den Verschluß nicht finden, im Halbdunkel; er muß vorne sein; ja; hinten wäre mir lieber gewesen; Mädchenduft; mein Herz pocht, dumpf, als ich ihr die Pyjamajacke anziehe; sie ist kurz, sie fühlt sich weich an, die Knöpfe leuchten weiß, und ich knöpfe sie vorne zu; ich fange oben falsch an und muß sie am Ende nochmals auf- und wieder zuknöpfen; Mädchenduft; der Reißverschluß ihres grauen Faltenrockes befindet sich auf der rechten Seite, von mir aus gesehen; sanft drücke ich Aurelias Oberkörper auf das Bett; ich ziehe den Rock nach unten, die Strumpfhose, das weiße Höschen mit dem Zackenrand. Mädchenduft. Pyjamahose. Wo ist die Pyjamahose? Mein Herz klopft dumpf und laut; Aurelia steht auf, geht zu einem Stuhl, der nahe am Fenster steht, in einem Lichtkegel, den die Straßenbeleuchtung zum Fenster hereinwirft; sie bückt sich leicht; mein Trommelfell klopft zum Zerspringen; sie nimmt ihre Pyjamahose, zieht sie an, tritt aus dem Lichkegel, schlüpft unter die Bettdecke. Danke, sagt sie. Soll ich dir einen Pfefferminztee kochen; soll ich bei dir bleiben; geht es dir jetzt besser; sie nickt; auf welche Frage ist das Nicken die Antwort; brauchst du noch etwas? Kopfschütteln. Lächelt sie? Ich küsse sie auf den Mund, ganz leicht, und zögernd verlasse ich das Zimmer, fluchtartig.

Ich lasse mich aufs Bett fallen; mein Kopf pocht, mein Körper dröhnt; ich versuche zu denken; es fällt mir schwer; der Verschluß eines durchsichtigen BHs öffnet sich, Klick; warum hat sie geweint; war ich nicht am selben Ort wie sie, eingetaucht in die Musik von Johannes Brahms; Aurelia – sie muß etwas anderes gesehen, etwas anderes erlebt, an jenem Ort; was mache ich nur immer falsch; ein Lichtkegel beleuchtet ein Mädchen ohne Pyjamahose von hinten; mir ist heiß; ich stehe auf, entledige mich hastig meiner Kleider; mir ist kalt; ich wickle mich in meine Bettdecke, so eng es geht; möglicherweise habe ich sie mißverstanden; möglicherweise hat ihr Nicken dem Tee gegolten, ich könnte aufstehen und Tee kochen; oder galt es dem Sollichbeidirbleiben?
Ich sprang aus dem Bett, zog meinen Bademantel an, ging in die Küche, füllte heißes Wasser in den Wasserkessel, stellte den Wasserkessel auf die Herdplatte, durchsuchte den Vorratsschrank nach einem Pfefferminzteebeutel; ich fand einen; er mußte seit fünf Jahren in diesem Schrank liegen; war Pfefferminztee verderblich? Vielleicht schlief sie längst; hoffentlich schlief sie; ich goß kochendes Wasser über den Teebeutel, den ich in eine Tasse gelegt hatte; hoffentlich schlief sie nicht; drei Löffel Zucker; hoffentlich schlief sie; ich entfernte den Beutel und rührte den Zucker um; ich nahm die Tasse in eine Hand, mit der anderen öffnete ich die Tür zu Aurelias Zimmer; sie lag auf der Seite, zur Tür gewandt; ein Kopf, ein Ellbogen, ein Knie; ich hörte sie atmen; sie schien zu schlafen; ich stellte die Tasse auf den Nachttisch. Aurelia, flüsterte ich, so leise, daß ich

es selbst kaum hören konnte, um sie nicht zu wecken; Aurelia, ich habe dir Pfefferminztee gebracht, falls du welchen möchtest, schläfst du? Ein Kopf, ein Ellbogen, ein Knie; wolltest du, daß ich bei dir bleibe? Ich bleibe bei dir, O.K.? Ich zog meinen Bademantel aus; ich zog die Bettdecke zurück; die Knöpfe ihrer Pyjamajacke leuchteten mir hell entgegen: mach' mich auf, mach' mich auf; ich öffnete den untersten; ich liebe dich, Aurelia; ich öffnete den obersten Knopf; dann die Knöpfe dazwischen; und dann legte ich die beiden Knöpfe frei, die rechts und links daneben lagen, die beiden braunen Knöpfe, die etwas größeren, die sich nicht öffnen ließen. Oder doch? Drehknöpfe, Drückknöpfe. Wenn du es nicht möchtest, höre ich auf, ich versprech's; mein Flüstern verstummte zu lautlosem Denken, ich flüsterte die Worte nicht mehr, ich dachte sie nur, wenn man das, was ich tat, denken nennen konnte, und ich glaubte sie, in diesem Augenblick; in jenem Augenblick jedoch, welcher diesem folgte, griffen meine Hände nach dem oberen Rand von Aurelias Pyjamahose, fühlten innen den weichen Stoff, in den sie sich krallten, während sie außen über glatte, weiche Haut glitten, in diesem Augenblick, spätestens, dachte ich nicht mehr.

Wacht sie oder schläft sie, schläft sie oder ist sie wach; Hände füllen sich mit sanft schlummernden Hügeln; eine Nase wittert Mädchenduft; Finger stolpern über runde, aufgeweckte Spitzen: das ist der Daumen, der schüttelt … der hebt sie auf, der … Lippen streifen über Hügel, über Spitzen, über Lippen; Finger verirren sich in dunkelbraunem Kräuselgras, teilen es, bahnen sich Wege; wohin? Ein allzu lang Gefangener folgt all dem, gespannt, mit wachsamem Auge; eine Zunge erkundet Höhlen, tief und rot; und feucht; der allzulang Gefangene verfolgt sie, neidisch, wachsamen Auges; schläft sie oder ist sie wach, wacht sie oder schläft sie; bewege ich sie oder bewegt sie sich; ihre Augen sind geschlossen; eine Zunge gleitet über Lippen; leise Laute; stoße ich sie zwischen meinen Lippen hervor oder sie zwischen den ihren; ihre Lippen sind geschlossen, und weich sind sie, entspannt, doch so lebendig auch; wachen oder schlafen sie; Hände ballen sich zu Fäusten, die in zwei fellbesetzte Winkel schlüpfen (wie für sie geschaffen), die Zuflucht suchen, warm und trocken, sich ein wenig ausruhen, sich öffnen und wieder schließen, bevor sie abwärts wandern, sich wieder öffnen, auf der Suche nach den zwei anderen runden Hügeln, gipfellos, die in eine andere Himmelsrichtung weisen; auch das verfolgt (neidisch) mit einem Argusauge, der allzu lang Gefangene, hilflos ausgeliefert seiner unvermutet gewonnenen Freiheit, mit der er nichts anzufangen weiß, inmitten einer Landschaft ohne Zäune und Gitter; die Finger, die Lippen, die Zunge, er verfolgt sie, die sich sicher und unbewacht wähnen, mit seinem einzigen, wachsamen Auge; er droht zu platzen, vor Neugier, vor Neu-Gier; und sehnsuchtsvoll, wütend, trotzig, stößt er in das Neu-Land vor, in das sagenumwobene, in das sagenumwoben verboten verborgene, das schläft oder wacht, wach ist oder schläft; auf ein Hindernis stoßend, vor diesem zurückfedernd, platzt er, im freien Fall schwebend, schwerelos, nicht vor Neid und nicht aus Neugier, nein, vor Erleichterung platzt er, vor Glück, und, ja, irgendwie: vor Stolz.

Hatte ich geschrien? Mir war, als ob ich, im undurchsichtigen intergalaktischen Nebel, einen Schrei gehört hätte; Aurelia, die ich an mich gedrückt hielt, murmelte etwas und schlug die Augen auf. Schläfst du? Nein, sagte sie. Hast du geschlafen? Ich weiß nicht, murmelte sie und schloß die Augen wieder. Habe ich dir … wehgetan? Ich weiß nicht. Hast du … es … gemocht? Ich weiß nicht, murmelte sie mit geschlossenen Augen. Es fühlte sich klebrig an und roch nach blühenden Akazien. Akazienblüten, murmelte sie, es riecht nach Akazienblüten. Magst du Akazienblüten? Ich weiß nicht. Soll ich hierbleiben? Sie sagte nichts. Ich blieb, allein deshalb blieb ich, weil ich nicht sicher war, was genau ich hätte tun sollen, wäre ich jetzt aufgestanden. Ist dir kalt? Ich weckte meinen linken Arm und zog ihn sachte unter Aurelia hervor, um ihre Pyjamajacke zuzuknöpfen. Aurelia drehte sich um und rollte sich auf die andere Seite ein. Ich umschlang sie erneut, von hinten, und drückte mich an sie, vorsichtig glücklich. Mitten in der Nacht wachte ich auf, geweckt, vermutlich von meinen eingeschlafenen Gliedmaßen; ich geriet in Panik, weil sie meinem Befehl, sich mit Blut zu füllen und bewegen zu lassen, nicht gehorchten; ich fror; Aurelia hatte sich vollständig in die Decke eingerollt; mühsam erhob ich mich und suchte meinen Bademantel; ich ging um das Bett herum, setzte mich, betrachtete die schlafende Aurelia; was sie wohl denken würde, was sagen, am Morgen, wenn sie aufwachte; ich holte ein Handtuch aus dem

Badezimmer, wickelte das schlafende Mädchen sachte aus der Decke und ging daran, die Spuren meines Tuns zu beseitigen; an der Bettwäsche, das war erfolglos, aber leicht; an mir; und an Aurelia; eine heiße Welle von Waswärewennsieschwanger schwappte über mich; nein, ich hatte ja gar nicht; ich sollte es prüfen, sicherheitshalber, ja, um beruhigt zu sein, sollte ich es prüfen, das war ja ganz leicht; es war tatsächlich leicht, und ich stieß auf einen leichten Widerstand; es erleichterte mich ebenso maßlos, wie es mich maßlos enttäuschte; doch es beruhigte mich nicht im geringsten, es beunruhigte mich über die Maßen; ich Idiot; warum hatte ich nicht daran gedacht, Kondome zu besorgen; ich hatte daran gedacht, natürlich hatte ich daran gedacht, immer wieder und sehr intensiv hatte ich daran gedacht, nur nicht so weit hatte ich daran gedacht, daß ich sie wirklich brauchen würde; nur eine winzige Möglichkeit war es gewesen, eine vorgestellte, eine erhoffte Möglichkeit, keine wirkliche Möglichkeit, schon gar keine mögliche Wirklichkeit; außerdem, nur einmal angenommen – es hätte in jedem Fall vorsätzlich gewirkt, denn im Grunde gab es nur zwei Möglichkeiten: Fahrlässigkeit (keines zur Hand haben) und Vorsatz (eines zur Hand haben). Zufall? Unschuldiger Zufall? „Ich hatte gerade zufällig eines in meiner Hosentasche …" – schon das „ich hatte" und „meiner" würde den Zufall als Vorsatz entlarven, gnadenlos. „Ich war vorgestern zufällig in der Apotheke, und da dachte ich …" – bei „dachte ich", spätestens, wäre man in seine eigene Falle getappt. (Zufällig) hatte sich die zugeknöpfte Pyjamajacke nach oben geschoben, (sicherheitshalber) überprüfte ich, ob es nicht doch eine Möglichkeit gab, die beiden großen braunen Knöpfe zu öffnen, und gleichzeitig tat ich (zur Beruhigung) alles, um der Möglichkeit einer Schwangerschaft auf den Grund zu gehen. Da bewegte sich Aurelia. Ich deckte sie hastig zu. Sie setzte sich auf, langsam, und blinzelte. „Schlaf' weiter, es ist nichts", flüsterte ich, und war froh, meinen Bademantel angezogen zu haben. Ohne ihr Einschlafen abzuwarten, begab ich mich in mein eigenes Bett und fiel dort in einen unruhigen Schlaf; in einen seichten Schlaf; knapp unter der Oberfläche meines Bewußtseins schlief ich, welches mich in keiner Sekunde vollständig losließ, von Zeit zu Zeit in meinen Schlaf hineinzuckte, mich unwirsch anfuhr, wie der Wecker, der am Ende in dieses seicht schlafende Bewußtsein aufdringlich schnarrte, rücksichtslos. Meine Augen schmerzten, meine Kehle brannte, mein Herz schlug schnell und flach und leise; der Gürtel meines Bademantels, indem er sich in einem harten Knoten in meinen Bauch grub, bohrte Reste von Schlaf aus meinem Bewußtsein und trieb mich aus dem Bett. Badezimmer. Küche, Frühstück. Leise klopfe ich an Aurelias Tür, legte mein Ohr daran, gespannt lauschend. Nichts. Stattdessen öffnete sich hinter mir mit einem lauten Knacksen die Badezimmertür. Aurelia hatte sich in mein Badetuch gewickelt.

„Guten Morgen", sagte sie und lächelte; etwas verlegen lächelte sie, doch immerhin, sie lächelte.

„Guten Morgen, Aurelia", sagte ich, grenzenlos erleichtert, und fügte hinzu, reflexartig: „Hast du gut geschlafen?"

Verdammt. „Das … Frühstück ist fertig."
Aurelia verschwand in ihrem Zimmer, um kurz darauf in der Küche zu erscheinen, in Jeans und Pullover.
„Hat dir das Konzert gestern gefallen?" fragte ich sie, goß Kaffee in ihre Tasse, ließ Milch und drei Stück Zucker folgen.
„Ja. Sehr. Und … dir?"
„Mir auch. Sag', was war eigentlich los mit dir?"
„Ich weiß nicht." Ihre Augen verengten sich zu Schlitzen. „Es hat mich erschüttert."
„Und was war daran so erschütternd? Ich meine, was genau."
„Genau? Das … kann ich nicht erklären, nicht so genau … es war so … traurig, so … unabänderlich traurig und dabei so … optimistisch."
Sollte ich über die vergangene Nacht reden? Etwas hemmte mich, etwas drängte mich.
„Du … Ich war …" Aurelia sah mir aufmerksam mitten ins Gesicht, und das, was ich wortlos in mir fühlte, sträubte sich, in angemessene Worte gekleidet aus meinem Mund zu strömen. Was schließlich herausströmte, war dürftig, doch zumindest entsprach es der Wahrheit: „… ich war gestern auch erschüttert."
Aurelia sagte nichts darauf, und mich beschäftigte wieder quälend die Frage: hatte sie geschlafen oder hatte sie nicht oder wie sehr hatte sie geschlafen oder wie lange oder wann genau nicht. Die Frage lag fix und fertig in Worte gekleidet in meinem Mund, auf meiner Zunge.
„Wollen wir noch etwas unternehmen? Bevor du fährst, meine

ich. Wir könnten auf den Kahlenberg fahren. Es ist so ein schöner Tag."
Aurelia sah auf die Küchenuhr.
„Ist das weit?"
„Nein."
„Müssen wir da mit dem Auto fahren?"
Ich lachte.
„Natürlich – es sei denn, du willst zu Fuß gehen. Also, was ist?"
„Ich weiß nicht recht." Sie sah wieder auf die Uhr über der Küchentür.
„Wenn du deinen Zug versäumst, kann ich dich ja nach Hause fahren."
Aurelia schrak zusammen, bei meinen Worten.
„Es war nur ein Scherz", sagte ich eilig, munter, beruhigend. „He, Aurelia, sieh' nicht so verschreckt drein, es war nur ein Scherz. Wenn du willst", fügte ich hinzu, um sie auf andere Gedanken zu bringen, „wenn du willst, können wir auch nach Schönbrunn fahren, auf die Gloriette spazieren, zum Beispiel."
„Oder in den Tiergarten?"
„Ja", sagte ich und wunderte mich, „warum nicht in den Tiergarten."
Das Geschenk. Beinahe hätte ich das Geschenk vergessen.
„Warte, fast hätte ich's vergessen, ich habe ein Geschenk für dich."
Ich sprang auf, warf die bereits leere Kaffeetasse um, holte aus meinem Zimmer mein Päckchen und überreichte es Aurelia. Gespannt sah ich zu, wie sie das Päckchen öffnete, neugierig,

ungeduldig, das Band herunterzerrend, das Papier zerreißend. Obwohl ich selbst lange nach diesem so schönen Stück gesucht, es selbst gekauft, selbst eingepackt hatte, war ich doch selbst wieder ein wenig überrascht von seiner Schönheit; jetzt, da sie ihn ausgepackt hatte; von seiner vollkommenen Schönheit war ich überrascht, von seiner zarten Zerbrechlichkeit, von seiner Lebendigkeit, wo ich doch wußte, daß er nicht lebendig war, sondern tot, aufgespießt in seinem Glaskästchen.
„Ist er nicht wunderschön."
„Ja", sagte Aurelia und drehte und wendete das Glaskästchen und besah sich den Schmetterling von hinten und legte ihn beiseite.
„Nun, was ist? Schönbrunn?"
„Können wir da mit der Straßenbahn hinfahren?"
„Ja, aber das dauert bestimmt länger."
„Das macht nichts."
Wir nahmen also, weil sie es unbedingt so wollte, die Straßenbahn und die Stadtbahn. Dann wanderten wir noch ein Stück durch den Park, bis wir schließlich am Haupttor des Tiergartens angelangt waren. Ich bezahlte unseren Eintritt und sah auf die Uhr.
„Wir haben genau eine Stunde Zeit", sagte ich, zu Aurelia gewandt, und noch während ich den Satz aussprach, vielmehr: bereits während sich der Gedanke zu diesem Satz in meinem Kopf formte, während ich auf die Uhr sah und den Sachverhalt wortlos feststellte, spürte ich eine allzu vertraute Empfindung in mir aufkeimen.

Ich wußte, diese vertraute Empfindung würde in mir wachsen; andere, sich dort ahnungslos sanft wiegende Empfindungen heimtückisch umranken, bis sie diese vollkommen überwucherte; sie würde sich um all meine übrigen Empfindungen ranken, unerbittlich; so hartnäckig wuchern würde sie, so dicht sich um meine übrigen Empfindungen schlingen, bis sie diese vollends erstickt hatte. Ich ahnte den Vorgang voraus, noch ehe ich „wir haben genau eine Stunde Zeit" sagte, weil diese vertraute Empfindung immer so vorzugehen pflegte; weil ich sie oft und oft bei ihrem Vorgehen beobachtet hatte; weil sie einer Empfindung ähnelte, die jeden Morgen in mir aufkeimte: in dem Moment des Weckerläutens; und blieb: bis zu dem Moment, in welchem ich endgültig und unwiderruflich das Bett verlassen mußte. Doch im Gegensatz zur der allmorgendlichen harmlosen Empfindung des nahenden Endes eines angenehmen Zustands, war die, welche bei dem Satz „wir haben genau eine Stunde Zeit" in mir aufkeimte, nur scheinbar die selbe; sie war nur verwandt, nur ihre Zwillingsschwester; sie begann, keineswegs harmlos und schadlos, sondern wild und schädlich, immer dann in mir zu wuchern, sooft ein Beisammensein mit Aurelia sich seinem Ende näherte; immer dann, wenn ich mich einem dieser Momente näherte, in welchem ich Aurelia unwiderruflich verlassen mußte. Hätte der Moment sich mir genähert – ich hätte mich gegen ihn zur Wehr setzen können, ihn vielleicht sogar aufhalten; doch nein – ich war es ja, der sich dem Moment näherte, ohnmächtig, außerstande, mich an meinem eigenen Näherrücken zu hindern; unweigerlich würde ich an diesen Moment prallen, an den Moment, in welchem Aurelia in den Zug steigen und mich verlassen würde; je näher ich dem Moment rückte, desto unerträglicher wurde die wild wuchernde Empfindung der Begrenztheit eines Zustands, von dem ich mir so sehr wünschte, er wäre grenzenlos, so wunderschön fühlte er sich an; ich sollte wohl sagen: so wunderschön hätte er sich angefühlt. Denn die wild wuchernde Empfindung schlang sich erbarmungslos um die Empfindung der Wunderschönheit und hinderte mich daran, die Wunderschönheit aller Momente vor dem gefürchteten letzten Moment zu empfinden.

Aurelia schlang ihre Arme um das Geländer des Elefantengeheges, der Elefant schlang seinen Rüssel um ein Stück Holz, ich schlang meinen rechten Arm fest um Aurelia, und um mein Herz schlang sich nichts als Angst; mit jedem Schritt, den wir weiter durch den Tiergarten streiften, schlang sich die Angst enger um mein Herz, doch nicht nur um mein Herz schlang sie sich; sie schlang sich um Aurelia, sie schlang sich um stolz emporgereckte Giraffenhälse, um weit geöffnete Nilpferdmäuler, um possierliche Äffchen, um Gitterstäbe, hinter welchen wilde Tiere auf und ab liefen, Wölfe, Tiger, Leoparden, ruhelos, monoton, stumpfsinnig. Und Aurelia? Fühlte sie, was ich fühlte? Sie mußte dasselbe fühlen; und doch wirkte sie so gelöst.

Eine Stunde später hatte das wild wuchernde Angstgefühl mich beinahe vollständig erdrückt; ich stand da, hielt Aurelias Hand, wartete; wir warteten auf die Stadtbahn; fünf Minuten verstrichen; Aurelia fixierte abwechselnd ihre Armbanduhr und den Punkt, an dem die Stadtbahn auftauchen sollte; ein Hoffnungsschimmer erhellte mich ein wenig; meine Angst ließ ein wenig nach; der Hoffnungsschimmer strahlte noch heller, als sich, nach weiteren fünf Minuten, noch immer keine Stadtbahn blicken ließ. „Infolge der Erkrankung eines Fahrgastes kommt es auf den Linien GD und D in beiden Fahrtrichtungen zu unregelmäßigen Zugsintervallen. Wir sind bemüht ..." Der Rest des Satzes versank ungehört in mir, in den wild wuchernden Schlingen der Angst, und mein Herz, emporfedernd vor Erleichterung, sprengte sie. Aurelia würde ihren Zug versäumen. Garantiert. Sie mußte einen späteren Zug nehmen. Erkrankung eines Fahrgastes. Oder ich mußte sie im Auto nach Hause bringen. Vermutlich war der erkrankte Fahrgast tot. Das verlängerte mein Beisammensein mit Aurelia um mindestens zwei Stunden. Vermutlich hatte sich jemand auf die Stadtbahngeleise geworfen. Erkrankung eines Fahrgastes. Die übliche Umschreibung für: jemand hat sich in selbstmörderischer Absicht auf die Geleise geworfen.

„Ich werde meinen Zug versäumen."

„Das macht doch nichts. Nimm einfach den nächsten."

„Meine Eltern warten aber."

„Wir rufen sie an."

„Sie sind aber nicht zu Hause."

„Ich bringe dich mit dem Auto nach Hause."

„Sie sind aber nicht zu Hause", sagte Aurelia und blickte geradeaus, „sie sind nicht zu Hause. Sie sind nicht zu Hause", wiederholte sie, monoton und stumpfsinnig. „Sie holen mich vom Bahnhof ab, sie warten am Bahnhof auf mich, sie holen mich dort ab."

„Warum freust du dich eigentlich nicht?"

Aurelia sah mich an. Entsetzt? Wütend? Traurig? Warum?

„Freuen?"

„Ja, freuen. Du könntest dich zum Beispiel, so wie ich, wahnsinnig darüber freuen, daß wir zwei Stunden länger zusammen sein können, anstatt wegen deiner Eltern zu jammern."

Aurelia schien etwas sagen zu wollen.

„Ja?"

„Nein, nichts."

„Manchmal habe ich das Gefühl, du liebst mich überhaupt nicht."

Aurelia schwieg. Sekundenlang schwieg sie. Mir war plötzlich eiskalt.

„Liebst du mich?"

„Natürlich."

„Natürlich was."

„Natürlich liebe ich dich."

„Du benimmst dich aber nicht so. Wir können zwei Stunden länger zusammen sein! Und du freust dich überhaupt nicht. Nicht im geringsten freust du ich, überhaupt kein bißchen."

Ich sprach wohl ziemlich laut. Unziemlich laut. Menschen sahen zu uns herüber. Aurelia schwieg. Ich fühlte meine Lippen zittern, meine Mundwinkel zucken. Das Zucken und Zittern breitete sich aus, erfaßte mich ganz und gar.

„Da, sieh meine Hände an, sie zittern; d-du machst mich ganz krank."
„Meine Eltern holen mich am Bahnhof ab, sie warten auf mich", sagte Aurelia noch einmal.
Ich dachte an die wilden Tiere, wie sie in ihren Käfigen auf und ab liefen, monoton und stumpfsinnig. Monoton und stumpfsinnig sagte sie immer dasselbe, stumpfsinnig und monoton. Der dicke Faden, der etwas in mir zusammenhielt, scheuerte sich durch, an der Stelle, auf die diese monotonen, stumpfsinnigen Sätze trafen, immer und immer wieder; er riß mittendurch, hinterließ zwei ausgefranste Enden, häßlich, grob, die mich verletzten, mir wehtaten, mich aufs äußerste reizten; mir war nach Brüllen; ich hätte Aurelia angebrüllt; nur die Menschen, die dumm gaffenden, hielten mich zurück; mein Brüllen geriet zu einem Zischen.
„Ich kann gar nichts, wenn du mich in diesem Zustand gebracht hast, das weißt zu genau, schon gar nicht kann ich Auto fahren, in diesem Zustand, das kann ich auf gar keinen Fall."
„Ist ja gut. Ist ja schon gut." Aurelias Stimme war mit einem Male so ruhig, so sanft, als sie auf mich einredete, nicht mehr stumpfsinnig, nicht mehr monoton, ein ruhiges, sanft wiegendes Auf und Ab. „Am besten fahren wir jetzt zu deiner Wohnung. Wir holen mein Gepäck. Du fährst mich in deinem Auto. Wir fahren zum Bahnhof, an dem meine Eltern auf mich warten. Das könnte sich gerade ausgehen. Bestimmt wird sich das ausgehen. Ganz bestimmt."
Sie legte den Arm um mich und schob mich in den Waggon

des Stadtbahnzuges, der gerade in die Station eingefahren war. Sie drückte mich sanft auf einen Sitz. Ich fühlte ihren Körper dicht neben mir. Ich spürte einen Handrücken, der über meine Wange strich. Ich schloß die Augen. Es fühlte sich angenehm an. Allmählich ließ mein Zittern nach.

Ich war spät dran. Den Gedanken, im New Yorker Abendverkehr ein Taxi zu nehmen, verwarf ich. Der unterirdische Weg flößte mir vergleichsweise mehr Vertrauen ein. Weniger Hindernisse. Dann, als ich in einem Subway-Zug (Uptown) saß, wurde mir etwas eigenartig zumute; weil ich spät dran war, weil mir dämmerte, daß mich nur mehr eine sehr kurze Zeitspanne vom Konzertpodium der Carnegie Hall und der „Schönen Müllerin" trennte, weil ich an den Sänger dachte, dessen psychischer und physischer Zustand sich seit dem Vormittag möglicherweise nicht verbessert hatte, möglicherweise sogar verschlechtert; schwarze Socken, hatte ich schwarze Socken in den Kleidersack gepackt; ja, ich hatte sie eingepackt, in die rechte untere Außentasche (von oben gesehen); weiße Socken, stellen Sie sich vor, ich wäre in weißen Socken aufgetreten, in der Carnegie Hall, in Frack und weißen Socken! Möglicherweise war das Konzert inzwischen abgesagt, wegen Indisposition des Sängers, und man hatte vergessen, mich zu verständigen; nein, unwahrscheinlich; ich verscheuchte das

Bild des indisponierten Sängers; die rothaarige Frau; ich dachte an die rothaarige Frau, und kaum dachte ich an sie – tja, wie soll ich Ihnen das beschreiben: kaum dachte ich an sie, schwappte sie in mich hinein; das fühlte sich etwa so an, wie – kennen Sie diesen Moment, wenn Sie in der Hochschaubahn sitzen, genau den Moment, wo Sie sich, gerade eben langsam am höchsten Punkt angekommen, in die Kurve nach unten lassen? Eine Sekunde lang, vielleicht sind es auch zwei oder drei, fühlen Sie sich schwerelos, Ihr Bewußtsein trübt sich ein, und wenn Sie nicht aufpassen, vergessen Sie zu atmen. (Das erinnert Sie jetzt wahrscheinlich an etwas Bestimmtes, ja, da haben Sie recht, das Gefühl ist ähnlich, der Unterschied ist ein geographischer: das Hochschaubahngefühl liegt etwas weiter oben, während das, woran Sie vermutlich gerade denken, etwas weiter unten gelagert ist, doch es besteht eine grundsätzliche Ähnlichkeit, da gebe ich Ihnen durchaus recht.) Wie auch immer. Die rothaarige Frau kam, sowie ich an sie dachte, auf mich zu, lächelte mich an und schwappte in mich hinein. Verdammt, warum hatte ich sie nicht angesprochen, ich Idiot. Vollidiot. Sagen Sie jetzt nicht: Was regen Sie sich auf, gibt es nicht Frauen genug auf dieser Welt? Ja – aber nicht von der Sorte, die ein Hochschaubahngefühl auslöst. Von dieser Sorte begegnet Ihnen vielleicht einmal in drei Jahren eine, wenn Sie wirklich ehrlich sind. Wenn Sie Glück haben. Und selbst wenn Sie Ihrerseits zu der Sorte Männer gehören, welchen es im allgemeinen nicht schwer fällt, Frauen anzusprechen, passiert Ihnen möglicherweise in diesem besonderen Fall, der alle paar

Jahre auftritt, dasselbe wie mir: Sie verabsäumen es, gerade diese eine Frau anzusprechen. Weil Sie Angst haben, vor dem, was sein könnte und nicht sicher sind, ob Sie das überhaupt wollen; weil Sie gleichzeitig Angst haben, das, von dem Sie gar nicht sicher sind, ob Sie es überhaupt wollen (was aber doch hätte sein können), zu zerstören und sich damit einer reizvollen Möglichkeit (die eine reizvolle Möglichkeit geblieben wäre, hätten Sie die Frau nicht angesprochen) zu berauben. Und dann haben Sie Angst, sich lächerlich zu machen, mit Ihrem Hochschaubahngefühl. Und dann drängt die Zeit. Und dann sagen Sie, weil plötzlich der letztmögliche Zeitpunkt gekommen ist, zu dem Sie etwas sagen können und weil Sie sich plötzlich erinnern, daß es Ihnen ja leicht fällt, Frauen anzusprechen, plötzlich etwas ganz und gar Unpassendes. Oder etwas Erschreckendes. Oder aber der letztmögliche Zeitpunkt ist plötzlich vorüber, und sie ist genauso plötzlich verschwunden. Wie in meinem Fall die rothaarige Frau. In dem Augenblick, in welchem die Frau aus der wirklichen Welt (aus der Welt der dreidimensionalen, festen Körper, als Körper also, den man hätte anfassen können) verschwindet, taucht sie in Ihrer inneren Welt wieder auf, in dieser imaginären, jedoch durchaus nicht unwirklichen Welt; wenn sie soeben frisch abgetaucht ist, die Frau, die anzusprechen Sie verabsäumt haben, befindet sie sich in einem geradezu idealen physikalischen Zustand; nicht ganz so greifbar vielleicht, doch dafür viel weicher; unvergleichlich weicher und schmiegsamer paßt sie sich jeder Ihrer inneren Regungen an; allmählich verflüssigt sie sich; das ist der

Zustand, in welchem sie besonders häufig über Sie drüberschwappt und dieses Hochschaubahngefühl auslöst, obwohl sie im flüssigen Zustand noch weniger greifbar ist; jedenfalls können Sie mit der Dame im erweichten und verflüssigten Zustand alles machen – Sie tun es im allgemeinen auch, bis diese schließlich in einen gasförmigen Zustand zerfällt und Sie ihre Überreste in einem speziellen Raum aufbewahren, nehme ich an, so wie ich; ich nenne ihn: Raum der versäumten Frauen, doch wahrscheinlich sollte ich besser sagen: Raum der verschwundenen Frauen. Denn – und das mag Ihnen vielleicht ein Trost sein, so wie es mir gerade ein Trost ist – irgendwann treffen sich die versäumten Frauen mit den nichtversäumten im selben Raum; irgendwann landen die, welche verschwunden sind, nachdem Sie wirklich mit ihnen geschlafen haben (in der wirklichen Welt der festen Körper), im selben Raum wie die, mit welchen zu schlafen Sie sich nur wirklich vorgestellt haben. Zu einem unbestimmten Zeitpunkt in der Zukunft (oder in der Vergangenheit, je nachdem) macht es keinen Unterschied mehr. Und versäumt oder nichtversäumt, es bleibt immer, auch nach Jahren noch, die Möglichkeit bestehen, daß eine Frau aus dem Raum der verschwundenen Frauen ihren gasförmigen Zustand verläßt, sich unvermutet verflüssigt oder gar bis zu einem gewissen Grad verfestigt, aus nichtigem Anlaß, weil Sie jemandem begegnen, der ihr ähnlich sieht, oder … so wie …

Mehrfaches heißes Erschrecken. Aurelia. Weggespült beinahe, von der Rothaarigen. (Dringend retten.) Siebenundfünfzigste Straße. (Aussteigen. Dringend.) Sackerl, Buchsbaumzweig.

(Wahrscheinlich vertrocknet, hoffnungslos). Schöne Müllerin (sicher); Kleidersack, Frack, weißes Hemd (sicher), schwarze Socken (hoffentlich).

Ich kam an einem Schaukasten vorbei, in dem ein Plakat hing. Mein Name stand darauf, ein wenig kleiner als der Name des Sängers, beinahe zugedeckt von einem Papierstreifen, der quer darüber klebte: Ausverkauft. Und trotzdem: Der blauuniformiert schwarzbebrillte weibliche Zerberus (einköpfig nur, allerdings), der die Pforten zur Carnegie Hall bewachte (Tag und Nacht, wie es schien – oder hatte er doch drei Köpfe, die abwechselnd ihren Dienst versahen?), bedachte mich mit einem streng durchdringenden Blick, als ich meinen Namen sagte, und ich spürte, wie sich Schweißperlen über meiner Oberlippe bildeten. Die freudlose Andeutung eines angedeuteten Nickens hinter einer Glaswand ließ mich gnadenhalber vorbei. Ich zog es vor, nicht nach Art und Lage meiner Garderobe zu fragen, die Gefahr des Umherirrens durch Gänge und Treppenhäuser in Kauf zu nehmen; lange irrte ich nicht; Tonleitern kamen mir zu Hilfe, Tonleitern, die jemand auf und ab sang, die mich leiteten, bis ich vor der Tür stand, hinter der sie produziert wurden; mein rechtes Ohr legte sich an die Tür und lauschte; hörte sich nicht schlecht an; ich war beruhigt. Ein weißer Zettel mit meinem Namen klebte an der Nebentür. Ich zog mich um. Der Sänger sang eine Akkordzerlegung. Er unterbrach sich, räusperte sich, sang weiter, unterbrach sich wieder, räusperte sich von neuem; je näher er seinen höchsten Tönen kam, desto häufiger unterbrach und räusperte er sich; er war nervös; seine

Stimme klang ziemlich normal, für meine Pianistenohren, die bekanntlich nicht so fein sind wie Sängerohren, für mich also wenigstens klang er normal, doch er klang eindeutig nervös; ich hörte, wie seine Nervosität zunahm; ich plagte mich mit dem Verschluß meiner weißen Fliege, und während ich mich fragte, warum sie Fliege hieß, obwohl sie nicht die geringste Ähnlichkeit mit einer Fliege hatte, trat ich auf den Gang und klopfte an die Nebentür; die Tür öffnete sich mit einem Ruck.
„Hallo", sagte ich, „könnten Sie mir vielleicht mit dieser verflixten Fliege behilflich sein?"
Der Sänger starrte mich an. Seine Augen erschienen mir ein wenig glasig. Fiebrig, möglicherweise.
„Hallo", sagte er, „ja, natürlich."
„Ich glaube, ich bin nun doch ziemlich nervös", bemerkte ich mit einem etwas schiefen Lächeln und spürte zu meiner eigenen Verwunderung: ich log gar nicht, obwohl ich, noch während ich es sagte, vorhatte zu lügen, um den Sänger von seiner eigenen Nervosität abzulenken. Der Sänger reagierte mit leichter Verzögerung. Ich wußte, er wäre auf ein Täuschungsmanöver nicht hereingefallen und war in gewissem Sinne froh, jetzt tatsächlich ziemlich nervös zu sein.
„Sie werden mir doch jetzt nicht die Nerven wegschmeißen, nein, tun Sie mir das nicht an," redete er, betont beruhigend, auf mich ein, und es gelang ihm, den Verschluß meiner Fliege zu schließen. „Kommen Sie, spielen wir ein paar Töne."
Ich holte mein Plastiksackerl aus meiner Garderobe und breitete meine Schöne Müllerin auf dem Klavier aus, welches in

der Garderobe des Sängers stand. Ich spielte mich ein bißchen warm; meine Nervosität ließ ein bißchen nach.
„Ich bin nicht ganz auf der Höhe, körperlich", sagte der Sänger, sich räuspernd, „etwas wackelig auf den Beinen, aber irgendwie kriegen wir das hin. Machen wir das Wandern."
Die ersten Takte schon beruhigten mich; ich spürte eine übermäßige Konzentriertheit in der Stimme des Sängers, eine leicht erhöhte Anspannung: es fehlte die gewohnte hundertprozentige Lockerheit. Doch sie ging mir nicht ab, die gewohnte hundertprozentige Lockerheit, nein, sie ging mir keineswegs ab, denn an ihre Stelle trat etwas sehr Berührendes, das ich in diesem Augenblick nicht beschreiben konnte. Jedenfalls begann ich mich auf das Konzert zu freuen.
„Das wird schön", sagte ich, als er das erste Lied zu Ende gesungen hatte.
„Ich weiß nicht. Es strengt mich ziemlich an. Hoffentlich stehe ich es durch." Er sah auf die Uhr und ließ sich auf einen Stuhl fallen. „Sie sind ziemlich gut drauf, oder? Was haben Sie denn so getrieben, an diesem schönen Nachmittag in New York?"
„Ich bin der Frau meines Lebens begegnet", hörte ich mich sagen.
„Aha." Belustigt hob der Sänger seine linke Augenbraue und den linken Winkel seines Mundes. „Und?"
„Nichts und."
„Nichts und? Schade. Warum nichts und?"
„Ich habe sie nicht angesprochen."
„Verdammter Mist."

„Verdammter Mist."
„Vielleicht war sie gar nicht die Frau Ihres Lebens."
„Doch."
„Was macht Sie so sicher?"
„Keine Ahnung. Eine Ahnung."
„Wie sah sie aus? Wie Ihre Aurelia, vermute ich."
„Nein."
„Nein? Nein. Und Ihr Buchsbaumzweig? Sie haben ihn doch nicht etwa vergessen!"
Ich schüttelte den Kopf. „Habe ich nicht", sagte ich, zog ihn aus meinem Plastiksackerl und steckte ihn in meine Frackhosentasche, „wenn Sie das beruhigt."
„Ja, das beruhigt mich."
„Warum?"
„Keine Ahnung, nur so eine Ahnung", sagte er und grinste und sah wieder auf die Uhr. „Erzählen Sie mir etwas von Aurelia." Er summte ein paar Töne.
„Da gibt's nichts zu erzählen."
„Das glaube ich Ihnen nicht. Aber gut, dann erzählen Sie von der Frau Ihres Lebens."
„Sie hatte rote Haare."
„Und Aurelia hatte keine roten Haare."
„Nein, hatte sie nicht."
„Sondern?"
„Braune."
Der Sänger seufzte. „So kommen wir nicht weiter."
„Da haben Sie recht."

„Wie haben Sie Ihre Aurelia kennengelernt? Nein, lassen Sie mich raten. Sie haben sie auf einem Friedhof kennengelernt."
War er Hellseher oder was? Ich brauchte eine Weile, um mich von meiner Verblüffung zu erholen, und ich verspürte immer noch keine Lust, ihm die Geschichte zu erzählen. Außerdem hatten wir nur mehr genau neun Minuten bis zu unserem Auftritt.
„Wie kommen Sie darauf?" fragte ich schließlich.
„Ich habe nur kombiniert", beruhigte er mich, „doch wie es scheint liege ich nicht ganz falsch, oder?"
„Was haben Sie kombiniert?"
Etwas beschäftigte ihn. „Ist nicht so wichtig." Er sah auf die Uhr. „Na dann", sagte er, „wird schon schief gehen."
Ich klappte meine Schöne Müllerin zusammen, verschwand ins Nebenzimmer: ich versuchte meine Gedanken zu sammeln, sie auf die Einmaligkeit des vor mir liegenden Ereignisses zu konzentrieren, berühmter Sänger, berühmter Ort, berühmtes Werk; doch die Gedanken zerrten an mir, rissen sich los, jagten Frauen nach, verschwundenen Frauen, versäumt und nichtversäumt.
Der Sänger erschien in meiner Garderobe.
„Kommen Sie", sagte er.
Vor der Tür, so unauffällig, daß ich fast über ihn gestolpert wäre, stand der Umblätterer, der blasse schlaksige Jüngling. Mein Blick streifte ihn, ich drückte ihm die Schöne Müllerin in die Hand.
Im selben Augenblick verflüssigte sich Aurelia. Sie schwappte aus dem Raum der verschwundenen Frauen, in mir in

mich hinein über mich hinweg, so plötzlich und so heftig, daß mir die Luft weg blieb. Ich griff nach dem Buchsbaumzweig in meiner Hosentasche.

„Daß Sie mir jetzt nicht geistig spazieren gehen, auf irgendeinem Friedhof ...", sagte der Sänger, die Stirn runzelnd, „und ... toitoitoi."

Aurelia ebbte ab, in mir, zog sich zurück, löste sich auf, beinahe so plötzlich, wie sie mich überflutet hatte.

Wir schwiegen, auf das Zeichen zum Auftritt wartend. Der Sänger räusperte sich, jemand reichte ihm ein Glas Wasser, er räusperte sich wieder; sein Blick erschien mir fiebrig. Mein Herzschlag drängte sich in mein Bewußtsein, etwas lauter, etwas bestimmter, etwas langsamer; das erste Lied der Schönen Müllerin, das Wandern ist des Müllers Lust, fügte sich in den Rhythmus, in das Tempo meines Herzschlags, Takt um Takt, ich hört' ein Bächlein rauschen wohl aus dem Felsenquell; eine Mühle seh ich blinken aus den Erlen heraus; (wie eigentlich sehen Erlen aus?) Man gibt uns das Zeichen zum Auftritt; Applaus; Applaus, der sich anhört, wie gleichmäßig leicht trommelnder Regen auf Glas sich anhört; Applaus, der dem berühmten Sänger gilt und dem berühmten Ort und dem berühmten Werk, nicht mir, Applaus jedoch, von dem auch etwas auf mich abfällt; etwas, das sich nach wohlwollender Vorfreude anhört und Wollen und Freude in mir auslöst. Der Sänger deutet seine Verbeugung kaum an, schüttelt sich, beinahe unhöflich, ungeduldig gespannt, wie um den Applaus loszuwerden, wie um Stille zu erzwingen, während ich mich an den Flügel setze, der blasse Jüngling meine Noten zurechtrückt. Stille. Der Sänger nickt mir zu, Zeichen, daß ich beginnen soll. Die Stille erhebt sich und spannt sich, von diesem Nicken, Sekunde um Sekunde, zum imaginären Anfangspunkt; ein imaginärer Punkt, und doch gibt es nur einen: der Punkt, an welchem die gespannte Stille ein Höchstmaß an Unerträglichkeit erreicht hat; ich fange an zu spielen, an diesem Punkt, endlich, das Wandern; das Wandern durch ein Müllerleben, das in diesem Augenblick beginnt, hat meinen Pulsschlag, und im Einklang mit meinem Pulsschlag schlägt der Puls des Sängers, des Sängers, der jetzt ein Müller ist, ein Müller, der singt, nicht irgendein Müller, sondern der Sänger, wäre er ein Müller. Und ich? Ich verschwinde allmählich, plötzlich; verschwinde in den Kopf des Sängers, der ein Müller ist, in den Kopf des Müllers, wäre er der Sänger. Begleitend ermuntere ich ihn und murmle vage Hoffnung und nehme verwundert seinen Dank entgegen und teile seine Freude; jedoch spüre ich, vom ersten Schritt, den wir gemeinsam wandern, wie sich in Munterkeit und Hoffnung und Dank und Freude leise Verzweiflung mischt; es ist nicht meine Verzweiflung, und ich wehre mich und wehre mich dann doch nicht: die Verzweiflung des Müllers, der ein Sänger ist, packt mich, der in seinem Kopf sitzt; an der Quelle sitze ich, nein, die Quelle bin ich und weiß bald mehr als er und weiß es früher; seine Verzweiflung, die mich packt, ist ungeduldig, keine Unterbrechung duldet sie, kaum Atem holen lasse ich den ungeduldig Verzweifelnden, und er läßt mich nicht; umblättern, rasch; Tränenregen; ziemlich langsam; ziemlich langsam regnen meine eigenen Tränen in mich selbst hinein.

❦ ❦ ❦

Tropfen platzen an die Windschutzscheibe; in meinem Kopf rauscht es, dicht, naß, windig, dunkel, wie in den Baumkronen über mir; mein Kopf ist auf meinen Arm gebettet, mein Arm auf das Lenkrad; Rauschen drinnen und Rauschen draußen, dicht, naß, windig, dunkel; Tränen brennen in meinen Augen; sie will nicht mehr; Tränen laufen in meine Nase; sie will nicht mehr, nicht mehr so oft, nicht mehr so lang; kühl und sachlich hat sie das gesagt, gefühllos, hart; stocksteif sitzt sie neben mir, gefühllos, hart, ich mache eine kleine Bewegung auf sie zu, ich will sie berühren, wenn ich sie berühre, wird alles gut, bestimmt, doch sie weicht zurück, vor mir, weicht zurück, vor jeder meiner Berührungen; vielleicht sollten wir uns überhaupt trennen, für einige Zeit, sagt sie, kühl und sachlich und weicht zurück, gefühllos, hart; ich will, daß sie über meine Wangen laufen, die Tränen, doch sie weigern sich, fließen nach innen, in meine Kehle, und würgen mich und brennen, füllen mich aus und klumpen sich zusammen; sie dehnen mich, schwer, dicht, naß, dunkel, die Tränenklumpen, dehnen mich nach außen, ziehen mich tief in mich hinein, türmen sich über mich, halten mich gefangen, drücken mich nieder, schwer, naß, dunkel. Für einige

Zeit, sagt Aurelia da, wenn … dann … vielleicht … Die Tränenklumpen lockern sich ein wenig, ein wenig weniger schwer und ein wenig weniger dunkel und ein wenig weniger naß, und das Rauschen drinnen läßt ein wenig nach.

Ich gebe einem weißen Taschentuch Zeit, eine feuchte Stirn zu streifen, zwei Augenschläge nur, schon spiele ich weiter, ungeduldig, mäßig geschwind, Bächlein, laß dein Rauschen sein, Räder, stellt euer Brausen ein; die hohen Töne klingen leicht forciert, die Verzweiflung des Sängers ist verzweifelt echt, obwohl es ein Triumphlied sein sollte: die geliebte Müllerin ist mein, ist mein, ist mein! Und dann: Pause, ganz ohne Pause, denn es kommt immer wieder vor; immer wieder findet sich ein Zuhörer im Publikum, der reflexartig zu applaudieren anfängt, sobald er das Wort im Programmheft sieht: Pause. Dabei ist es nur eine Liebespause, eine Pause voller Liebespein und Liebesbangen ist es, zum Bersten vollgefüllt mit unerfülltem Liebessehnen, Liebessehnen, das einen Verdacht zu nähren beginnt, im Müller, der ein Sänger ist, der ein Müller ist; weiß sind sie beide, in diesem Augenblick, Mehlstaub, Verzweiflung, Schwäche. Durchhalten, lieber Gott, laß ihn durchhalten, Carnegie Hall, ausverkauft, zweitausend Menschen, oder mehr. Die stille Verzweiflung des Sängers wandelt sich plötzlich in Wut; ich flüstere, ganz laut, in seinem Kopf, ich flüstere seinen Verdacht, ich schüre seine Wut, seine ohnmächtige Wut auf den Jäger, den grünen, den grünen Jäger, den grünen Jungen, der sich an ein flatterhaftes Reh heranpirscht, an einen rehäugigen Schmetterling.

* * *

Sie liebt einen anderen, ja, das muß es sein, bestimmt gibt es einen anderen, in der Schule; hat sie nicht von einem erzählt, in der Schule? War da nicht ein Name, der öfter fiel als andere Namen? Ein Name, den sie öfter aussprach und anders aussprach als andere Namen, betont unauffällig, betont nebenbei und doch so oft? Du liebst einen anderen. Nein. Du lügst, Aurelia. Nein, ich lüge nicht. Es ist einer von diesen grünen Jungen aus deiner Klasse, nicht wahr? Ich weiß es. Nein, da ist niemand, so gib es doch wenigstens zu, so lüg' doch nicht, wenigstens das! Ich schwöre dir, ich fahre dich nicht zurück, ich bleibe hier stehen, mitten im Wald, keinen Schritt fahre ich zurück, wenn du es nicht zugibst.

* * *

Eifersucht und Stolz. Ich lasse dem Sänger keine Zeit. Nummer fünfzehn schon von zwanzig. Vielleicht hält er durch. Er verzweifelt vor Eifersucht, vor ohnmächtiger Wut, die verzweifelt versucht, sich nichts anmerken zu lassen. Seine Stimme flattert leicht, beim leichten, kleinen Flattersinn seiner schönen Müllerin. Hoffentlich hält er durch. Dann beruhigt er sich ein wenig, endlich, in der Nummer sechzehn, die liebe Farbe (grün); er singt sich selbst ein wenig Mut und Ruhe zu; war ja nur ein leichtes, kleines Flattern, niemand hat es bemerkt, vielleicht war es gar keines oder vielleicht wird sie des Flatterns müde, vielleicht flattert sie bald nicht mehr, die schöne Stimme, die schöne Müllerin; aus Mut und Ruhe spricht nichts als Wehmut. Ich sitze im Kopf des Sängers, der ein Müller ist, an der Quelle sitze ich, nein, die Quelle bin ich und weiß schon mehr als er und weiß es früher und weiß es jetzt schon; seine Wehmut packt mich und seine Angst: Sie ist doch böse, die Farbe (grün). Ziemlich geschwind.

Ich glaub' dir nicht, Aurelia, ich glaub' dir nicht. Aurelia bleibt stumm. Tropfen rinnen über die Windschutzscheibe. Die Baumkronen rauschen über mir, dicht, naß, windig und sehr dunkel. Mir ist klamm, so klamm; ich zittere vor klammer Wehmut und vor klammer Sehnsucht, das Mädchen neben mir zu berühren. Wenn sie jemand anderen lieben würde, einen von diesen Jungen, einen von diesen grünen Jungen, dann würde, dann mußte sie irgendwann aufhören, diesen Jemand zu lieben. Sie würde, sie mußte seiner überdrüssig werden. Sie würde, sie mußte dieses Jemand überdrüssig werden, dieses grünen Jungen, und sie würde, sie mußte wieder mich lieben. Sie würde, sie mußte froh sein, daß ich sie immer noch liebte. Sie würde, sie mußte merken, daß sie nie aufgehört hatte, mich zu lieben. Gewiß liebt sie jemand anderen. Warum gibt sie es nicht zu? Warum gibst du es nicht zu, Aurelia? Aurelia wiederholt, was sie gesagt hat, stur, gefühllos, hart; hart preßt sie die Lippen aufeinander. Warum die Härte? Warum ist sie so hart? Warum scheint jede Weichheit aus ihr gewichen zu sein? Hat dieser Jemand ihr das befohlen? Hat jemand dir befohlen, das zu sagen, Aurelia? Hat jemand dir befohlen, so hart zu mir zu sein? Aurelia bleibt stumm. Am liebsten würde ich sie schütteln. Oder stecken ihre Eltern dahinter? Stecken deine Eltern hinter all dem, Aurelia? Sind deine Eltern dagegen? Sag es, sag es. Ich fahre hier nicht weg, bevor du es nicht gesagt hast. Aurelia bleibt wieder stumm. Und da kriecht ein Gefühl von Angst in meine Kehle, gemein und hinterrücks klemmt das gemeine Angstgefühl mir meine Kehle plötzlich zu: Niemand steckt dahinter. Niemand hat ihr etwas befohlen. Ich habe Lust, Aurelia zu schütteln, ich mache eine Bewegung, sie wendet mir ihr Gesicht zu, mit einem Ruck, und Augen sind auf mich gerichtet, weit aufgerissen, furchtsam, so starr, so leblos, wie die starren, leblosen Augen auf den weit ausgebreiteten Flügeln meiner aufgespießten Schmetterlinge, keine wirklichen Augen, nur Attrappen von Augen; ich höre ein Stöhnen, ein schmerzerfülltes Stöhnen, welches sich meinem Mund entringt, erst nur diesem und dann meinem ganzen Körper, mein ganzer Körper bäumt sich stöhnend auf gegen das unbewußte Bewußtsein wortlosen Wissens, das, langsam in mir aufsteigend, von ganz unten, von den Zehenspitzen, jede Faser meines Körpers mit Schmerz überzieht, mit Schmerz füllt, bis oben hin, bis mich, von ganz unten bis oben hin, Schmerz ausfüllt, Schmerz des unbewußten Bewußtseins wortlosen Wissens, das nun endlich gnädig in meinem Kopf explodiert. Ich bringe mich um, Aurelia, ich bringe mich um.

Ihr Blümlein alle, die sie mir gab, auch soll man legen mit mir ins Grab. Wie seht ihr alle mich an so weh, als ob ihr wüßtet, wie mir gescheh? Ihr Blümlein alle, wie welk, wie blaß? Ihr Blümlein alle, wovon so naß? Ach, Tränen machen nicht maiengrün, machen tote Liebe nicht wieder blühn, machen tote Liebe nicht wieder blühn, machen tote Liebe nicht wieder blühn, machen tote Liebe nicht wieder blühn …

Aurelia starrt mich an, ganz langsam, einen langen Augenblick lang, mit leblos starren Augen eines aufgespießten Schmetterlings; ganz langsam, oder kommt es mir nur langsam vor, greift sie nach dem Öffner der Tür, ganz langsam öffnet sie die Tür, ganz langsam springt sie aus dem Wagen.

* * *

Der Sänger, der Müller, kreideweiß, wird ruhig, sehr ruhig, und mit jedem Ton fällt ein kleines Stück Verzweiflung von ihm ab; er singt sich selbst zur Ruhe, mit ruhiger Bestimmtheit, zur letzten Ruhe, wehmutsvoll heiter und voller Sehnsucht, und lauscht dem Bach, der ihm sein letztes Wiegenlied singt; Schweißperlen glitzern auf der kreideweißen Stirn, und das weiße Tuch, das darüber wischt, ganz leicht, entgleitet sanft der Hand, die, zitternd, vergeblich es zu fassen sucht, und flattert in den schwarzen Flügel. Dann ist es still im Saal, totenstill.

* * *

Ganz langsam verschwindet das Mädchen in der Dunkelheit, ganz langsam öffne ich die Wagentür, ganz langsam springe ich hinaus, ganz langsam laufe ich ihr nach, ganz langsam tropft der Regen von meinem Gesicht, ganz langsam habe ich sie eingeholt. Ich fasse sie an der Schulter. Ich will sie schütteln. Hast du nicht gehört, hast du mich nicht verstanden, bist du taub, bist du aus Stein? Ich bringe mich um, Aurelia, ich bringe mich um! Da wendet das Mädchen sich mir zu, ganz langsam, Wasser rinnt aus ihrem Haar, windig, naß, dunkel, und Wasser rinnt aus ihren Augen. Sie weicht ganz langsam einen Schritt zurück; sie hebt ganz langsam ihre rechte Hand; sie schlägt mir ihre rechte Hand ganz langsam ins Gesicht.

Als der Punkt gekommen war, an dem die Stille im Saal exakt den notwendigen Grad an kollektiver Unerträglichkeit erreicht hatte, um die notwendige Menge von Händen zu der notwendigen Menge an reflexartig aufeinanderschlagender Bewegungen zu zwingen, vermochte der Applaus, der nun einsetzte, dieser Applaus, der sich anhörte wie dichte, schwere Regentropfen, vermischt mit Hagelkörnern, wenn sie auf ein Blechdach niederprasseln, vermochte dieser Applaus nicht, den Müller, der ein Sänger war und seinen Begleiter, den Bach, der Totenstille zu entreißen, die sie beide noch immer gefangen hielt; als wir uns verbeugten, wie es sich gehörte, war der Sänger immer noch der Müller, und ich war immer noch sein Bach. Pflichtgemäß absolvierten wir das Ritual, nahmen Blumen in Empfang, verschwanden, um wieder aufzutauchen, verschwanden, um wieder aufzutauchen … Das Gesicht des Sängers war kreideweiß, und auf seiner Stirn standen Schweißperlen. Ich lieh ihm mein Taschentuch. Zugabe? Was, um Himmels willen, soll man singen, wenn man gerade gestorben ist? Wir sahen einander kurz an, und verschwanden, um endgültig nicht mehr aufzutauchen.

Ein paar Augenblicke später saßen wir beide in der Garderobe des Sängers. Ich war vollkommen erschöpft. Erschöpft und erschüttert. Außer Erschöpfung und Erschütterung war in meinem Kopf nur Leere.
„Das war, das war – erschütternd", stieß ich hervor.
Das Stimmengewirr vor der Tür hörte sich nach lauernden Autogrammjägern an. Und Autogrammjägerinnen. Der Sänger hielt seinen Kopf mit beiden Händen fest; sein Gesicht war blaß, und: ernst.
„Ja, das war erschütternd."
Jemand öffnete die Tür. Der Sänger winkte kopfschüttelnd ab.
„Ich dachte, ich kippe von der Bühne, in der Nummer siebzehn."
„Es war wahnsinnig schön", sagte ich. „Danke."
Er verzog den Mund – „Was – mein Kippen etwa? Mein Beinahekippen?" – zu einem müden Schmunzeln. „Sie haben mich ganz schön durchgetrieben … wahrscheinlich haben Sie mich damit gerettet – ziemlich sicher sogar haben Sie mich gerettet; hätte ich zwischen den Stücken Zeit gehabt nachzudenken, wie's mir geht …" Er goß sich Mineralwasser in ein Glas und trank es in einem Zug leer. „Übrigens, ehe ich's vergesse: Sie waren erschütternd heute, ehrlich. Danke."
Nach einer Weile fügte er hinzu: „Rein stimmlich war's nicht optimal, in der Höhe, manche Töne …"
„Mein Gott, wen kümmert das schon, wenn etwas so erschütternd ist."
Er zuckte die Achseln. „Kritiker", sagte er dann, „Kritiker

kümmert das sehr wohl. Kritiker wollen nicht erschüttert werden – das hält sie von ihrer Arbeit ab."
Wieder öffnete jemand die Tür. Der Sänger nickte. Die erste Autogrammjägerin. Ich erwog kurz, in meine Garderobe zu verschwinden, doch dann verzog ich mich in eine andere Ecke des Raumes, um ihn zu beobachten, aus sicherer Entfernung (vielleicht konnte ich ja etwas lernen). Der Sänger rückte sich zurecht, zückte einen kleinen schwarz-goldenen Füller, setzte eine unauffällig randlose Brille auf und ein hinreißend unmerkliches, (ja beinahe: schüchternes) Lächeln, und seine berühmte schmeichelrauhe Baritonstimme fragte die Jägerin nach ihrem Vornamen, während er ihr geradewegs in die Augen sah, gerade tief genug; er schrieb etwas in das von der Jägerin zu diesem Zweck bereitgelegte Programmheft, eilig, doch sehr sorgfältig, sehr ruhig, ohne Hast, als nähme er sich alle Zeit der Welt für diese eine Jägerin, und als sie sich (ungern) zum Gehen wandte, hielt er sie zurück; und so, als wäre ihm der Gedanke gerade gekommen, just in diesem Moment, weil sie so wunderschöne Augen hatte (ich glaube, sie waren blau), griff er nach seinem Bühnenblumenstrauß (ich glaube, es waren Rosen), zog eine Blume heraus und überreichte sie der Jägerin, deren Gesicht eine dunkelrosa Farbe annahm, wie die Blume, die sie nun in der Hand hielt. Der Vorgang wiederholte sich, einige Male, mit Variationen: handelte es sich um ein männliches Fan-Exemplar, einen Jäger also, dann wich aus dem Lächeln des Sängers die Schüchternheit und eine Spur Sachlichkeit trat an ihre Stelle; und natürlich gab es für die

Jäger keine Blume; trotzdem hatte der Sänger seinen Strauß bald aufgebraucht; ich legte ihm meinen hin; eines von den männlichen Fan-Exemplaren verirrte sich zu mir, der Vollständigkeit halber, vermute ich; ich hatte keinen Kugelschreiber bei mir (von einem schwarz-goldenen Füller ganz zu schweigen), der Jäger hielt mir seinen hin; ich suchte vergeblich nach dem Autogramm des Sängers, es befand sich wohl auf einer anderen Seite des Programmhefts; With best wishes, schrieb ich, nach einigem Zögern, darunter Datum und Unterschrift; idiotisch, das Datum stand ja ohnehin im Programm; danach verirrten sich vereinzelt noch andere Jäger – noch vereinzelter auch Jägerinnen – in meine Ecke, und gaben mir die Möglichkeit, erstens: verschiedene Schreibgeräte auszuprobieren und zweitens: das Datum wegzulassen. Als ich wieder vom Programmheft einer verirrten, auf Vollständigkeit bedachten Jägerin aufsah (My very best wishes mit Unterschrift ohne Datum), fiel mein Blick auf die zausig traurigen Überreste meines Blumenstraußes; und dann auf den Sänger, dessen Kopf, erst in Richtung Tür gewandt, langsam einer imaginären Geraden folgte, die man von der Tür aus geradewegs zu dem Punkt hätte ziehen können, an dem ich mich aufhielt, während seine Augen rasch auf und ab und wieder auf wanderten; der Kopf des Sängers folgte dieser imaginären Geraden, weil sich auf dieser eine Frau bewegte, die ein schwarzes Kleid trug, das ganz eng an ihrem Körper lag; auf der imaginären Geraden kam die Frau geradewegs auf mich zu; ich spürte, wie ich rot anlief, ich spürte, ohne es sehen zu können, weil meine Augen

anderweitig beschäftigt waren, das anerkennende Grinsen des Sängers.
„Hi", sagte die Frau, als sie am Endpunkt der imaginären Geraden, vor mir also, angekommen war, und ihre Stimme hatte die Farbe ihres Kleides und die Wärme ihres Lächelns, und meine Kehle verengte sich plötzlich, so wie ihr Körper in der Mitte.
„Hi", sagte ich und warf meinen Blick kurz in ihre grünen Augen; dann auf eine kleine Gruppe von Sommersprossen, die sich auf ihrer Nase befand, zufällig, sodaß der Blick, den ich eigentlich auf die kleine, rotbraun leuchtende Sommersprossengruppe geworfen hatte, gleichzeitig ihre (weichen) Lippen einfing, notgedrungen. Ich richtete meinen Blick konzentriert auf das Programmheft und den Kugelschreiber.
„Your name … what's your name?" fragte ich.
„Charlotte. My name is Charlotte", sagte sie.
„Charlotte", wiederholte ich (dämlich), um Zeit zu gewinnen und dachte (fieberhaft) darüber nach, was ich sagen sollte, um Charlotte, betont auf a und ohne e, festzuhalten. Das Denken bereitete mir einige Schwierigkeiten. „Charlotte … what a beautiful name", fiel mir schließlich ein (wenn ich ehrlich bin, fiel es nicht wirklich mir ein, sondern ich hörte, wie der Sänger es soeben zu einer jungen Dame sagte, die Meryl hieß, immerhin besaß ich die Geistesgegenwart, den Namen entsprechend abzuändern).
„My friends call me Charly", sagte Charlotte lächelnd, neigte mir den Kopf ein wenig zu und ließ ihr Haar, das rotbraun

leuchtende, ein wenig ihr Gesicht verschleiern, ihre grünen Augen und ihre Sommersprossen.
„Soll ich nun ‚Für Charlotte' schreiben – oder ‚Für Charly'?"
„Das überlasse ich ganz Ihnen", antwortete Charly.
(Natürlich unterhielten wir uns in Charlys Muttersprache und nicht in meiner, doch vielleicht verstehen Sie kein Englisch … ehrlich gesagt, bin ich auch nicht besonders erpicht darauf, mich mit meinem zu blamieren.)
„Wohnen Sie hier in New York?"
„Nein."
Ich sollte sie jetzt fragen, wo sie wohnte, wo genau. Ich sollte sie nach ihrer Adresse fragen und nach ihrer Telephonnummer. Doch was sollte das andererseits für einen Sinn haben. Am nächsten Morgen würde ich in einem Flugzeug nach Wien sitzen.
„Ich werde demnächst in Wien wohnen, hoffe ich."
„No!" rief ich aus.
„Was meinen Sie mit ‚no'?"
„Ich meine, ich wollte sagen: ich kann es nicht glauben! Ich komme von dort und fliege morgen dorthin zurück! Was für ein … was für ein …"
„Was für ein Zufall?"
„Ja: Zufall."
„Nicht wirklich ein Zufall, würde ich sagen. Um ehrlich zu sein, ich bin Ihretwegen hierher gekommen – hier ins Konzert."
„No!" rief ich aus.

„Ja", wiederholte sie, „ich bin Ihretwegen ins Konzert gekommen. Sie ... Sie unterrichten doch, in Wien, nicht wahr?"
„Ja."
„Also, Sie unterrichten in Wien, und ich möchte in Wien Klavier studieren. Ich habe mir die Unterlagen für die Aufnahmeprüfung schicken lassen, und so hatte ich die Liste der Lehrer, und als ich zufällig las, daß Sie hier spielen ... nun, da dachte ich, es wäre vielleicht nett, hallo zu sagen."
„Ja."
„Vielleicht könnte ich Sie ... anrufen, wenn ich Wien bin?"
Vielleicht, weil ihr Lächeln wieder das Lächeln war, das sie am Nachmittag an mir vorübergetragen hatte, auf (sehr) hübschen Beinen, und vielleicht, weil es wieder so einladend war und vielleicht, weil ich wieder an die grüne Familienpackung denken mußte, obwohl die Frau nicht wieder diesen grünen Rock trug, sondern dieses schwarze Kleid, spürte ich, wie ich wieder rot anlief, während mir das Denken wieder schwer fiel.
„Ja ..." sagte ich und starrte sie an und dachte: nein, ich glaube es nicht, „ja ..."
„Vielleicht ... könnten Sie so freundlich sein, mir ... Ihre Telephonnummer zu geben?"
„Telephonnummer, ja."
„Vielleicht – gleich hier ...?" sagte sie und legte ihren Finger auf eine unbedruckte Stelle im Programmheft.
Mein Blick umfing ihre Hand, die nicht groß war, aber auch nicht klein.
„Ich meine, wenn Sie es nicht möchten ..."

Ihre Stimme klang ein wenig unsicher.
„Nein, nein, nein … ich meine, ja, rufen Sie mich an, wenn Sie in Wien sind, bitte, ich würde mich sehr freuen, wenn Sie mich anrufen würden, ich könnte auch Sie anrufen, doch nein, Sie haben wahrscheinlich noch keine … keine Wohnung in Wien – oder haben Sie schon eine? Wenn Sie noch keine Wohnung haben, könnte ich Ihnen helfen, eine zu finden, wissen Sie, es ist wirklich sehr schwierig, in Wien eine Wohnung zu finden, wissen Sie, das kann wirklich sehr lange dauern, also, wenn ich Sie sein würde, würde ich möglichst bald – also, Sie können mich anrufen, wenn Sie möchten, jederzeit." Ich schrieb meine Telephonnummer an die unbeschriebene Stelle und gab ihr das Programmheft zurück.
„O.K., ich werde Sie anrufen", sagte die Frau, die Charly hieß, drehte sich um, bewegte sich, auf der imaginären Geraden, auf der sie gekommen war, zur Tür zurück und warf, während sie leise die Tür schloß, dem Endpunkt der imaginären Geraden, an dem ich saß, ein grünes, rotbraun sommersprossiges, samtschwarzes Lächeln zu.
„Das war sie doch nicht etwa."
„Wer?"
„Die Frau Ihres Lebens."
„Doch", sagte ich und starrte auf die Tür, „doch, das war sie."
„Was für ein Zufall … und – ich hoffe, Sie haben Ihre Telephonnummer."
„Nein. Aber sie hat meine."
Der Sänger betrachtete mich mit einem Anflug von Mitleid.

„Sie wird mich anrufen … ja", sagte ich, und sah auf meine rechte Hand, „ja sie wird mich anrufen – ich habe ihren Kugelschreiber … Ich habe", sagte ich und lachte leicht hysterisch vor Erleichterung, „ich habe doch glatt vergessen, ihr den Kugelschreiber zurückzugeben, den sie mir geborgt hat, damit ich das Autogramm …" Ich hatte nur meine Telephonnummer in das Heft geschrieben, durchfuhr es mich im selben Augenblick, nur die Nummer, ganz ohne Unterschrift und ganz ohne ganz liebe Grüße.

„Das ist gut," sagte der Sänger, „das ist sehr gut, aber noch besser wäre es, Sie hätten nicht nur ihren Kugelschreiber , sondern auch ihre Telephonnummer. Wann fliegen Sie zurück?"

„Morgen. Morgen am frühen Nachmittag."

„Dann ist es ja sowieso hoffnungslos."

„Nein."

„Nein?"

„Nein", sagte ich, „nein, sie kommt nach Wien."

„Aha …"

„Sie macht im Herbst die Aufnahmeprüfung. Klavier."

„Aha." Weiter sagte er nichts, der Sänger, doch die Art, wie er sein zweites Aha betonte, die Art, wie er dabei seine linke Augenbraue hochzog, und die Art, wie er dabei seinen Blick in eine andere Richtung lenkte als meine, sagte alles, was er weiter sagen hätte können, sagte alles, was er unausgesprochen dachte. Ich weigerte mich, es zu glauben. Und überhaupt: als die Frau, von der ich nicht wußte, daß sie Charly hieß, am Nachmittag lächelnd an mir vorüberging, in der Lobby des

Hotels, in das ich rein zufällig geraten war, wie hätte sie da wissen können, daß ich derjenige war, den sie berechnenderweise kennenlernen wollte, falls sie ihn tatsächlich berechnenderweise kennenlernen hätte wollen? Schließlich gehörte ich nicht gerade zu der Sorte Menschen, deren Photo täglich in der New York Times erschien.

„Und wenn schon", sagte ich und zuckte die Achseln, „und wenn schon."

„Vielleicht haben Sie recht."

Das überraschende Ausbleiben jeglicher weiterer Kommentare schrieb ich seiner Erschöpfung zu, die sich nun mit einem Male wieder deutlich bemerkbar machte. Er war grau im Gesicht. Er atmete tief ein.

„Also, was ist – kommen Sie mit?"

„Wohin mit?"

„Zur Vernissage meines Freundes", seufzte er, müde Ungeduld ausatmend, „der mit den Parkscheinen, Sie wissen schon – ich habe Ihnen doch davon erzählt, gestern, oder nicht?" Er faßte sich an die Stirn. „Eigentlich sollte ich dringend ins Bett. Aber ich habe es meinem Freund versprochen, wir haben uns lange nicht gesehen, und außerdem … also, was ist?"

„Ja, ja", beeilte ich mich zu antworten, „ja, natürlich, sehr gerne, ich komme natürlich sehr gerne mit."

Unverkennbar wichtige Menschen wollten unverkennbar Wichtiges mit dem Sänger besprechen.

„O.K., ich lasse ein Taxi rufen und organisiere, daß unsere Sachen ins Hotel gebracht werden. Wir treffen uns dann unten."

Seine Worte ließen sich bestimmt und abschließend auf mich herab. Ich erhob mich und suchte unverzüglich meine Garderobe auf. Ich ließ den Kugelschreiber in mein Plastiksackerl fallen und mich auf einen Stuhl, todmüde, hellwach, aufgedreht, so, als hätte ich zehn starke Espresso mit Schlafpulver vermischt zu mir genommen; eine Ohrfeige brannte auf meiner linken Wange, während Applaus an meine Ohren klopfte, eine rothaarige Frau auf mich zukam, mit samtschwarzem Lächeln, um wieder zu gehen, zu verschwinden drohte, in Richtung des Raumes der verschwundenen Frauen; ich wehrte mich, ich hielt sie zurück, ich zerrte an ihr, ich zerrte an ihrem Kleid, bis ein Riß klaffte; eine Ohrfeige brannte, Applaus klopfte, der schwarze Stoff riß mitten durch, an der Rückseite, an der Rückenseite, an der hinteren, an der rückwertesten, in meinen Ohren klopfte es, meine Wange brannte, die Frau drehte sich um, kam wieder auf mich zu, streifte das Kleid von ihren Schultern, ließ es zu Boden gleiten und lächelte, ein grünes, rotbraun sommersprossiges, schwarzseidenes, spitzenbesetztes, kaum verhülltes, sanft gerundetes Lächeln, auf dessen weit offene Augen sich langsam Lider senkten und dessen leicht geöffnete Lippen sich langsam meinen näherten. Meine Wange brannte wie Feuer, und das Klopfen meiner Ohren wurde stärker und mischte sich mit einem anderen Klopfen, mit einem, das an die Tür klopfte. Meine Augen öffneten sich im selben Augenblick wie die Tür.
Oh, tut mir leid, sagte eine Stimme, aber … ich habe meinen Kugelschreiber vergessen; oh, ja, sagte ich, und spürte den

aufgeknöpften Zustand meines Hemdes und den ausgezogenen meiner Schuhe und schwarzen Socken; oh, ja, sagte ich, mit brennenden Wangen, das haben Sie, und griff nach meinem Plastiksackerl und kramte nach dem Kugelschreiber; die Stimme kam auf mich zu, zögernd, mit samtschwarzem Lächeln, und ich reichte ihr den schwarzgoldenen Kugelschreiber mit Hilfe des einzigen meiner Körperteile, der nicht erstarrt war, mit meiner rechten Hand, die sich feucht anfühlte; danke, sagte die Stimme, gefährlich nahe, und ihr Duft schlang sich um mich und zog seine Schlingen immer fester zu, immer fester, bis ich mich nicht mehr bewegen konnte; dann ging sie wieder, die Stimme, drehte sich um, auf halbem Weg; es ... war nett, Sie zu sehen; ja ... sehr nett ich hoffe, wir ... sehen uns wieder ... in Wien; die Stimme nickte leise und verschwand und ließ ihren Duft zurück.

Allmählich löste sich meine Erstarrung. Ich sah auf die Uhr. Hastig zog ich mich um. Hastig stopfte ich meine Sachen in den Kleidersack. Hastig suchte ich nach dem Lift und nahm schließlich die Treppe. Der Sänger stand (plaudernd) beim Künstlereingang, vor welchem das Taxi wartete (mit laufendem Motor).

Als wir im Taxi saßen, erfüllte mich ein Gefühl von Unwirklichkeit. Ich kramte (unauffällig) in meinem Plastiksackerl. Der Kugelschreiber war nicht da. Doch konnte ich das als Beweis werten? Vielleicht war da nie einer gewesen. Der einzig zulässige Schluß daraus lautete also: wäre der Kugelschreiber da gewesen, dann wäre er jetzt verschwunden, was soviel bedeuten würde wie: Charly wäre tatsächlich noch einmal zurückgekommen. Vielleicht, weil sie ihn (den Kugelschreiber) dringend gebraucht hätte, vielleicht, weil sie mich noch einmal sehen hätte wollen, vielleicht, weil sie sich das mit dem Anrufen gerade eben anders überlegt hätte.

„Sie haben ausgesehen, als wäre Ihnen ein Geist erschienen."

„Was, ich? Wann."

„Am Ende des Konzerts, nach dem letzten Lied."

Ich schwieg eine Weile. Ich starrte zum Fenster hinaus und merkte, nach einer Weile, daß das Taxi sich nicht von der Stelle bewegte. Der Buchsbaumzweig. Ich dachte daran, daß er wahrscheinlich noch in der rechten Tasche meiner Frackhose steckte. Wahrscheinlich. Sicher war ich nicht, und das Nicht-Sicher-Sein wurde von nichts begleitet. Aurelia. Ich versuchte sie mir vorzustellen. Ich beschwor sie herauf, aus dem Raum der verschwundenen Frauen, ich versuchte, sie zu zwingen, den Raum zu verlassen und an der Rückseite meiner Augen zu erscheinen.

„Ein Geist … erschienen … ich würde eher sagen", sagte ich schließlich langsam, und der Gedanke kam mir, während ich ihn laut aussprach, und er verblüffte mich, „ich würde viel eher sagen: ein Geist ist verschwunden." Dieser erstaunliche Gedanke stimmte mich überaus vergnügt. „Ja, ein Geist ist verschwunden. Und zwar", fügte ich hinzu und schmunzelte in mich hinein, „und zwar schlagartig." Ich sah ihn an, den Sänger, verblüfft und überaus vergnügt. „Danke", hörte ich mich sagen, „vielen Dank."

„Danke? Wofür denn?" Verständnislos schüttelte der Sänger den Kopf. „Ich habe das Verschwinden Ihres Geistes doch nicht etwa verursacht – oder? Wie denn auch. Das müßte ich doch wissen. Und ich weiß von nichts. Meines Wissens."
„Nein. Sie haben es nicht verursacht, aber wenn Sie nicht gewesen wären, dann wäre er auch nicht verschwunden, mein Geist. Nicht hier und nicht heute wenigstens."
Ich hatte die Neugier des Sängers entfacht. Vielleicht war ihm auch nur langweilig. Das Taxi rührte sich nicht von der Stelle.
„Und wie fühlt man sich, so geistlos?"
„Wunderbar, ich kann Ihnen gar nicht sagen, wie wunderbar."
Das Taxi rückte ein paar Meter vor.
„Wie genau ist er denn verschwunden, Ihr Geist?"
„Er hat", sagte ich, und hielt meine linke Wange, „er hat mir eine geklebt."
„Hm." Der Sänger sah mich von der Seite an. „Sehen kann ich nichts. War wohl nicht allzu heftig."
„Doch, ziemlich heftig sogar. Und sie hat es schon zum zweiten Mal getan."
„Sie?"
„Ja, sie", seufzte ich, „Aurelia."
Er erwiderte nichts. Er fragte nichts weiter. Das Taxi rückte wieder ein paar Meter vor. Wahrscheinlich interessierte den Sänger Aurelias Geist im Grunde gar nicht. Während er nicht weiter fragte, während er nichts weiter sagte, bekam ich Lust, ihm die ganze Geschichte zu erzählen. Und – was soll ich sagen? Ich erzählte ihm die ganze Geschichte. Von Anfang bis

zum Ende. Von der ersten Begegnung bis zur zweiten Ohrfeige. Da und dort ließ ich etwas weg. Ich ließ sogar ziemlich viel weg, wenn ich ehrlich bin. Ungefähr eine Hälfte ließ ich weg. Da und dort, andererseits, fügte ich etwas hinzu. Eine Hälfte, ungefähr. Eine andere Hälfte. So daß wieder die ganze Geschichte entstand. So, daß ich nicht wie ein verdammter Idiot dastand. Wer will schon wie ein gottverdammter Idiot dastehen. Denken Sie jetzt nicht, ich hätte etwas erfunden oder an der Wahrheit gedreht und gezerrt. Nein, ich postierte mich nur an einem anderen Punkt. An einem, der im Raum und in der Zeit durch andere Koordinaten bestimmt war. Andere Entfernung, anderes Jahrhundert, andere Lichtverhältnisse. Und dazu der Schatten des Zuhörers. Ich will damit nicht andeuten, daß es so etwas wie die wahre ganze Geschichte gar nicht gäbe. Natürlich gibt es sie, die ganz wahre, die wahre ganze Geschichte. Das Problem dabei ist nur: man kann sie nicht erzählen. Ich hätte die ganz wahre, die wahre ganze Geschichte ebensowenig erzählen können wie Sie oder irgend jemand anderer. Und so erzählte ich dem Sänger an einem kühlen Aprilabend in einem gelben New Yorker Taxi eine der vielen, eine der unzähligen ganz wahren Geschichten, aus denen sich die wahre ganze Geschichte zusammensetzte. Eine andere Geschichte als die, welche ich zu einer anderen Zeit an einem anderen Ort einem anderen hätte erzählen können. (Eine andere Geschichte als die, welche ich Charly erzählen werde, nachdem wir zum ersten Mal miteinander geschlafen haben werden, sollten wir das je tun.) Eine ganz andere Geschichte als

die, welche ich Ihnen erzählt haben könnte oder meiner Mutter; und eine ganz andere als meine Mutter ihrer besten Freundin, Aurelia ihrem Liebhaber, Aurelia ihrer Mutter und diese wiederum Aurelias Vater erzählt haben könnte.
Die ganze wahre Geschichte ist immer viele Geschichten. Und die eine, welche ich nun (an diesem kühlen Aprilabend in einem gelben New Yorker Taxi) dem Sänger erzählte, erzählte ich mit Worten, die nichts weiter darstellten als eine verschwindend kleine Auswahl an wortwörtlichen Möglichkeiten der ganz wahren Geschichte. Denn die wahre Geschichte ist immer wortlos. Und birgt daher immer unendlich viele wortwörtliche Möglichkeiten in sich.
Hörte er mir überhaupt zu, der Sänger? Ich wußte es nicht, denn er sagte nichts weiter und fragte nichts weiter; vielleicht dienten meine Gedanken ihm nur als Kulisse, vor welcher seine Gedanken sich tummelten, wortlos, behaglich, fiebrig, schläfrig; ob er mir zuhörte oder nicht, spielte auch keine Rolle; es machte keinen Unterschied; es störte mich nicht; das eine nicht und nicht das andere.
„Sie haben sie nie wieder gesehen."
„Nein. Ich habe sie nie wieder gesehen."
Ich sah aus dem Fenster. Hausfassaden fuhren rückwärts an mir vorbei. Der Stau mußte sich aufgelöst haben. Ich hatte nicht die geringste Ahnung, wo wir uns befanden.
„Haben Sie es nicht versucht?"
„Doch, habe ich. Natürlich habe ich es versucht. Mit untauglichen Mitteln, allerdings." Ich lachte und schüttelte den Kopf.

Ich schüttelte den Kopf und lachte endlich ehrlich über mich und meine untauglichen Mittel und wunderte und freute mich und war erleichtert, daß ich darüber endlich ehrlich lachen konnte; schon deshalb war ich erleichtert, weil ein ehrliches Lachen einen in solchen Fällen etwas weniger wie einen gottverdammten Idioten aussehen läßt. „Im Grunde meines Herzens wußte ich um die Untauglichkeit der Mittel." Backsteinwände fuhren an uns vorüber. „Wo sind wir hier überhaupt?"
„Chelsea. Chelsea Piers. Wir müßten gleich da sein."
„Die Untauglichkeit der Mittel", fuhr ich fort, „war nur Mittel zum Ausdruck der absoluten Aussichtslosigkeit meiner Versuche … taugliche Mittel hätten mich entsetzlich deprimiert, untaugliche hingegen … sie konnten nicht funktionieren, verstehen Sie? Also hat mich ihr Nichtfunktionieren auch nicht deprimiert."
Der Sänger schwieg und sah aus dem Fenster.
„Man stelle sich vor", sagte ich nun, ermutigt durch sein Schweigen, „ich habe mich ständig auf Friedhöfen herumgetrieben. Ich habe Souvenir-Händler gequält mit hartnäckigen Fragen nach Ansichtskarten von Friedhöfen; ich habe sie ihr geschickt, mit objektiven Reiseberichten auf der Rückseite; und dann habe ich mich sogar als Friedhofssänger verdingt, einige Zeit. Ich lebte mit der wirklichen Möglichkeit, sie zu finden, ohne mich der Gefahr einer möglichen Wirklichkeit auszusetzen. Nach einigen Jahren erst, hörte ich damit auf; das heißt vielmehr, ich versuchte es, ich …"
„Wir sind da", unterbrach mich der Sänger.

Ein Backsteinbau. Roh, ungeputzt. Sah aus wie ein kleines Fabriksgebäude. Wir durchquerten einen Hof, bis wir vor einem schwarzen Gitter standen, das uns von einem breiten Schacht trennte. Dicke schwarze Schläuche und Kabel hingen frei herum. Der Sänger drückte auf einen Knopf. Quietschend und knarrend bewegte sich die Decke des Schachtes abwärts, welche den Boden eines Lastenaufzugs bildete.

„Die Freundin meines Malerfreundes stellt heute abend auch ihre Arbeiten aus. Ich vermute, das ist überhaupt der Grund, warum dieses Fest hier in seinem Loft stattfindet und nicht in einer Galerie."

„Aha. Malt sie auch, die Freundin Ihres Malerfreundes?"

Mit einem Ruck blieb der Aufzug vor uns stehen.

„Nein, sie photographiert."

„Parkscheine?" witzelte ich.

Das Gitter hob sich geräuschvoll. Wir betraten die Plattform. Der Sänger drückte auf den obersten Knopf. Das Gitter senkte sich.

„Nein", sagte der Sänger, die Hände auf dem Rücken verschränkt, und betrachtete intensiv den Knopf, auf den er gedrückt hatte, „nein, meines Wissens photographiert sie keine Parkscheine. Friedhöfe. Sie photographiert Friedhöfe."

„Ach, was Sie nicht sagen." Ich lachte. „Interessanter Zufall. Und jetzt sagen Sie wahrscheinlich gleich", sagte ich und konnte nicht aufhören zu lachen, „jetzt sagen Sie wahrscheinlich gleich: sie photographiert Friedhöfe, und sie heißt Aurelia."

„Sie photographiert Friedhöfe, und sie heißt Aurelia", sagte der Sänger.
Der Aufzug trug uns ächzend aufwärts, und ich hörte auf zu lachen.
„Und Sie haben es die ganze Zeit gewußt."
„Gewußt ..." Der Sänger hob die Schultern. „Ich hatte einen Verdacht, so eine Ahnung ... immerhin ist es kein alltäglicher Name ... dann die Sache mit dem Engel ... der Tick mit dem Buchsbaumzweig ... aber gewußt ... Ich kenne diese Aurelia nicht. Und Ihre schon gar nicht. Ich kenne keine der beiden Frauen. Also ... ich wollte Sie vor dem Konzert nicht beunruhigen, wenn ich ehrlich bin, ich hatte keine Ahnung, wie Sie reagieren würden, auf meine Ahnung. War doch gut, oder?"
Der Aufzug hielt mit einem Ruck. Das Gitter hob sich. Wir stiegen aus.
„Hier muß es sein."
Wiederum drückte der Sänger auf einen Knopf; er befand sich neben einer unauffälligen weißen Tür ohne Namensschild.
„Nervös?" fragte der Sänger und grinste mich an. Von drinnen ertönte Musik.
Nervös ... war ich nervös?
„Nein", antwortete ich wahrheitsgemäß. Leicht kribbelig, ja, so fühlte ich mich, ein leichtes Kribbeln erfüllte mich, erzeugt von plötzlich erregter Neugier, neugieriger Erregtheit. Doch nervös war ich nicht, nein, nervös wäre ich am Tag zuvor gewesen und alle Tage vor dem Tag zuvor.
Schließlich ging die Tür auf. Der Mann, der uns öffnete, war

mir gänzlich unbekannt; er erinnerte mich jedoch an jemanden; zweifellos handelte es sich um den Künstler höchstpersönlich, denn die beiden Männer begrüßten einander in wechselseitig herzlich-freudigem Erkennen; als der Sänger mich dem Maler vorstellte und den Maler mir, fiel mir ein, an wen mich der Maler erinnerte; er erinnerte mich an den Sänger; frontal betrachtet, bei einem gegebenen Gefühlsausdruck, herrschte in beiden Gesichtern eine Ähnlichkeit, die mit der geringsten Änderung des betrachtenden Blickwinkels und des gegebenen Gefühlsausdrucks augenblicklich verschwand.
„Wie war das Konzert? Ich hätte es mir wahnsinnig gerne angehört."
„Na, es ging so, ich bin nicht ganz auf der Höhe, körperlich." Der Sänger hustete ein bißchen. „Dafür war es einigermaßen gut."
„Schön, daß du trotzdem noch gekommen bist. Kommt, hier drüben gibt's etwas zu essen. Bedient euch nur, ich suche inzwischen Aurelia."
Der Raum war von Stimmen erfüllt, von Stimmen, in die sich unaufdringlich undefinierbare Musik mischte; die Stimmen kamen aus Mündern in schön frisierten Köpfen, die auf schön schwarz gekleideten Körpern saßen; sie erfüllten den Raum mit Sicherheit; jede schwarzgekleidete Stimme schien genau den ihren, den ihr bestimmten Platz einzunehmen, und sie nahm ihn mit sicherer Selbstverständlichkeit ein; ich nahm einen Teller und etwas aus einem der riesigen stählernen Warmhaltebehältnisse; ich war entsetzlich hungrig; ich hatte

das sichere Gefühl, daß sich, irgendwo in diesem Raum, Aurelia befand, nicht irgendeine Aurelia sondern meine – das heißt: die Aurelia, welche meine gewesen war, ehe sie mich vor etwa zwei Stunden mit Hilfe einer imaginären Ohrfeige von sich erlöst hatte, nach genau ungefähr hundert Jahren. Komisches Ende eines Märchens. Ich schlängelte mich zwischen den sicher plazierten schwarzgekleidet schönfrisierten Stimmen zum Fenster. Kein Märchenerzähler dieser Welt, wenn er etwas auf sich hielt, hätte sich je ein so komisches Ende ausgedacht; es war, für jeden Märchenerzähler, ein geradezu rufschädigend komisches Ende. An dem einen Ende des Fensterbandes, das sich über die gesamte Längsseite des Raumes zog, befand sich ein Mauervorsprung, gerade so breit, daß ich mich bequem dort niederlassen konnte. Ich saß dort und aß (Reis mit einer scharf gewürzten Fleischsauce) und sah zwischendurch auf ein Gewässer, draußen in der Dunkelheit, ein Gewässer, dessen Namen ich nicht kannte; Hudson River? Vielleicht. Vielleicht auch nicht. Es gelang mir nicht, sie mir vorzustellen, so gründlich war sie verschwunden, im Raum der verschwundenen Frauen, sie weigerte sich aufzutauchen; der Moment, in welchem sie hier, in diesem Raum, tatsächlich auftauchen würde, konnte nicht mehr allzu fern sein (wenn sie diejenige war, und dessen war ich sicher), und trotzdem weigerte sie sich, den Raum der verschwundenen Frauen zu verlassen; vielleicht wollte sie mich überraschen; ich versuchte es mit Einzelheiten, mit Bruchstücken; Haarmaschen, braunes Haar, braune Augen; doch irgend etwas schien ich falsch zu machen;

sobald das Bild fertig war, zeigte es wieder eine rothaarige, grünäugige Frau in einem schwarzen Kleid.
„Na, wenigstens einer von euch – darf ich vorstellen, das ist …"
„Hallo, Herbert."
„Ach … ihr … kennt euch schon?"
„Ja", sagte ich, und überlegte, ob ich aufstehen sollte, „ja, wir kennen uns schon. Hallo, Aurelia."
Es war ein bedeutsamer Augenblick. Ich wußte, daß es ein bedeutsamer Augenblick war, ein historischer Augenblick gewissermaße, einer, auf den ich doch genau ungefähr hundert Jahre lang gewartet hatte. Und doch fühlte ich gar nichts, nein, gar nichts wäre zu viel gesagt; ich fühlte vielmehr: nichts Bedeutsames, nichts, dessen Bedeutsamkeit mein genau ungefähr hundertjähriges Warten gerechtfertigt hätte.
„Ihr … kennt euch wohl … von früher?" Der Maler betrachtete uns prüfend. „Ich lasse euch dann allein, und suche weiter … dieser Mensch ist wie vom Erdboden verschluckt, nicht zu fassen. Dabei ist er doch wirklich nicht gerade unscheinbar – oder?" Der Maler grinste mich an und ging.
Aurelia setzte sich neben mich auf den Mauervorsprung und zog ihre Beine an, die in schwarzen Hosen steckten und umschlang sie mit ihren schwarz gekleideten Armen, und ich spürte einen kleinen schmerzhaften Stich in der Gegend meines Magens. Ich stellte meinen Teller auf dem Boden ab.
„Du hast mir heute eine Ohrfeige verpaßt, mitten im Konzert." Aurelia sah mich an. „Schon wieder?" Sie lächelte. „Vermutlich war es notwendig." Ihr Haar war sehr kurz geschnitten. „Sonst

hätte ich es nicht getan." Sie dachte nach. „Vermutlich war es sogar sehr dringend notwendig. Sonst hätte ich damit zumindest bis nach dem Konzert gewartet." Ich lachte. „Vermutlich hättest du das, ja." Sie sah mich ernst an. „Und ... wie geht es dir?" „Besser", antwortete ich, „viel besser", und Aurelia nickte. „Und dir?" fragte ich sie. „Wunderbar." Das war nicht zu übersehen. „Das ist nicht zu übersehen. Bist du schon lange mit ihm zusammen?" Aurelia legte ihr Kinn auf ihre Knie und leuchtete. „Zwei Jahre, ungefähr. Und du?" Ich schwieg eine Weile. „Spielst du noch Klavier?" Sie schüttelte den Kopf. „Photographieren ist einfacher. Man hat nicht so viele Möglichkeiten, falsche Tasten zu drücken." Als ich den Kopf hob, bemerkte ich den Sänger, der, am anderen Ende des Fensterbandes, mir gegenüber auf dem Mauervorsprung saß, ein Glas in seinen Händen drehte und Aurelia intensiv betrachtete. „Ich habe mir nie wieder einen Photoapparat gekauft."
Der intensive Blick des Sängers ruhte auf Aurelia, ebenso wie meiner; seiner traf sie aus der Entfernung von links und meiner ganz nah von rechts. Sie war hübsch. Sie gefiel mir. Und doch – während ich sie so intensiv betrachtete, ganz nah, von rechts, hatte ich kein Kribbeln mehr im Bauch.
„Komm' mit", sagte Aurelia, „ich zeig' dir, was aus deinem Photoapparat geworden ist."
Wir schlängelten uns durch schwarzgekleidete Stimmen zu einer weißen Wand. Sie photographiert Friedhöfe, und sie heißt Aurelia. Ich weiß nicht, was ich erwartet hatte, Friedhöfe wahrscheinlich, Friedhöfe einfach, wie ich sie photographiert

hätte oder wie sie auf den Ansichtskarten abgebildet waren, die ich Aurelia früher geschickt hatte, Gräber, Grüfte, Kränze, Totenköpfe (bemalt, unbemalt). Diese Bilder hier, an dieser weißen Wand, mitten in New York, hätte ich nicht mit Friedhöfen in Verbindungen gebracht und noch weniger mit Aurelia.

„Was hältst du davon?"

Ein Tropfen, der an einer rosa Blüte hing, sehr nah aufgenommen, so nah, daß ich die Blüte nur erahnen konnte; eine grasgrüne Fläche, aus der sich, nicht genau in der Mitte, ein kleiner Buckel erhob, darauf ein kleines rotes Etwas.

„Sie haben keine Titel."

„Nein", sagte Aurelia, „das wäre auch ziemlich überflüssig. Entschuldigst du mich einen Moment?"

Sie schien ihren Malerfreund entdeckt zu haben, der mit dem Sänger vor einem Bild stand und sie zu sich winkte. Ich konnte nicht hören, was sie sprachen. Der Maler stellte seine Freundin seinem Freund vor und seinen Freund seiner Freundin. Der Sänger gab Aurelia die Hand und sagte dazu etwas, das wie eine Frage aussah, eine Allerweltsfrage (eine Frage wie zum Beispiel diese: könnte es nicht sein, daß wir einander schon einmal begegnet sind), eine Frage jedenfalls, die es ihm erlaubte, die Verweildauer von Aurelias Hand in seiner Hand zu verlängern, ohne daß es auffiel, weil eine gleichzeitig gestellte Frage eine prolongierte Verweildauer quasi implizierte. Er schien sich endgültig erholt zu haben. Er schien nicht mehr krank zu sein. Er glühte nicht mehr. Ganz im Gegenteil. Er sprühte. Er sah das Bild an, das ihm sein Malerfreund erklärte, ein Parkscheinbild, so weit ich das aus der Entfernung sagen konnte, und während er sich in dieses scheinbar aufmerksam vertiefte, ebenso wie er sich in die lebhaft erklärenden Ausführungen seines Freunde scheinbar aufmerksam vertiefte, während er aufmerksam lachte und aufmerksame Bemerkungen machte, vertiefte er sich nur und ausschließlich in die Frau neben sich, und sein Lachen und seine Bemerkungen waren nur und ausschließlich für diese Frau bestimmt. Zwei schwarz gekleidete Stimmen verabschiedeten sich vom Künstler persönlich. Ich näherte mich langsam, von hinten. Der Sänger umfing die Frau neben sich in Schulterhöhe mit seinem rechten Arm, ohne sie zu berühren und zeigte auf ein Detail des Bildes, dann schob er sie weiter, mit sanftem Druck auf das unsichtbare, elektrisch aufgeladene Luftkissen zwischen seinem rechten Arm und ihrem (zarten) Nacken.

„Die Menschen schicken dir tatsächlich Parkscheine und Geschichten dazu ..."

„Ja, manchmal legen sie auch gewisse Dinge bei, Gegenstände, die etwas mit der Geschichte zu tun haben."

„Und du verwendest sie alle?"

„Nein, wo denkst du hin! Ich verwende schon einmal aus Prinzip nur Parkscheine, die mit der Hand ausgefüllt sind; diese ausgedruckten weißen Zettel aus Automaten oder Parktickets aus Tiefgaragen", er schüttelte den Kopf, „ absolut unbrauchbar, sage ich dir – keine Atmosphäre ... da tut sich gar nichts, da entsteht keine Spannung, das wird nie authentisch, da kannst du machen, was du willst. Im Grunde sind nur österreichische und schwedische Exemplare künstlerisch brauchbar."

„Und was ist mit diesem hier, zum Beispiel?" Der Sänger zeigte auf einen grünen Parkschein, der in einem vergleichsweise großen, ansonsten leeren Glaskasten mit einem Reißnagel auf einem weißen Hintergrund notdürftig befestigt war und sich in einem unsichtbaren Luftstrom bewegte. „412243EG", las er laut den Titel des Bildes vor. „Gab es dazu keine Geschichte?"

„O doch", sagte der Maler und warf den Kopf zurück und lachte aus vollem Hals, „und was für eine."

„Ja?"

„Haarsträubend, einfach haarsträubend, sage ich dir!" Der Maler rieb sich mit beiden Zeigefingern die Nase, vor Vergnügen. „Ich habe diese Geschichte nur unter einer Bedingung bekommen: ich darf sie nicht erzählen."

„Was soll das für einen Sinn haben?"

„Wie jetzt, Sinn?"

Der Sänger hielt seine Nase an den Glaskasten.

„Eineinhalbstunden-Parkschein, Magistrat der Stadt Wien", murmelte er, „ein wenig zerknittert, ziemlich ausgebleicht, Eselsohr links unten, kleiner Einriß beim Monat September, Klebespuren rechts unten, sehr flüchtig ausgefüllt. Vielleicht verraten Sie mir die Geschichte?" sagte er (schmeichelrauh), zu der Frau neben sich gewandt.

„Sie kennt sie doch auch nicht", sagte ich, nur um mich bemerkbar zu machen.

„Aha", war alles, was der Sänger dazu feststellte; er ließ seinen Blick von ihr zu mir wandern und wieder zurück. „Bestimmt nicht?"

„Bestimmt nicht", antwortete Aurelia; scheinbar antwortete sie; in Wirklichkeit antwortete sie nicht, sie sagte nur etwas, während sie längst ihre zarten, durchsichtigen Flügel angelegt und sich auf den Weg zu einem Ort gemacht hatte, an den ihr niemand folgen konnte. Ich hätte nicht sagen können, warum, ausgerechnet in diesem Augenblick, denn es gab keinen greifbaren Grund, ich wußte auch nicht, wohin sie soeben entschwebt war; doch immerhin wußte ich, daß sie es getan hatte; ich hatte ihr dabei zusehen können, indes die beiden anderen Männer, der Maler und der Sänger, weiter mit ihr plauderten, als wäre nichts geschehen, als stünde sie tatsächlich neben ihnen. Mein geheimes Wissen erfüllte mich mit ein wenig Stolz und mit Befriedigung; Befriedigung und Stolz mit einem Schuß Wehmut.

Der Maler mußte sich um eine schwarzgekleidete Blonde kümmern, die eines seiner Werke kaufen wollte; der Sänger fragte die Frau, die er neben sich wähnte, welche Bewandtnis es mit der Wendeltreppe in der Mitte des Raumes hätte; sie erklärte sich bereit, ihm die begrünte Dachterrasse zu zeigen; ich ersuchte eine Art Kellner, der am Buffet stand, mir ein Taxi zu rufen; dann schüttelte ich dem Maler, der soeben das Bild mit dem Titel „412243EG" verkauft hatte, die Hand und bedankte mich für die Einladung; ich küßte Aurelia, die scheinbar am Fuße der Wendeltreppe stand, auf beide Wangen und gab ihr

meine Visitenkarte und wandte mich zum Gehen, als mir gerade noch etwas Wichtiges einfiel.
„Was ich dich eigentlich immer schon fragen wollte", sagte ich.
„Hast du eigentlich geschlafen – oder hast du nicht?"
Sie lachte und sah mich an und leuchtete und ich wußte, sie war für den Augenblick in diesen Raum zurückgekehrt.
„Nein, habe ich nicht."
„Nie?"
„Nie."
Der Sänger stand bereits ein paar Stufen weiter oben, auf der Wendeltreppe und beugte sich zu mir.
„Sie wollen schon gehen?"
„Ja."
„Wann, sagten Sie, geht Ihr Flugzeug morgen?"
„Vierzehnuhrzehn, Kennedy Airport."
„Meines geht kurz vor drei. Dann sehen wir uns sicher noch am Flughafen."
„Sicher. Also dann – bis morgen. Und", fügte ich hinzu, „und seien Sie vorsichtig!"
„Vorsichtig? Wie jetzt, vorsichtig …"
„Die Wendeltreppe."
„Ach, die Wendeltreppe!"
Mein Taxi wartete schon unten. Ich nannte dem Fahrer die Adresse meines Hotels und schlief beinahe augenblicklich ein. Am nächsten Morgen erwachte ich spät und konnte mich nur mehr sehr verschwommen erinnern, wie ich ins Bett gelangt war. Ich stand auf und rasierte mich. Während warmes Wasser

über meinen Körper rann, rief ich mir mein Spiegelbild ins Gedächtnis; ob es Charly besser gefallen würde, wenn ich mir die Haare kurz schneiden ließe ... Ich zog meine Boxershorts an und meinen Bauch ein, vor dem Spiegel; ich mußte unbedingt abnehmen; irgendwo hatte ich einmal gelesen, daß es Frauen geben sollte, die ausgesprochen dünne Männer nicht ausstehen konnten, wenn ich mich bloß erinnern könnte, wo. Ich zog mich rasch an, stopfte meine restlichen Sachen in den Koffer und ließ ihn stehen; ich lief durch das Treppenhaus hinunter, weil der Lift nicht kam; ich ließ mir vom Concièrge für elf Uhr ein Taxi zum Flughafen bestellen; es regnete fein und leicht; im nächstliegenden Coffeeshop kaufte ich mir einen Pappbecherkaffee und zwei Zuckerschnecken. Ich frühstückte an Ort und Stelle und verbrannte mir die Zunge. Als ich vor die Tür des Coffeeshops trat, hatte es aufgehört zu regnen. Ich verspürte Lust auf einen Spaziergang zum Central Park. Diesmal jedoch ging ich nicht (ich schlenderte auch nicht, ich schritt nicht kräftig aus), nein: ich federte. Als ich, mich solcherart fortbewegend, im Central Park ankam, als ich mich dort eine kleine Weile weiter so fortbewegt hatte, stand ich, unvermittelt, ohne daß ich danach gesucht hätte, vor einem Buchsbaumbusch. Ich hätte nicht sagen können, ob es sich um genau jenen Buchsbaumbusch handelte; eine Parkbank stand in der Nähe; sie glänzte naß; ich sah auf die Uhr; es war bereits halb elf; ich entriß dem Buchsbaumbusch einen Zweig und machte mich (federnd) auf den Rückweg.

Ich kam ziemlich spät zum Flughafen. Ich kaufte eine Flasche sehr alten Whiskey, den man mir partout nicht aushändigen wollte, meinen Beteuerungen zum Trotz, ich hätte keinesfalls vor, ihn (unerlaubterweise, heimlich) vor meinem Abflug auszutrinken (in verbrecherischer Absicht). Die Dame blieb hart und überreichte mir einen weißen Zettel mit einer Nummer. Ich bezweifelte, daß ich meinen Whiskey jemals wiedersehen würde. Ich schrieb ihn ab.

Auf dem Weg vom Duty Free Shop zu meinem Gate stieß ich auf den Sänger. Er saß auf einem der unbequemen Wartesessel.

„Hallo“, begrüßte ich ihn, und er schrak zusammen; er hatte mich nicht kommen sehen.

„Hallo“, sagte er.

Ich setzte mich neben ihn.

„Und?“

„Was und.“

„Haben Sie die Krawatte?“

„Welche Krawatte.“

„Die Krawatte von vorgestern ... oder finden Sie etwa, Sie haben keine Belohnung verdient? Das Konzert war doch gut.“

„Doch ... ja ... nein ... ich habe sie vergessen.“

„Sie wollen sagen, Sie haben vergessen, sie zu kaufen?!?“

„Ja.“ Er schien mir ziemlich abwesend.

Mein Flug wurde aufgerufen.

„Also dann – es hat mich wirklich gefreut.“

„Mich auch“, sagte er und sah vor sich hin.

„Vielleicht machen wir ja gelegentlich wieder etwas zusammen, wer weiß.“

„Ja, wer weiß“, sagte er und wandte sich zu mir und sah durch mich hindurch.
„Haben Sie ihre Telephonnummer?“
„Ja“, sagte er und sah mich an.
„Ach, beinahe hätte ich's vergessen.“ Ich folgte einer plötzlichen Eingebung, durchwühlte mein Plastiksackerl und kramte den Buchsbaumzweig hervor. Ich drehte ihn eine Weile in meiner Hand, ehe ich ihm das frische grüne Ding vor die Nase hielt.
„Danke ...“ Er nahm es. Ich glaube, er nahm es nur deshalb, weil er so überrascht war.
„Ganz frisch“, sagte ich, und er nickte. „Na dann“, sagte ich dann, „na dann – viel Erfolg.“
Der Sänger hob seine linke Augenbraue und seinen linken Mundwinkel und grinste. Ich war schon ein paar Schritte weit weg, als er mir nachrief: „Und Ihnen auch ... viel Erfolg!“
Ich begab mich zu meinem Flugsteig, und während ich dieses tat, schloß ich mit mir eine Art Wette ab (so wie ich es vor langer Zeit immer getan hatte, so wie Kinder es tun, um einen geheimen, sehnlichen Wunsch zu zwingen, sich zu erfüllen): wenn ich dort vorne, dort vorne am Gate, jetzt tatsächlich, tatsächlich meinen Whiskey bekomme, dann ...
Ich gab meinen weißen Zettel ab. Nach einigem Suchen händigte man mir ein weißes Plastiksackerl aus. Mein Herz klopfte, als ich sehr vorsichtig hineinsah.
Da war er doch tatsächlich, mein Whiskey.

Kult-Krimi

C. H. Guenter

KOMMISSAR X: DREI GELBE KATZEN

40 Jahre Kommissar X: Roman und Hintergrund

180 Seiten

ISBN 3-9500580-4-4

Lust und Leid einer Beziehung zu dritt

Alexander Koridon

DATURA

Eine schockierend humorvolle Novelle

144 Seiten

ISBN 3-9500580-0-1

OERINDUR VERLAG

Die Trauerarbeit eines Mannes

Herbert Rammerstorfer

OHNE ZIEL OHNE WIEDERKEHR

Ein Roman voll tiefer Erfahrung

250 Seiten

ISBN 3-9500580-1-X

Kinderbuch

Gertraud Mayrhofer

WEIHNACHTSPOST AUS CHRISTKINDL

Eine Geschichte um das Postamt Christkindl

120 Seiten. Reich illustriert

ISBN 3-9500580-2-8
